LA BÊTE NOIRE

L'AUTRICE

Maddalena Vaglio Tanet a étudié la littérature à l'université de Pise et à la Scuola Normale. Elle s'est ensuite installée à New York pour passer un doctorat à l'université de Columbia. Elle vit actuellement à Maastricht et travaille comme agent littéraire. Elle a publié des poèmes en italien, en allemand, ainsi qu'un album jeunesse. Son roman *Silvia et les ombres* a été finaliste du Premio Strega en 2023.

MADDALENA VAGLIO TANET

SILVIA
ET LES OMBRES

Traduction de l'italien par Delphine Gachet

LA BÊTE NOIRE
Robert Laffont

Titre original : Tornare dal bosco

ISSN : 2431-6385
ISBN : 978-2-221-27607-5
Édition originale : 978-8-829-71753-8
Dépôt légal : février 2025
Éditions Robert Laffont – 92, avenue de France, 75013 Paris
serviceclients@lisez.com

À la mémoire d'Ada Maurizio, ma grand-mère,
de Maria Vadori, mon arrière-grand-mère,
et de Lidia Julio, maîtresse

Pour Paola Savio, ma mère

Pierres tendues dans le bois : elles ont
de petits amis, les fourmis et d'autres
animaux que je ne sais pas reconnaître.
Le vent ne balaie pas la pierre,
ces fossés, ces restes d'ombre,
cette vie de rêves pesants.

Restes dans l'ombre : j'ai un cœur
qui brûle et puis s'effrite pour naïvement
se rappeler de ne pas mourir.

J'ai un cœur comme cette forêt : toute
de sarcasmes parfois, ses branches souillées
descendent sur ta tête et te pèsent.
Amelia Rosselli, *Documento*[1]

Comme des yeux ces trous de fenêtre éteints
sur la droite, le lierre a tout décortiqué
et il a belle apparence on dirait un triomphe
ce verdissement tandis que croasse là-haut un oiseau
on voit voler en cercle comme quelqu'un qui parle
aux fantômes quels étranges mécanismes la tête,
les morts nous les étouffons avec les pensées,
croasse, croasse, ce n'est qu'une corneille.
Azzurra D'Agostino,
Canti di un luogo abbandonato
[Chants d'un lieu abandonné]

---

1. Amelia Rosselli, *Document*, La Barque, traduction et postface de Rodolphe Gauthier, 2014. (*Toutes les notes sont de la traductrice.*)

1

AU LIEU D'ALLER À L'ÉCOLE, LA MAÎTRESSE EST ENTRÉE dans les bois.

Elle serrait d'une main le journal qu'elle venait juste d'acheter et de l'autre, le cartable en cuir contenant les cahiers, les devoirs corrigés, les stylos et les crayons bien taillés. Elle quitta la route sans hésitation, comme si elle était partie de chez elle pour se rendre dans la forêt. Ses mocassins piétinaient un tapis de feuilles brunes et luisantes qui lui semblaient autant d'abats crus.

Elle laissa vite tomber son journal et son sac : ses mains avaient fini par s'ouvrir, elle n'y avait pas prêté attention. Elle suivit un sentier pendant un moment, peut-être parce que son corps en avait l'habitude, puis elle le quitta et commença à descendre et à monter suivant les reliefs. Elle avait l'impression d'avancer à pas très rapides, le paysage paraissait se liquéfier autour d'elle. Les châtaigniers, les noisetiers et les bouleaux se transformaient en taches et ruissellements de couleurs, le ciel passait par-dessus les bords des montagnes, le sol dansait sous ses pieds comme un ponton flottant.

Sur le plateau, le bruit sec de ses pas était un tambour qui l'incitait à aller plus vite. Elle entendait les martèlements, mais comme s'ils venaient de sous la terre ; quelqu'un cognait sous terre pour la forcer à continuer, pour la chasser d'ici.

Après des heures et des heures de marche, la fatigue l'obligea à ralentir. Elle trébuchait, la salive collait ses lèvres et elle se forçait à déglutir pour pouvoir avaler ce qu'elle croyait être une bouchée ayant fait fausse route et qu'elle sentait bloquée dans sa gorge, mais c'était juste son cœur fatigué par la marche. Des traînées de boue maculaient sa jupe et ses bas, troués à plusieurs endroits par les épines des ronces.

La lumière du jour déclinait, devenait plus sombre, tendant désormais vers le bleu nuit. Un croissant de lune commença à surgir au-dessus des sommets. La maîtresse reconnut l'air froid du soir qui tombait sur elle, et cette sensation familière, lui rendant un minimum de lucidité, lui fit éprouver une véritable souffrance.

Elle avait gravi un mont appelé Rovella ; de là elle pouvait voir le village de Bioglio, où elle était née : le toit de l'église, le clocher, les lumières qui s'allumaient les unes après les autres au crépuscule. Elle les voyait, mais ne parvenait pas à savoir ce que c'était, elles lui semblaient être les vestiges d'une civilisation oubliée. Elle était venue ici sans réfléchir, poussée en avant comme une prisonnière aux yeux bandés. Des spasmes lui tordaient le ventre, le bord de ses chaussures lui avait écorché les talons et son visage lui faisait mal aussi car, pendant tout le temps qu'avait duré sa marche, elle n'avait jamais cessé de contracter les mâchoires, de serrer les dents. Elle ne pouvait ni descendre au village, ni revenir sur ses pas, le souvenir confus de sa maison et des gens qu'elle connaissait la terrifiait.

La forêt, en revanche, ne lui faisait pas peur, elle avait grandi à l'époque où on l'exploitait, tout comme les pâturages et les champs. Elle y allait depuis qu'elle était enfant, avec son cousin, parfois même le soir pour chercher des champignons. Ils sortaient tout seuls dans la nuit encore noire, empruntaient le chemin le plus court et le plus raide, derrière un groupe de maisons accrochées à la montagne. Ils avaient une lampe et deux bâtons pour écarter les arbustes et sonder les tas de feuilles, ainsi qu'un panier en osier avec une anse pour y mettre leur butin. L'odeur de moisissure était forte, ils savaient suivre les serpentins de pourriture entre les touffes d'herbe qui les menaient aux champignons. Des cèpes énormes les faisaient jurer de joie. Pour le reste, ils communiquaient par signes et coups de coude et ne se prenaient la main que dans des cas exceptionnels (un blaireau passant trop près, une mauvaise glissade sur les fesses, une entorse). Ils connaissaient chaque détour du chemin, les racines affleurantes, les affaissements du sol, les sentes des chevreuils et les clairières où ils s'arrêtaient pour dormir, les tanières abandonnées par les renards, les troncs rongés par les loirs. L'aube pointait : une lumière timide, couleur cendre, qui faisait paraître encore plus noire la cime des arbres. Ils allaient aussi ramasser des châtaignes, faisant éclater les bogues sous la semelle de leurs grosses chaussures.

Octobre commençait à peine, il y avait des champignons cachés sous les feuilles, des châtaignes tombées à terre, mais on était en 1970 et elle avait quarante-deux ans.

La maîtresse tourna le dos au village. Elle tremblait de la tête aux pieds ; les battements d'ailes parmi les branches, elle les sentait à l'intérieur de sa poitrine, comme des palpitations. Le souvenir du cabanon abandonné lui vint à l'esprit, un ancien abri pour les animaux et les outils, au toit délabré. Elle devait monter tant bien que mal jusqu'au sommet de la montagne, là où la forêt avait effacé les sentiers et où les ronces et les buissons étouffaient les autres arbres. Pour gravir la forte pente, elle s'accrocha aux buissons de bruyère et appuya ses genoux sur les pierres.

Quelques années plus tôt, le toit du cabanon avait été réparé avec des plaques de tôle ondulée, mais personne n'avait eu le temps ni la force d'empêcher la végétation de le recouvrir. Il n'y avait pas d'échelle pour accéder à la mezzanine en bois, et des branches d'acacia étaient passées à travers la petite fenêtre. On pouvait voir du foin par terre, pas encore complètement pourri, et dans un coin de vieilles serpes, des râteaux et des faucilles.

La maîtresse s'avança en titubant, sans prêter attention à rien ; elle était hébétée, et des images passaient devant ses yeux qui n'avaient rien à voir avec le lieu où elle se trouvait. À peine franchi le seuil, elle tomba au sol et ne bougea plus.

2

CE MATIN-LÀ, ELLE AVAIT EU DU MAL À SE LEVER, comme toujours. Elle mettait son réveil sur un petit plateau, où elle éparpillait quelques pièces de monnaie, si bien que lorsqu'il sonnait et vibrait, il les faisait tinter, et ce bruit était insupportable. Elle l'éteignait d'un geste brusque, à tâtons, et, à force de tomber sur le carrelage, le métal était tout bosselé.

La maîtresse se leva pour allumer le fourneau sous la cafetière déjà prête. *Ce n'est qu'après avoir bu mon café*, disait-elle, *que je commence à réfléchir.* Elle laissa la tasse vide sur la table, au milieu des empreintes rondes laissées par d'autres tasses, d'autres cafés bus les jours précédents.

Dans la salle de bains, elle enleva sa chemise de nuit, se lava les bras et le torse en essayant de passer bien partout, car elle savait qu'elle était négligente et, de temps en temps, la femme de son cousin l'avait reprise : « Silvia, demain pour aller à l'école tu devrais changer de chemise, avec le chauffage allumé, on risque de transpirer. » Elle devait sentir la transpiration. Elle ne s'en rendait pas compte, mais elle ne voulait pas que cela gêne les autres, surtout les enfants. Il fallait être propre et bien apprêtée devant les élèves, car on les obligeait eux aussi à faire leur toilette, et si on les surprenait le cou sale ou les ongles noirs, ils se faisaient gronder. C'est pour cela qu'elle avait pris l'habitude de se laver en utilisant trop de savon, chaque semaine elle consommait des pains entiers de Felce Azzurra avant de poudrer abondamment de talc ses aisselles, ses sous-vêtements et les semelles de ses chaussures. Mais elle restait une paysanne, de celles qui manient le râteau et s'occupent des bêtes, et elle savait que le jour où elle reviendrait au village, pour y prendre sa retraite, elle jetterait des poignées de sel sur les escargots rouges pour les dissoudre avant qu'ils ne s'attaquent à la salade. Elle balayerait les fientes de poulet, réparerait les cages des lapins et essayerait de se rappeler qu'il fallait se rincer les mains avant de manger.

Dehors, le ciel était clair et la lumière dessinait avec netteté la silhouette du mont, les arbres et les bâtiments. Au moins deux personnes la virent marcher le long de la route qui serpentait à flanc de montagne : Mme Berti, depuis une fenêtre de sa maison coincée entre deux néfliers, et Giulio Motta qui buvait son café sur son balcon, son chat sur les genoux.

Tout le monde dans le quartier connaissait la maîtresse. Toute jeune, elle était venue à Biella pour y faire ses études et n'en avait plus jamais bougé, à l'exception de quelques voyages en bus dans la Vallée d'Aoste, en Suisse et en Ligurie pour se tremper les pieds. Elle n'avait pris l'avion qu'une seule fois, pour rendre visite à des parents à Melbourne, en Australie, mais elle ne parlait presque jamais de ce voyage, si ce n'est pour dire : « C'était magnifique » ou : « Les kangourous, s'ils en voient, ils leur foncent dessus avec leur voiture et ils les font au barbecue » ; et quand on cherchait à lui tirer les vers du nez – « Qu'est-ce que tu racontes, Silvia ? Mais quoi : ils leur foncent dessus ? » ou : « Les pauvres » ou : « Mais la voiture n'est pas hors d'état ? » – elle se contentait de hausser les épaules. Elle haussait souvent les épaules, elle était souvent perdue dans ses pensées et marchait la tête baissée, la lèvre inférieure relevée, le menton plissé. Elle regardait ses pieds ou la route devant elle et ses yeux bleus, rapprochés, restaient cachés sous ses paupières.

Elle vivait à la périphérie du village, là où les immeubles collectifs de plusieurs étages, avec appartements et ascenseurs, alternaient avec des maisons avec jardin, des prairies mal entretenues, des potagers et des poulaillers. Les haies de sorbiers allongeaient leurs grappes de baies orange jusque sur le trottoir et dans les cours, à cette heure de la matinée, des tas de branches et de résidus de taille brûlaient déjà. La fumée l'assaillait latéralement, par rafales, tandis qu'une puanteur de feuilles pourries montait des égouts et des fossés. Elle inspira profondément et pensa que certaines odeurs âcres étaient agréables après tout. Par exemple, elle aimait l'odeur des caves et celle de la peau de saucisson. En revanche, elle détestait l'odeur du lait qui mijotait sur la cuisinière, mais c'était à cause des années qu'elle avait passées au pensionnat, où on lui donnait du lait aigre pour le petit-déjeuner, le déjeuner et le dîner.

Au kiosque à journaux, au pied de la montagne, elle acheta le journal, en vitesse parce qu'elle voulait arriver tôt en classe et finir de noter les devoirs qu'elle allait donner à ses élèves. Elle en rédigeait elle-même un exemplaire à la main pour chaque enfant, d'une écriture déliée et régulière.

M. Minero, qui tient le kiosque à journaux, n'osa rien dire et ne l'arrêta pas. D'ailleurs, il ne savait pas si la petite fille était une de ses élèves ou pas. Peut-être connaissait-il très peu Silvia. Il était surtout gêné, il ne voulait pas être le premier à en parler avec elle. De toute évidence, il le serait, puisque presque personne ne le savait, il était encore tôt le matin et elle semblait complètement ignorer ce qui s'était produit. Et si elle se mettait à pleurer ? Et si elle tombait de tout son long à terre ?

Le temps qu'il cherche comment aborder le sujet (« Silvia, vous avez vu ? Silvia, vous avez entendu ? Silvia, attendez »), qu'il s'éclaircisse la voix et ouvre la bouche pour parler, elle était sortie. Elle avait laissé le compte juste en monnaie sur le plateau en plastique et, l'instant suivant, elle était dehors.

— Elle n'a même pas lu les grands titres ? lui demanda-t-on plus tard.

— Non, elle a plié le journal en deux, l'a mis dans son sac et elle est repartie.

Qui sait si cela aurait changé quelque chose, pour elle, de découvrir ce qui était arrivé à la petite fille alors qu'elle était avec quelqu'un. Peut-être se serait-elle effondrée là, sur place, devant le buraliste ; elle n'aurait pas pu sortir comme cela, toute seule, comme si de rien n'était et Minero l'aurait accompagnée chez elle ou alors il aurait appelé sa famille : « Il s'est passé quelque chose de grave, venez chercher Silvia. » Ou alors elle aurait tremblé, hésité un peu avant de retrouver son calme et d'attraper son sac en disant : « Ça va, ça va, je vais à l'école quoi qu'il en soit », puis, au contraire, elle serait allée dans les bois.

— J'aurais dû l'arrêter, ne cessait de répéter Minero durant les jours qui suivirent.

— Cet âne de Minero, pourquoi ne l'a-t-il pas retenue ? tonnait le cousin de Silvia, son plus proche parent.

Il mesurait plus d'un mètre quatre-vingt-dix et sa voix faisait trembler les verres.

— Ne t'énerve pas, Anselmo, essayait de le calmer sa femme, qui ne supportait pas le boucan que faisait son mari et sa façon théâtrale de se défouler.

— C'est un connard ! Je l'ai toujours dit ! continuait-il à crier à pleins poumons, en tapant sur la table de ses mains grosses comme des battoirs.

— Arrête, tu vas te sentir mal.

— Couillon !

— Mais enfin ! Qu'est-ce que tu en as à faire, de Minero ? C'est de Silvia qu'il faut s'occuper. Où a-t-elle pu aller ? Peut-être qu'elle a glissé ou qu'elle est tombée ?

— Tais-toi, tu ne comprends jamais rien ! braillait Anselmo en serrant les poings pour chasser l'angoisse qui l'étreignait.

3

L'ÉCOLE ÉTAIT CONSTITUÉE D'UN BÂTIMENT de deux étages, couleur café au lait, entouré d'un grillage aux mailles serrées, de buissons d'hortensias et de haies de lauriers-roses. Dans la cour, graviers et béton alternaient avec des étendues d'herbe sur lesquelles poussaient quelques arbustes, martyrisés par les enfants les plus petits qui grimpaient sur les branches, arrachaient les feuilles pour y préparer de faux déjeuners. Elle se trouvait à un quart d'heure de marche du kiosque à journaux.

« Au bout d'un moment, elle a dû ouvrir le journal », pensa-t-on par la suite.

Et, en effet, la maîtresse l'avait sorti de son sac sans s'arrêter de marcher. Avant d'entrer à l'école, elle aimait au moins parcourir les titres, pour se sentir plus en phase avec le monde. « Tu as la tête dans les nuages, Silvia, tu planes », lui disait-on depuis toujours. Elle déplia le journal en le secouant d'un geste vif, puis, s'arrêtant sur le bord de la rue, elle lut les nouvelles. Elle se figea brusquement. Elle semblait impassible et pourtant, à bien y regarder, son immobilité n'était rien moins que naturelle. À l'intérieur d'elle-même, le monde s'écroulait. Elle cessa presque aussitôt de distinguer les caractères, mais parmi les décombres de lettres quelques mots isolés continuèrent de s'agiter sous ses yeux : « chute », « corps », « tragédie ». Après peut-être une minute, elle tourna la page. Elle vit les dernières lignes de l'article et la photographie d'un grand bâtiment, au pied duquel serpentait le torrent Cervo.

Elle se rendit compte qu'elle s'était remise à marcher, ses jambes avançaient miraculeusement sans qu'elle sache où elles l'emmenaient. Elle avançait d'un pas vif, comme quelqu'un qui est en retard à un rendez-vous ; de temps en temps, elle dérapait, ou sa cheville cédait, mais elle ne savait pas si elle boitait ou si son épaule lui faisait mal après avoir heurté le mur d'un immeuble (la poussière de plâtre avait laissé une trace nette sur son manteau, ou peut-être s'agissait-il de la craie de tableau, restée depuis la veille). Elle longea l'hôpital et se laissa conduire jusqu'au bas de la montagne. Le trottoir le long du grand mur de béton était étroit, les voitures passaient, cahotant sur les pavés, avec des bruits de ferraille.

Au dernier virage, quand surgirent le Cervo et le pont qui le traversait, elle comprit que ses jambes n'avaient qu'une envie : la précipiter dans le cours d'eau. Elle ne s'y opposait pas, tout lui était égal, cela lui paraissait même raisonnable, voire logique. Il aurait été simple d'enjamber le parapet : personne ne faisait attention à elle, personne n'aurait eu le temps d'intervenir. Au lieu de cela, à sa grande surprise, elle franchit le pont sur toute sa longueur, jusqu'à la rive opposée. Elle avait ressenti une vive douleur au ventre, comme un coup de poignard, car elle ne se trouvait désormais plus très loin du bâtiment photographié dans le journal, et lui était brusquement revenu à la mémoire le conte du joueur de flûte qui avait attiré les rats pour les noyer dans la rivière, avant de noyer également les enfants, pour s'en venger. C'était elle, le rat, mais les événements ne s'enchaînaient pas dans le bon ordre : le rat devait se noyer avant la petite fille, pas après.

En franchissant le pont, elle avait perdu l'occasion de se jeter à l'eau, elle devait maintenant continuer à progresser ; elle pensait qu'elle marcherait probablement jusqu'au moment où ses jambes ne la porteraient plus et c'était bien ainsi, même si tout durerait beaucoup plus longtemps.

Sa vue se brouillait, elle ne distinguait plus très bien les formes. Il lui semblait que la forêt se refermait sur elle, l'enveloppant d'un mélange de troncs, de ronces et de feuillages.

4

ELLE N'ARRIVAIT JAMAIS EN RETARD et son absence alarma tout le monde. Entre-temps, la nouvelle était parvenue jusqu'à l'école. Le commissaire avait demandé à rencontrer le directeur et les enseignants immédiatement après la fin des cours. Quelques journalistes s'étaient mis à prendre des photos du bâtiment au moment même où les enfants franchissaient le portail en masse. Un élève de CE2 avait salué l'un d'eux.

— Bonjour, tonton !

C'était une petite ville.

Maintenant, dans l'une des salles de classe, il y avait un bureau vide et Silvia n'était pas là. On pensa qu'elle avait appris la nouvelle – quelqu'un avait dû l'appeler, peut-être un journaliste ou un parent qui se levait tôt – et qu'elle n'avait pas eu envie de sortir. C'est une autre institutrice, une de ses amies les plus proches, sœur Annangela, qui téléphona chez elle. Comme Silvia ne répondait pas, elle appela son cousin Anselmo qui habitait à deux maisons de chez elle. La belle-mère d'Anselmo décrocha.

— Bonjour, Gemma, c'est sœur Annangela.

— Comment allez-vous ? Tout se passe bien pour vous ?

— Bien, Gemma, bien. Mais je voudrais parler à Silvia : elle est avec toi ? Je comprends qu'elle n'ait pas envie de venir aujourd'hui…

— Elle n'est pas chez nous.

— Oh ! s'exclama sœur Annangela.

Puis elle répéta :

— Elle n'est pas chez vous.

Debout à côté d'elle, le directeur hochait la tête comme si elle était montée sur un ressort, et Mme Fogli, la collègue de Silvia, reniflait discrètement.

— Mais que s'est-il passé, sœur Annangela ?

— Peut-être qu'elle est chez elle, mais elle ne répond pas au téléphone. C'est possible. Tu veux bien aller voir ?

— Bien sûr. J'ai les clés. Mais vous me faites peur.

— C'est au sujet d'une élève, Gemma, une élève de CM2. La classe de Silvia. (Malgré ses efforts, la voix de sœur Annangela se brisa.) Elle n'est plus, elle nous a quittés hier soir.

— Ô Sainte Vierge. Ô mon Dieu. (Gemma éloigna le combiné de son oreille et le regarda comme s'il était coupable.) Comment a-t-elle pu l'apprendre ?

— Peut-être que quelqu'un l'a appelée tôt ce matin, ou qu'elle a acheté le journal, lu la nouvelle, et qu'elle a préféré rentrer chez elle.

— C'est un accident ? s'enquit Gemma.

— Dans le Cervo, dans le torrent. On ne sait pas encore exactement comment c'est arrivé.

— Pauvre petite, que le Seigneur l'accueille dans sa gloire, murmura Gemma.

Elle était très pieuse et lorsqu'elle s'adressait à Dieu, elle retrouvait tout son accent frioulan.

— Je sais, c'est terrible. Une petite fille. Dix ans. Nous sommes sous le choc. Silvia aussi, si elle a appris la nouvelle, doit être bouleversée. C'était l'une de ses élèves. Elle s'en occupait beaucoup. Va voir, Gemma.

— Je vous rappelle, sœur Annangela.

Gemma raccrocha et sortit de chez elle, sans même avoir enlevé son tablier ni enfilé le talon de ses chaussures.

— Ils vont rappeler, déclara Annangela au directeur. Je vais jeter un coup d'œil sur sa classe.

Elle avait le cœur lourd pour la petite fille et maintenant aussi pour Silvia. Elle la connaissait, elle savait qu'elle ne pourrait pas supporter un tel chagrin. Elle pouvait paraître solide et résistante comme une banquise sur laquelle on peut marcher sans craindre qu'elle se brise, mais la couche de glace était fine, une membrane à peine gelée.

Elle entra dans la salle des CM2, où se tenait un surveillant au visage sombre. Les écoliers ne savaient toujours rien.

Sœur Annangela était minuscule et grassouillette, elle avait des pieds tellement petits qu'ils semblaient ronds et ses mollets étaient serrés comme deux saucisses dans ses épais bas bruns de religieuse.

— Un peu de patience, les enfants, Mme Canepa, votre maîtresse, est peut-être tombée malade, nous cherchons à la joindre. (Elle fit signe à une petite fille assise au premier rang.) Désolée, je ne connais pas ton nom.

— Cairoli.

— Bien, passe-moi ton livre, Cairoli, s'il te plaît.

Elle chaussa ses lunettes, fit courir son index solide le long de la table des matières et choisit une lecture : *Le Petit Éléphant du fleuve Limpopo.*

— Lisez le texte chacun pour vous et soulignez les noms en rouge, les verbes en bleu et les adjectifs en jaune.

Elle échangea un regard entendu avec le surveillant et repartit vers sa classe, où les enfants profitaient bruyamment des minutes de liberté inespérée qu'ils avaient gagnées. Là aussi, un surveillant gardait les écoliers excités. Un élève se tenait devant le tableau parfaitement vierge avec l'air de quelqu'un qui a une bogue de châtaigne dans le pantalon.

— Qu'est-ce que tu fais là, Martinelli ?

— C'est moi qui l'ai envoyé au tableau, sœur Annangela. Parce qu'il a dit quelque chose de méchant à propos de votre absence.

Sœur Annangela sentit monter un sourire et serra les lèvres pour le réprimer ne serait-ce qu'un peu.

— Zut alors, quelque chose de méchant ! Il va falloir que j'entende ça.

Elle ne voulait pas humilier le surveillant en levant la punition, mais elle ne voulait pas non plus laisser l'enfant debout. Pas ce jour-là.

— Pas très méchant, sœur Annangela, essaya de protester Martinelli.

— Il a dit… (Le surveillant cherchait une périphrase appropriée.) Il a dit que vous étiez aux toilettes, sœur Annangela.

— Intéressant.

— En train de faire vos besoins.

— J'ai compris, merci.

— Excusez-moi, s'exclama l'enfant, sur le point de fondre en larmes.

Ils prennent tout terriblement au sérieux, pensa sœur Annangela, saisie d'une bouffée d'amertume. Marina Poggio se grattait l'intérieur de l'oreille avec un crayon, du côté de la gomme à effacer. Ludovico Bindi tenait sur ses genoux la pomme qu'il allait manger à la récréation. Sœur Annangela sentit elle aussi dans sa gorge le goût salé des larmes.

— Tu es pardonné, Martinelli, retourne à ta place. Et de toute façon je n'étais pas aux toilettes, pour ton information.

Elle s'assit et eut un instant peur de ne pas pouvoir affronter la matinée et les jours à venir. Les obsèques. Elle baissa la tête. Les enfants la regardaient. Elle dit encore une fois : « Bon sang », et les enfants écarquillèrent les yeux comme une volée de petits hiboux. Elle devait les envoyer dans l'autre classe et se décider à retourner dans celle de la petite fille disparue, où les élèves étaient toujours en train de lire *Le Petit Éléphant du fleuve Limpopo* et ne savaient rien, n'avaient pas la moindre idée de ce qui s'était passé.

5

GEMMA SONNA À LA PORTE, puis frappa plusieurs fois sans recevoir de réponse. Elle colla son oreille contre le battant, mais n'entendit aucun bruit ; elle ouvrit donc la porte de l'appartement de Silvia d'une main ferme.

Elle avait l'habitude des situations d'urgence, du stress qui donne un coup de fouet au corps comme un câble d'acier. Elle venait du Frioul, où elle était née en 1903. Quand quelqu'un parlait de la Seconde Guerre mondiale, elle disait : « Imaginez un peu que j'en ai vécu deux. » Elle se plaisait à le répéter. Elle, elle avait un certain plaisir à imaginer qu'elle était restée en vie malgré Caporetto, la grippe espagnole, le veuvage, les bombes, les raids allemands, alors que beaucoup de ses connaissances se sentaient avant tout coupables de ce qu'elles avaient vécu. À commencer par sa fille Luisa. Mais, pour Gemma, le passé était bel et bien révolu : il était derrière elle, disparu à jamais. *Je n'aurai plus jamais à fuir la nuit, je ne traverserai pas le pont de justesse avant qu'ils ne le fassent sauter, ma fille ne sera pas envoyée en Allemagne pour travailler comme esclave.* Elle pensait qu'une telle attitude suffisait pour aborder la vie avec un certain optimisme.

Pourtant, ce matin-là, lorsqu'elle trouva la maison vide, Gemma fut envahie par le pressentiment d'un danger qu'elle ne parvenait pas à expliquer. Il était trop tôt pour s'inquiéter, Silvia devait être sortie depuis une heure à peine : le marc de café dans la tasse n'était pas encore sec, le lit n'était pas fait, le savon avait glissé par terre sur le carrelage de la salle de bains. L'institutrice n'était pas une femme soucieuse de son intérieur : rien d'étrange, donc. En revanche, une chose était sûre : elle n'était pas là. Gemma appela immédiatement l'école pour le leur dire.

6

DANS SON RÊVE, QUELQUE CHOSE LUI DÉCHIRE le ventre. Mais c'est elle qui se fait mal. Avec un couteau, comme pour éplucher une nèfle, gratter la pulpe jusqu'à ce qu'il ne reste plus qu'un noyau très brillant, extraordinairement gros par rapport au fruit. Elle le voit briller comme un petit soleil noir, un œuf noir réformé. Un œuf de Pâques creux, sans rien à l'intérieur.

La maîtresse ouvre les yeux. Dès qu'elle les ferme, les images reviennent. Des côtes de veau, une taupe noyée parce qu'elle abîme le potager en y creusant des tunnels, des serpes accrochées au mur d'une cave, une gorge de grenouille qui palpite et qu'on peut transpercer avec une aiguille ou couper d'un coup de couteau : on trace un trait comme lorsqu'on souligne un mot ou qu'on le barre pour le corriger. Elle voit des montagnes de cahiers sur lesquels tous les mots sont barrés, une salle de classe poussiéreuse, mais peut-être que les particules en suspension dans l'air sont de la cendre et qu'elle se tient à l'intérieur d'une énorme cheminée éteinte, comme celle du château de Verrès qu'elle a visité à de nombreuses reprises avec ses élèves. Mais non, ce n'est pas possible, car sa grand-mère traîne des pieds dans la pièce, Silvia entend le bruit de ses pantoufles et de sa jupe. Sur son épaule, un homme porte un faisan, la tête pendante et l'œil vitreux. Une femme obèse se dirige vers les toilettes au fond de la cour, regarde autour d'elle, relève sa jupe ; sa corpulence l'empêche d'entrer complètement dans la cabane, elle est obligée de rester à moitié dehors, elle tremble sous l'effort qu'elle fait pour ne pas tomber, elle s'accroche au cadre de la porte ouverte. Elle ne sait pas que les enfants ont grimpé sur la pergola pour voler les raisins et que, maintenant, ils la regardent de là-haut en riant. Elle l'ignore, mais Silvia entend leurs cris étouffés.

Plus elles sont violentes, plus ces visions la calment au lieu de l'effrayer. Les sangliers font du bruit non loin de là. Une fauvette siffle, ce doit être bientôt le matin. Elle ne formule pas cette pensée, ses oreilles enregistrent un son et quelque chose en elle répond : fauvette. C'est un réflexe plutôt qu'une information, et elle l'oublie vite. Les sens apportent de la matière au cerveau qui essaie de fonctionner, mais ne peut venir à bout de ce magma noir d'indifférence.

Par la porte de la cabane, Silvia aperçoit un bouleau chargé de fruits. L'image fond sur elle, elle voudrait presque s'en protéger de ses bras. Les fruits du bouleau ressemblent à de petits saucissons bruns suspendus qui se délitent au premier contact, libérant les graines. Tout ce qui est pendu, accroché ou suspendu à son support lui plaît. Elle-même a l'impression de n'être plus qu'un paquet suspendu au niveau de la taille par un rameau ratatiné qui pourrait aussi bien être un nœud coulant.

Au-dessus de sa tête, le toit en ruine laisse voir des portions de ciel qui deviennent de plus en plus claires.

Dehors, se dresse un hêtre dont l'écorce a été colonisée par des champignons : des dizaines de chapeaux gris cendré qui ressemblent à autant de sabots dépassent du tronc. L'écorce tombe déjà, il manque de grandes plaques. Silvia sait que l'arbre ne s'en sortira pas, tôt ou tard il s'effondrera. Elle le sait, mais rien de ce qu'elle perçoit ne s'organise en un tout cohérent, en un avant et un après, et tout se fond en un magma indifférencié : elle-même et les plantes couvertes de champignons parasites, la moisissure sur les planches, les animaux vivants et les carcasses de bêtes mortes, la petite brise qui entre par la porte et par les fentes des fenêtres. Elle a besoin d'uriner, mais elle ne voit pas pourquoi elle devrait se lever, sortir, faire comme la grosse femme dont le regard malicieux des enfants se moque. Elle relâche sa vessie là où elle se trouve, sans bouger d'un pouce.

7

GIOVANNA : C'ÉTAIT LE NOM DE LA PETITE FILLE. À la fin de l'année précédente, elle avait commencé à faire l'école buissonnière. Elle avait toujours eu de mauvais résultats en classe, elle était lente.

— C'est quoi, cette histoire ? Tu ne peux pas te permettre de rester à la maison, lui avait dit Silvia.

Elle la gardait après la fin des cours, faisait ses devoirs avec elle. Elle s'asseyait à côté d'elle, un peu maladroite, mais déterminée, en même temps qu'elle déballait les sandwichs qu'elle avait préparés pour elles deux. C'était la seule chose que Silvia savait préparer, à part le café, puisqu'elle dînait toujours chez Anselmo et Luisa. Dans ces sandwichs, elle mettait surtout des tranches de fromage, car elle avait remarqué que c'était l'un des aliments préférés de Giovanna, tout comme le beurre et la confiture.

— Tout le monde fait des progrès à force de s'entraîner. Regarde-moi. Je ne suis pas très intelligente, mais j'y ai mis beaucoup du mien.

Elle disait cela sans fausse modestie. C'était la vérité, et il fallait la regarder en face, sans se faire d'illusions.

Au moins, Silvia se sentait assez intelligente pour comprendre qu'elle n'était pas un génie. Une tête tout à fait normale, avec en prime des qualités de persévérance et d'assiduité. Au collège dans lequel elle avait fait ses études pendant la guerre, les bonnes élèves n'étaient pas comme elle, c'étaient des filles qui apprenaient sans effort, qui devinaient, qui inventaient. Elle, non, elle faisait ce qu'elle pouvait. Elle avait le sens du devoir, de la détermination, la conscience qu'elle était trop gauche et trop peu sûre d'elle pour supporter d'être considérée comme un cancre. Orpheline, elle avait été élevée par ses grands-parents et s'était retrouvée à l'internat. Elle ne pouvait pas non plus supporter les reproches et l'humiliation qu'entraîneraient de mauvais résultats scolaires.

— Allez, Giovanna, on fait les devoirs ensemble. Comme ça, tu seras prête pour demain.

— Merci, maîtresse, répondait la petite fille, avant de se taire parce qu'elle avait la bouche pleine.

Les parents de Giovanna étaient bergers, ils s'étaient installés à Biella quelques années plus tôt. Sa mère faisait des allers-retours entre le village et le refuge de la vallée de l'Elvo où vivaient toujours sa sœur et son beau-frère. Leurs enfants allaient à l'école du village de Bagneri où il n'y avait qu'une classe et où les bureaux et les bancs formaient un seul bloc de bois sombre, comme dans une église. Giovanna y avait également commencé l'école primaire, mais en décembre, elle avait contracté une pneumonie : elle avait dû être hospitalisée et avait manqué près de trois mois de cours. Lorsqu'elle était revenue en classe, encore fatiguée et amaigrie, elle avait oublié tout le peu d'italien que la maîtresse avait réussi à lui inculquer.

La même année, son père avait trouvé du travail dans une usine du secteur textile, dont l'activité avait explosé après la guerre et continuait de croître. Cela ne lui plaisait pas, mais le salaire était correct, les enfants pouvaient aller à l'école en ville et ils avaient une salle de bains à la maison, équipée d'une baignoire et d'une machine à laver. La machine à laver était une Candy Superautomatic 5 d'occasion, à peine cabossée par la grêle qui était tombée pendant son transport.

Partout les gens quittaient les villages et les vallées, et le père de Giovanna était parti lui aussi, mais à contrecœur, en colère. Il buvait comme tous les autres et tenait très bien l'alcool ; une bouteille par jour ne lui faisait rien. De temps en temps, il exagérait en ajoutant de la grappa et du ratafia. Il avait la nostalgie du grenier à foin, du cliquetis de la chaîne du chien attaché pour la nuit, des vaches aux longs cils, et même du fumier qui fumait sur l'herbe gelée et piétinée. Il faisait subir un peu de son mécontentement aux autres. Au lit, il pelotait brutalement sa femme et ne s'arrêtait pas même si elle pleurait et que les enfants, dans la pièce voisine, gémissaient dans leur sommeil. Giovanna n'avait pas pu passer dans la classe supérieure ; elle avait redoublé, mais elle continuait à avoir de mauvaises notes. Pour l'éduquer, son père la frappait, jamais méthodiquement et jamais longtemps, mais la peau dure de ses mains lui laissait des bleus qui mettaient des semaines à s'estomper.

Giovanna en avait assez d'avoir des mauvais résultats et voulait faire bonne impression auprès de sa nouvelle maîtresse en ville. Au prix de gros efforts de l'une comme de l'autre, elle était parvenue à obtenir des notes correctes, mais il suffisait de la laisser livrée à elle-même pour qu'elle perde à nouveau pied. Là encore, elle avait failli redoubler, mais Silvia n'avait pas eu envie de la confier à un autre instituteur et l'avait gardée avec elle en relevant ses notes en dessin, en éducation physique et en activités manuelles.

À la fin du CM1, quelque chose avait changé. La petite fille était devenue arrogante, mais aussi à fleur de peau. Ses yeux semblaient brûler de perplexité : ses cheveux et sa poitrine avaient poussé. En mettant ses doigts sur ses lèvres, elle s'efforçait de cacher la petite moustache qui y était apparue et qui, dans le miroir de la salle de bains, sous la lumière crue de l'ampoule, lui rappelait le voile de moisissure qui tachait de gris les coins du plafond.

Silvia n'avait pas pu éviter de lui mettre une série de « insuffisant », même si elle craignait la réaction du père de Giovanna. « Deux gifles de plus, maîtresse », avait commenté laconiquement Giovanna.

Sa famille vivait dans un grand immeuble populaire appelé le Casone, surplombant le Cervo, au milieu des usines qui utilisaient l'énergie hydraulique pour traiter la laine depuis un siècle et demi. Les piliers de ciment et les coulées de béton alternaient avec les arcs en brique rouge et les cheminées des fabriques du XIXe siècle.

Le Casone grouillait d'enfants et d'adolescents, et certains garçons avaient commencé à regarder Giovanna qui, sous leurs yeux, se sentait aussi sale qu'importante.

Elle ne savait pas si elle devait faire la belle ou s'enfuir en courant.

Deux d'entre eux, Michele et Domenico, au lieu de se contenter de la regarder et de la siffler sur son passage, lui avaient adressé la parole. Ils parlaient en dialecte, durement, en prenant des attitudes d'hommes adultes. Comme celui de Giovanna, leurs corps en plein changement marquaient l'âge de la puberté : elle, deux collines se dressant sur son torse et semblant vouloir transpercer son tee-shirt, deux petites touffes sous les aisselles, mais des fesses toujours plates et des hanches à peine ébauchées sous son petit ventre rond, comme celui d'une fillette ; eux, des mains énormes tout au bout de leurs bras nerveux, des pommes d'Adam saillantes comme deux noix coincées dans la gorge, quelques poils de barbe épars sur le menton, mais le cou et les joues irrémédiablement glabres.

Au début, Giovanna ne leur répondit pas. Elle était tellement gênée que cela la rendait stupide, son champ de vision se réduisait à un carré flottant devant ses pieds tandis qu'elle tentait de s'esquiver, de tourner au premier coin de rue, de descendre les marches quatre à quatre pour s'échapper. Dès qu'elle était hors de leur portée, elle s'apercevait que son cœur battant la chamade et la peur serrant sa gorge l'étourdissaient, mais rendaient aussi ses après-midi plus excitants ; et le lendemain elle proposait d'aller demander de la lessive à la voisine, ou s'arrêtait sur le palier sans aucune raison, ou bien encore s'aventurait jusqu'à la cour et l'arpentait de long en large, tête baissée, en faisant semblant d'avoir perdu quelque chose, pour voir si les deux garçons allaient lui parler.

Silvia avait deviné l'ampleur du changement qui s'était opéré chez sa protégée, mais ne parvenait pas à suivre. Tout le monde traitait cette célibataire vieillissante comme une religieuse. Quand elle pensait à elle-même, Silvia se voyait plutôt comme un organisme végétal, un corps moins chaste qu'indifférent. Elle avait essayé de gronder la gamine.

— Tu es distraite, je ne peux pas tout faire à ta place. Fais un effort pour qu'on en finisse plus vite. Attention, je vais être obligée de te mettre « Très insuffisant ». Giovanna, tu ne m'écoutes pas.

Pourtant, Giovanna n'avait pas cessé de craindre les coups, d'autant plus que même sa mère avait commencé à s'en prendre à elle. À l'entendre, sa fille était constamment en danger. Maintenant qu'elle était devenue grande, elle courait de gros risques. La mère considérait que le développement précoce de Giovanna était un malheur : se retrouver avec de vrais seins à onze ans était problématique, c'était s'exposer à des risques dont elle ne voulait pas s'occuper, épuisée comme elle l'était par son mari difficile, par les allers-retours du refuge à la maison, par ses enfants les plus jeunes, qui prenaient des baleines de parapluie et s'en servaient comme de flèches pour cribler les meubles de trous. Elle avait convaincu Giovanna que ses seins étaient deux bombes, prêtes à exploser.

Giovanna ne supportait pas qu'on parle de son corps, cela la rendait furieuse. Elle ne se reconnaissait plus et, alors qu'elle avait du mal à s'accepter, le fait que d'autres mettent des mots sur les changements en cours lui donnait l'impression d'être vulnérable, prise au piège. Elle aurait voulu de l'obscurité, du silence. Le mot

« poitrine » dans la bouche de sa mère lui donnait envie de vomir ; quand elle le prononçait, Giovanna la trouvait obscène et intrusive. Elle bouillait de colère, elle lui répondait mal, et sa mère menaçait de la faire punir par son père ; Giovanna sortait en claquant la porte.

Elle avait l'impression d'être une intruse dans son propre corps. La petite Giovanna avait été placée dans le corps d'une adolescente torturée, une étrangère.

Il y avait, dans la vallée de l'Elvo où elle était née, une femme qui possédait des dons de magnétiseuse. Derrière son dos, on l'appelait *la masca*, la sorcière en dialecte piémontais : les fantômes pénétraient dans son esprit d'où ils faisaient bouger ses mains et ses bras ; leurs voix sortaient de sa gorge rauque. On venait la voir pour savoir où le défunt avait caché son argent, s'il avait été fidèle, s'il avait de la rancœur. *La masca* ne semblait pas très heureuse d'être la marionnette des morts, mais l'argent, les lapins dodus et les dames-jeannes pleines l'arrangeaient bien. Giovanna avait pensé à elle, parce qu'elle aussi était prisonnière d'une enveloppe de chair qui lui était étrangère, comme les fantômes captifs du corps vivant de la sorcière. Mais elle, c'était pour toujours, pas pour cinq minutes seulement.

En même temps, cela la rendait en quelque sorte plus forte. Une flèche semblait indiquer où elle se trouvait quel que soit l'endroit où elle allait et peu à peu, à la répulsion qu'elle éprouvait pour les regards qui la suivaient s'était mêlée une certaine curiosité. Et puis on savait bien ce qu'il en était : elle n'était encore qu'une petite fille, personne n'aurait pensé à aller plus loin. Cependant, elle sentait que ce n'était que le début, les prémices de quelque chose qui lui permettrait de s'éloigner de son père violent et de sa mère peu attentive. Elle s'était mise à lire les romans-photos *Lancio*, où abondaient les héroïnes pauvres et romantiques : Letizia, Marina, Charme. Elle rêvait d'un sac en coton réalisé au crochet et de bas au lieu de chaussettes. Et même si elle n'aimait pas son visage et le duvet sur sa lèvre, elle rêvait de recevoir une lettre d'amour.

Elle avait fini par se lier d'amitié avec les deux garçons du Casone. C'était une relation dans laquelle la proximité physique ne parvenait pas à déboucher sur de la confiance. Ils passaient du temps ensemble au même endroit, généralement dans la cour ou sur les rochers au bord du ruisseau, ils étaient donc amis et envoyaient ce signal au monde, en particulier aux autres enfants du quartier. Mais ils n'avaient jamais aucun contact physique, même sans faire exprès ou alors seulement pour s'entraider quand ils sautaient ou glissaient au milieu des rochers. Tout au plus s'aspergeaient-ils avec l'eau glacée du torrent, qui parfois était très propre, parfois tachée par l'écume jaune et brun des filatures de laine.

Giovanna avait l'impression de ne rien savoir d'eux et qu'ils ne savaient rien d'elle, elle rentrait chez elle et c'était comme si elle changeait à nouveau de peau. Pourtant, ils parlaient entre eux : par exemple, des fils à papa qui étaient dans la classe de Michele et Domenico et de la façon dont ceux-ci profitaient des matchs de football dans la cour pour leur faire mal. De l'alunissage. De Lele, le garçon sujet aux crises de spasmes qui vivait au premier étage, qui était toujours en pyjama et portait des foulards de cow-boy autour du cou pour que la salive ne coule pas sur ses habits, du vieil homme qui se cachait dans les jardins et montrait son truc à ceux qui faisaient pipi dans les buissons, des parents qui essayaient de les éloigner. Giovanna ne voulait pas être en reste, alors elle disait que sa maîtresse ferait mieux de se trouver un petit ami au lieu de s'inquiéter pour elle. Mais si les deux autres répondaient : « Qui voudrait d'elle, cette sorcière ? », elle prenait immédiatement sa défense : « Mais tu ne l'as jamais vue, elle n'est pas si mal que ça, elle est presque vieille, d'accord, mais elle n'est pas si mal. » Et elle ajoutait sans les regarder dans les yeux : « Mais c'est une casse-burnes. »

À un moment donné, ils avaient commencé à sécher les cours. Être dehors plutôt que sur les bancs de l'école les enivrait vraiment. Domenico et Michele fumaient de drôles de cigarettes pestilentielles, Giovanna aurait aimé aller sonner aux interphones et se rendre à la pêche aux têtards, mais elle se retrouvait à tourner autour des garçons en imitant le rire de certaines femmes particulièrement sûres d'elles – les héroïnes des romans-photos qu'elle lisait, mais aussi Romy Schneider et, plus proche de Giovanna, Vanda, la femme de la mercerie, qui retouchait son rouge à lèvres devant les clients, ou Marilisa, la sœur aînée d'une camarade de classe. Pour mieux se persuader qu'il était passionnant de grandir, Giovanna exagérait, s'exhibait dans une sorte de caricature d'elle-même. Évidemment on les avait vus ensemble, évidemment son père avait découvert le pot aux roses et l'avait frappée. La maîtresse essayait de ne pas lui mettre de mauvaises notes pour ne pas aggraver la situation.

Giovanna se sentait comme quelqu'un que l'on a trompé. Elle n'avait pas fait exprès de se mettre à grandir ; obligée d'aller de l'avant, elle s'efforçait de ne pas perdre l'équilibre, et si elle trébuchait, ce n'était pas sa faute. Un jour, elle prenait une cigarette entre ses lèvres, le lendemain, elle suivait docilement les cours du soir de la maîtresse. Elle s'enfermait dans la salle de bains, s'arrachait les poils des mollets avec du ruban adhésif en serrant les dents, ou bien elle utilisait le miroir de sa mère pour comprendre enfin ce qu'il y avait entre ses cuisses, puis elle sortait et jouait à cœur perdu avec ses petits frères, oubliant complètement ses amis plus âgés, ses évasions loin de la maison, les questions anatomiques qui la tourmentaient. Elle commençait ses journées fière et combative et les terminait soumise, assujettie par une sensation de malaise.

Une seule chose ne changeait jamais : depuis quelques mois, les gifles de son père sur son nouveau corps lui étaient intolérables, pires encore que le regard de sa mère qui la mettait à l'épreuve. Elle ne supportait pas qu'on la touche, si ce n'est quand ses petits frères lui sautaient dessus. Les pères qui levaient la main étaient nombreux, elle ne se sentait ni différente des autres, ni triste. Avant tout, elle ne savait pas exactement qui son père frappait, et donc ses défenses habituelles qui, dans les bons jours la rendaient indifférente, ne fonctionnaient plus.

8

GIOVANNA AVAIT PASSÉ L'ÉTÉ DANS LE REFUGE de montagne de ses oncle et tante. Son père était resté en ville parce qu'il avait des obligations : une libération. L'odeur du fourrage et des animaux pénétrait partout, le soleil était chaud, le vent mugissait lui aussi. Sa tante appelait les vaches par leur nom, matin et soir, à l'heure de la traite, et elles arrivaient les unes après les autres comme des chiennes obéissantes. Elle n'était pas allée chercher ces noms très loin : Châtaigne, Rousse, Blanche, Étoile, Tachetée… Châtaigne était la cheffe et conduisait les autres de haut en bas dans les ravins et sur les pentes. Au début de la saison, comme elle était pleine, on l'avait mise dans l'enclos avec la cheffe de troupeau d'un alpage voisin et toutes deux étaient restées plantées là, face à face, cornes contre cornes. Elles s'étaient poussées pendant un long moment, le temps d'établir qui devait dominer, mais sereinement, sans aller trop loin et sans se blesser, en prenant soin de ne pas mettre en danger les petits encore à naître. La Colosse était noire et avait une tignasse brunâtre sur la tête : « Cinq cent soixante kilos de vache ! » se vantait son maître. Pourtant, Châtaigne avait fini par la faire fuir.

Avec le lait des deux traites quotidiennes, on faisait immédiatement du beurre et on commençait à préparer les tommes et le *maccagno*. De la crème travaillée à la baratte sortait un beurre jaune que la tante marquait avec un moule en bois décoré de volutes, de zig-zags et de fleurs stylisées. Giovanna se donnait tout entière à ce travail, des taches de sueur maculaient sa robe. Elle était assise sur un tabouret entre les tonneaux et les pots au lait, dans la fraîcheur que gardaient les murs de pierre orientés au nord. Son cousin Pietro lui jetait un coup d'œil lorsqu'il passait devant la porte, la faucille accrochée à la ceinture. Mais là-haut, elle se sentait à nouveau maîtresse d'elle-même et se payait le luxe de n'y prêter aucune attention. Elle nouait un foulard sur ses cheveux, repoussait sa frange à l'intérieur de celui-ci, sans pitié, même si, une fois libérée, elle lui remontait sur le front et la rendait ridicule. Mésange huppée, la surnommait sa cousine Flora. Elle n'en avait rien à faire, elle n'avait pas le temps. Lorsque le beurre était prêt, il fallait chauffer le lait écrémé dans des chaudrons en cuivre pour obtenir le caillé. Giovanna aidait à le verser dans les moules et à le presser. Sa tante préparait également les premiers fromages salés et les *tomini* frais, les assaisonnait avec des herbes et les vendait au siège de la coopérative en même temps que le beurre. Pour les tommes, en revanche, il leur faudrait attendre des mois.

Les frères de Giovanna agaçaient le cochon en le piquant avec des brindilles de noisetier, lui donnaient à manger les épluchures et les restes de polenta et de pâtes, passaient leurs mains dans les soies douces de ses oreilles. Son oncle ne quittait jamais son chapeau et son gilet de velours, même durant les journées les plus chaudes : il se contentait de retrousser simplement les manches de sa chemise et de jeter des malédictions au ciel. Il donnait des coups de pied à son chien, Turbo, avant de lui ordonner aussitôt de s'approcher et de poser une main rassurante sur sa tête noir et blanc. Il se comportait ainsi avec tout le monde, les gens comme les animaux. « Va-t'en », « Viens ici », un cri bestial, une caresse affectueuse. Il fallait juste s'y habituer, c'était sa façon à lui de vivre l'intimité familiale. Lui et son fils aîné ne savaient pas discuter autrement qu'en criant et en s'insultant, mais cela ne voulait pas dire qu'ils étaient en colère. Ils communiquaient comme cela, un point c'est tout, absolument indifférents aux cris, aux jurons, aux coups assenés sur la table. Leur mauvaise humeur ressemblait à un langage privé, sans aucune véritable méchanceté.

C'est du moins ce que pensait Giovanna, qui servait le café allongé d'eau-de-vie dans des gobelets en verre. Son oncle et le cousin le buvaient d'un seul trait avant d'aller se coucher paisiblement. Ils dormaient une heure, se relevaient mécontents, avalaient un second café. Ils pestaient contre les poules qui grattaient devant la porte et penchaient la tête sur le côté dix, cent fois, faisant ballotter leurs barbillons. Ils se remettaient au travail. Il fallait faucher et retourner l'herbe pour qu'elle sèche et se transforme en foin, couper le bois, nettoyer l'étable, s'occuper des ruches. Leur miel avait un goût de rhododendron et de fleurs alpines. Ils en mangeaient toute l'année, en ville, et le père de

Giovanna le faisait couler dans sa tasse de lait avec un sentiment de nostalgie qui se transformait en colère.

Lorsqu'il venait lui rendre visite, Giovanna l'évitait autant que possible. Il semblait possédé par le diable, il critiquait tout. Le soir, il restait assis à scruter l'éventail des Alpes ouvert sous ses yeux, avec une expression sombre. Les montagnes devenaient violettes, puis bleu azur et enfin bleu nuit. Les étoiles apparaissaient et il avait l'impression qu'elles se fichaient dans sa poitrine. Si sa femme essayait de l'approcher, il la chassait avec colère : « Putain de moine, on ne peut pas me laisser tranquille, tout seul, un instant. » S'il devait frapper, il ne donnait pas de gifles rapides, faciles à esquiver, comme le faisait l'oncle de Giovanna, il se concentrait pour être sûr de toucher sa cible. Pourtant, personne ne s'en plaignait beaucoup. Quand il partit, sa mère et sa tante dirent de lui : « Quel personnage, Mario, quelle sale bête », mais sans rancune. Tandis que Giovanna, en son for intérieur, sentait grandir une haine tenace, elle la sentait monter à la surface jusqu'à toucher son ventre comme la crème qu'elle séparait chaque jour du lait.

Le cousin à la faucille lui plaisait, mais Giovanna avait découvert pendant ces mois d'été que, en fin de compte, les garçons l'intéressaient moins que les fromages. Le travail lui faisait du bien et elle sentait les regards approbateurs de sa tante se poser sur sa nuque comme des papillons sur les gentianes du pré. Elle retrouvait des jambes qui servaient avant tout à courir et des mains, à fabriquer, leur apparence et leur consistance n'avaient pas d'importance. Sa tante avait de grosses fesses gélatineuses et un bourrelet de peau flasque autour des muscles des bras, pourtant on ne pouvait pas l'arrêter, « un rouleau compresseur », commentait fièrement son oncle, et tandis qu'elle se hissait sur l'échelle, il lui donnait deux ou trois tapes retentissantes sur l'arrière-train.

Flora était jalouse parce que, contrairement à Giovanna, elle n'avait pas encore ses règles, et qu'à cause de cela Giovanna la traitait comme une idiote. Elles se réconciliaient le soir dans le lit qu'elles partageaient. Sous la voûte des draps soulevés, elles peignaient leurs cheveux blonds avec les doigts et se juraient une affection éternelle, elles parlaient du jour où elles auraient des enfants et où il leur faudrait les rappeler à l'ordre, répéter : « Maintenant, ça suffit, il est temps de dormir. »

Mais le mois d'août se terminait, il pleuvait depuis des jours. Il était temps de retourner à Biella. Les cousins enviaient Giovanna et ses frères : l'hiver au village semblait long et triste. Giovanna enviait ses cousins : l'hiver en ville lui semblait une rivière sale. Leur père vint les chercher avec son habituelle mauvaise humeur.

Le père et la fille se ressemblaient sans doute. Tous deux auraient aimé rester à la montagne, tout au plus quitter l'alpage pour rejoindre la ferme à basse altitude. Ils ne s'en doutaient pas.

À l'école, Silvia trouvait Giovanna un peu sauvage, en guerre contre le monde entier, mais fière. Elle se persuadait qu'elle arriverait à finir l'année scolaire, mais, en une semaine, la gamine avait sombré dans une étrange apathie. Elle feuilletait des romans-photos sous son bureau, même si ceux-ci ne semblaient pas l'intéresser plus que ça. Si elle faisait l'école buissonnière avec les deux garçons du Casone, au lieu d'en être excitée, elle passait les heures volées dans un silence orageux, ou bien elle opposait une résistance passive à chacune de leurs décisions, comme pour gâcher la fête. Elle n'aimait rien. Elle n'aimait pas Michele et Domenico, ces deux chiots trop grands qui avaient accueilli son retour en manifestant bruyamment leur joie, elle n'aimait pas le Casone avec sa cour grise et son portail en fer rongé par la rouille, elle n'aimait pas l'école, elle n'aimait pas les trottoirs et les parterres de fleurs, elle ne s'aimait pas elle-même, et son père, encore moins.

Elle regardait les poils noirs qui lui poussaient sous le nez jusqu'à ce qu'il lui crie d'aller se faire voir. La nuit, elle l'écoutait ronfler, le ventre serré de dégoût. De temps en temps, elle souhaitait qu'il meure, comme ça, elle aurait pleuré à l'enterrement, les autres l'auraient consolée et elle se serait laissé convaincre qu'elle l'avait aimé. Elle aurait voulu être bonne élève à l'école juste pour l'étonner, mais ce qu'elle désirait par-dessus tout, c'était le faire souffrir, elle, pour une fois, laisser toute la culpabilité qu'elle ressentait retomber sur lui.

9

GIOVANNA AVAIT TRÈS MAL RÉUSSI le premier devoir sur table de l'année. Silvia l'avait corrigé et il y avait des annotations en rouge partout. Elle ne savait pas quoi faire : lui mettre « Très insuffisant » ou gonfler sa note pour l'encourager. Elle ne voulait pas utiliser l'argument des coups que son père lui donnait pour la forcer à s'engager, cela lui semblait déloyal, mais elle ne pouvait pas non plus continuer à la traiter différemment des autres élèves. Elle sentait qu'elle perdait son autorité et que lui éviter les mauvaises notes ne ferait qu'empirer les choses. Giovanna ne devait pas penser que son comportement n'avait aucune conséquence, sinon elle ne sortirait jamais de sa torpeur. Peut-être, au contraire, que ce devoir désastreux était un appel au secours, et prétendre que cela ne s'était pas si mal passé équivaudrait à faire comme si de rien n'était.

En fin de compte, Silvia avait pensé que ce n'était que le premier devoir et que Giovanna pourrait faire mieux la prochaine fois ; mieux valait une mauvaise note maintenant que plus tard. Elle avait mis un

« Insuffisant » à peine tempéré par l'appréciation. Mais elle avait mal dormi cette nuit-là. En classe, Giovanna avait pris sa copie sans sourciller. Quand la cloche avait sonné, Silvia l'avait arrêtée.

— Tu peux faire mieux, ne t'inquiète pas.

— Oui, maîtresse.

— Il y a quelque chose qui ne va pas ?

— Rien.

— Je t'ai vue dehors avec ces deux-là. Tu veux à nouveau rater ton année ?

— Non, maîtresse.

— Cela ne fait même pas un mois que l'école a commencé et tu as déjà manqué quatre jours.

— J'ai été malade une fois.

— Si tu es encore absente, je devrai le dire à tes parents, tu comprends ? L'école est obligatoire. Finissons l'année, Giovanna.

La petite fille avait hoché la tête et s'était éloignée.

Silvia était rentrée chez elle en traînant les pieds qui lui semblaient plus lourds à chaque pas. Ses jambes étaient comme deux piquets. Elle imaginait Giovanna revenant avec son devoir dans son cartable, attendant le retour de son père. *Qu'est-ce que j'aurais dû faire ? Le devoir n'était pas sauvable*, se disait-elle. Elle avait pensé à téléphoner chez Giovanna, mais cela lui semblait excessif. Après tout, combien de fois cela arrivait-il ? Une mauvaise note, une ration de gifles. C'était la même chose pour presque tous ses élèves, certains plus que d'autres. Certains garçons s'en vantaient même. C'était le regard de Giovanna qui l'empêchait de dormir. On aurait dit que ses yeux étaient tournés vers l'intérieur.

Le lendemain, Giovanna était en classe et elle ne semblait même pas trop éprouvée. Pendant la récréation, elle avait joué avec les autres et discuté longuement avec sa voisine de classe, fille d'un pharmacien et bonne élève. Silvia s'en était sentie réconfortée. *C'est moi qui dramatise*, avait-elle pensé. Mais, au bout d'une semaine, Giovanna ne s'était plus présentée à l'école.

La maîtresse regardait le bureau vide et réfléchissait. *Si j'appelle maintenant chez elle, je tomberai sur sa mère qui pourra certifier que Giovanna a de la fièvre ou un contretemps. Je lui téléphone et je la convaincs de ne pas punir Giovanna. Au maximum, interdiction de sortir l'après-midi, ça d'accord, mais pas de coups. Ce n'est pas un chien.*

Elle avait appelé. À sept heures et demie, Giovanna était sortie de la maison avec son cartable, comme toujours, et semblait en pleine santé. En apprenant l'absence de sa fille, la mère s'était immédiatement mise en colère.

— La sale gamine ! Quand elle reviendra, je lui ferai voir, moi, comment ça marche.

Elle ne voulait pas donner l'impression qu'elle considérait l'école comme quelque chose de peu important, elle qui avait arrêté en troisième.

— Mais non, madame, ce n'est pas pour ça que j'ai appelé. Je m'inquiète pour Giovanna, ces derniers temps je trouve qu'elle ne participe pas en classe.

— Parce qu'elle perd son temps avec ces deux idiots.

— Je pense que le mieux est de lui parler, mais sans l'agresser. C'est un âge difficile. Je suis sa maîtresse depuis plus de quatre ans et je ne l'ai jamais vue dans un tel état.

— Elle est seulement têtue comme un âne, c'est moi qui vous le dis.

— Je ne sais pas, je ne sais pas. Pouvez-vous me promettre d'essayer de lui parler gentiment ? Essayons. Cela ne coûte rien d'essayer.

— Très bien, madame. Merci de votre appel.

Giovanna avait frappé à la porte de la maison à une heure dix et fait comme si de rien n'était. Sa mère l'observait, se retenant de lui allonger immédiatement la gifle qui lui picotait la main droite. Après le déjeuner, elle lui avait demandé de faire la vaisselle et la gamine n'avait pas protesté. Elle trempait consciencieusement ses mains dans l'eau savonneuse pendant que ses frères jouaient à Shanghai. Pour s'assurer qu'il ne restait aucune trace de graisse, elle avait fait grincer la céramique chaude sous le bout de ses doigts.

Dans l'après-midi, voyant qu'elle ne semblait pas disposée à avouer quoi que ce soit, sa mère l'avait prise à part.

— La maîtresse a appelé, je sais que tu n'es pas allée à l'école. Pourquoi est-ce que tu mens comme cela ?

Giovanna n'avait pas répondu, elle était restée de marbre. Un silence de quelques secondes seulement, meublé par le ronronnement bruyant de la machine à laver.

— Je n'ai pas envie de le cacher à ton père. Je ne veux pas mentir comme toi. Mais je vais essayer de le calmer. C'est la maîtresse qui me l'a demandé. Je ne sais pas si je vais y arriver, tu connais le caractère de ton père aussi bien que moi. Mais, toi aussi, il faut que tu y mettes du tien. Il suffit que tu ailles à l'école et que tu obtiennes des notes qui te permettent de passer dans la classe supérieure. Pourquoi le provoques-tu ?

— Si tu en parles à papa, je me suicide, avait répondu Giovanna en s'enfermant dans la chambre des enfants.

Sa mère avait secoué la tête. Elle n'y avait pas cru une seconde.

Mais Giovanna avait ouvert la fenêtre. Quatre étages en dessous passait le torrent. Le Casone se terminait par un mur de béton et de pierre qui donnait directement sur la berge, à deux pas de l'eau gris-vert. Giovanna pouvait apercevoir les pierres que le Cervo avait fait rouler dans son lit, les rendant lisses et rondes comme des bonbons, mais aussi l'herbe boueuse, un pot de peinture, un bas en Nylon. Elle ne pensa pas aux prairies prêtes pour la fenaison, aux moules à fromage, au vent qui soufflait depuis le glacier et apportait une odeur de neige même en plein été, à la bave bleutée des animaux.

Elle enleva ses sandales. C'était comme si elle se trouvait sur la lune et regardait tout de très loin : la maison, sa famille, son père qui s'apprêtait à terminer son travail et à rentrer chez lui, elle-même à la fenêtre. Elle se sentait à la fois offensée et très loin de tout, elle voulait redescendre d'une manière ou d'une autre, mais aussi ne jamais revenir. Il n'y avait qu'une chose de claire dans sa tête : elle ne voulait pas être punie. Elle voulait plutôt punir.

On l'avait retrouvée trois kilomètres plus bas.

10

GIOVANNA APPARAÎT VERS LE SOIR. Elle avait été une enfant grande, qui maîtrisait un vaste répertoire d'expressions hostiles. Maintenant, aux yeux de Silvia, elle ressemble à une petite chose, un roitelet avec ses coudes pointus, ses omoplates semblables à de minuscules ailes et une frange blonde qui tombe sur ses yeux inhumains. Giovanna est assise devant elle dans le cabanon en ruine. Ses poignets fins dépassent des manches trop courtes de sa veste comme les os des cuisses de poulet.

Pendant ce temps, dans la tête de la maîtresse, la conversation téléphonique avec sa mère se répète à l'infini. Elle essaie furieusement de modifier certains détails de ce qu'elle a dit, elle est certaine que ses propos ont été rapportés au père de famille et qu'ils ont déclenché une violente dispute, une punition.

C'est pour cela que la petite fille est morte, et celle qui l'a dénoncée, c'est elle, Silvia. Elle voit les coups : des gifles ou pire, des coups de ceinture qui brûlent la peau. Elle voit des sanglots rageurs qui brouillent la vue et Giovanna qui court vers la fenêtre, grimpe sur le rebord et se laisse tomber. Elle entend le bruit sourd du corps encore vivant, l'impact contre les rochers, puis elle voit les courbes du Cervo, immenses, comme des galaxies aquatiques et silencieuses. Là-dessous, les truites mouchetées nagent parmi des lambeaux de tissu, des déchets qui ont coulé, des pièces de monnaie, de nombreux objets perdus qui ne sont pas faits pour rester dans l'eau et se détériorent jusqu'à se décomposer.

Un saut en arrière et la voilà le matin du jour précédent. Silvia se revoit aller au téléphone, consulter l'agenda de classe pour trouver le numéro, insérer son index dans les trous du cadran du téléphone, faire tourner le disque en plastique quatre, cinq, six fois. Elle invente des scénarios différents qui sont autant de formes de salut : elle change d'avis, la ligne est occupée, le numéro est erroné, la mère de Giovanna ne répond pas. Elle transpire à force de remonter le temps, son cerveau s'épuise à essayer d'effacer ce qui s'est déjà produit.

Voilà que maintenant Giovanna est en classe, comme d'habitude. Elle se ronge les ongles. Tout chez elle lui semble agréable. Elle ne s'en est pas rendu compte immédiatement, mais à côté de la toute dernière Giovanna se trouve la Giovanna de la première année. Cette Giovanna-là introduit deux doigts dans sa bouche, en extrait une dent de lait, la dépose dans sa paume de main et la regarde avec étonnement, avant de la mettre dans sa poche. Silvia ne supporte pas d'être encore de ce monde en sachant que Giovanna n'existe plus.

11

MARTINO ÉTAIT NOUVEAU DANS CETTE ÉCOLE, l'année avait commencé quelques semaines plus tôt et il n'avait pas d'amis. Il faisait semblant de jouer du piano en tambourinant des doigts sur le bureau, même s'il n'en était pas vraiment capable, mais de toute manière personne ne le savait, et de cette façon il était convaincu qu'il se donnait un genre et qu'il affichait combien il se désintéressait de ses camarades de classe. Lesquels l'ignoraient bruyamment, s'interpellaient par leurs surnoms d'un bout à l'autre de la classe, se passaient des billes et des figurines, jouaient à la bataille navale ou se crachotaient des secrets à l'oreille, le front appuyé contre la tempe de leur camarade. Lui restait concentré, les yeux fixés sur ses mains, et se servait aussi – feignait de se servir – de son petit doigt, comme il imaginait que les pianistes professionnels le faisaient. En réalité, il écoutait le vacarme des voix et, de temps en temps, il jetait un regard de côté vers la rangée de bureaux la plus proche des fenêtres, pour voir si Giulia avait remarqué sa performance. Mais non, cela ne semblait pas être le cas : son profil de Vierge boudeuse était à moitié caché par ses cheveux, seul le bout de son nez dépassait.

Martino n'aimait pas sa classe et il n'aimait pas Biella non plus : les montagnes étrangères, trop proches, et les routes qui n'étaient que des routes, sans aucun souvenir qui puisse les sublimer. Même l'eau du robinet avait un goût anormal, et chaque fois qu'il devait en boire, cela lui donnait le blues. Il était chez lui à Turin, dans son quartier de Vanchiglia qu'il avait couvé comme une mère poule, il n'y avait pas un carrefour ou un bâtiment qui ne lui parle : il connaissait tous les visages, il connaissait même les chiens, il savait prédire à quel coin de rue ils lèveraient la patte.

Martino et sa mère avaient déménagé cet été à cause de l'asthme dont souffrait le jeune garçon. Ces derniers temps, ce qu'il appelait « le Sifflet » lorsqu'il était enfant, un sifflement qui accompagnait parfois l'expiration, était devenu continu. Les crises commençaient par des quintes de toux, une toux métallique qui lui écorchait la gorge et l'empêchait d'expirer et d'inspirer suffisamment d'air. Il savait qu'à ce moment-là ses bronches allaient se contracter et s'enflammer, il les imaginait aussi épaisses et repoussantes que de la peau d'hippopotame. Il ne pouvait même pas parler. Dans les cas les plus graves, il devait avoir recours au masque à oxygène humidifié.

Alors qu'on attendait la pluie depuis des semaines, les particules émises par les usines, les chaudières et les pots d'échappement saturaient l'air. La protestation écologiste commençait à émerger dans ces années-là, mais on n'en savait pas encore grand-chose à Turin ; seul le mouvement ouvrier commençait à s'attaquer à la concentration de substances toxiques dans les usines. Et on fumait partout. On montait dans les bus et les trams sans éteindre sa cigarette, les professeurs fumaient en classe, au cinéma un léger brouillard voilait l'écran. Même à l'hôpital, on pouvait fumer tranquillement.

Martino, asthmatique depuis toujours, avait lu les magazines et les livres que sa mère rapportait à la maison : il savait qu'il respirait du monoxyde de carbone, de l'acide chlorhydrique, des composés fluorés, du dioxyde de soufre, du dioxyde d'azote et de soufre, de la nicotine, du goudron.

« Il faudrait au moins qu'il aille vivre à la campagne, avait recommandé son médecin, dans un endroit avec beaucoup de verdure, où il y a du bon air. » Ils avaient donc déménagé dans un hameau du bourg de Bioglio, dans la maison d'un de leurs parents ; un an d'essai, lui avait-on dit, pour voir si son asthme passerait. Son père les rejoignait le vendredi soir et repartait le dimanche. Au lieu de l'inscrire dans la petite école du village, à l'égard de laquelle ils avaient un préjugé turinois, ses parents avaient décidé qu'il ferait sa scolarité dans une ville.

Martino avait vécu toute cette affaire comme un abus de pouvoir. Il aurait de loin préféré mourir en toussant à Turin, sous les portiques noircis et les arbres tachés de roux par les particules qui s'accrochaient aux feuilles et aux troncs. Entouré de ses amis, Agostino, Piero et Roberto, aux bronches saines et qui n'en avaient rien à faire, de la pollution.

12

LORSQUE ENTRA MME FOGLI, LA MAÎTRESSE, les enfants se turent aussitôt et Martino leva la tête de son piano imaginaire. Il y avait quelque chose d'inhabituel dans l'apparence de l'institutrice, un affaissement dans ses traits et sa chevelure, une hésitation dans ses gestes. C'était une femme jeune et athlétique et pour atténuer ces deux caractéristiques, elle s'était imposé une démarche exagérément lente, une coiffure imposante et l'habitude de sucer des pastilles à la menthe – donner des explications en déplaçant une pastille sur le côté de sa bouche, et plus encore en faisant une pause au milieu du discours, pour la casser entre ses dents, lui semblait pouvoir exprimer le dédain propre à tout professeur qui se respecte.

Ce jour-là, elle était censée donner un cours de mathématiques, mais, au lieu de cela, il lui fallait parler de l'Accident – c'est ainsi qu'elle l'appelait dans sa tête, la lettre majuscule remplaçant l'initiale majuscule de Giovanna. Elle frappa de la main sur le bureau, même si tout le monde était silencieux. Elle toucha son alliance en or et y vit une partie de son visage reflétée. Elle ne savait pas par où commencer. Lorsque les aïeux de sa famille étaient morts, les uns après les autres, c'était elle qui avait défait les lits et désinfecté les draps de leurs derniers instants au bicarbonate, qui avait roulé les tapis, mis des boules de naphtaline dans tous les tiroirs et toutes les armoires et avait rempli de grands sacs à porter à la poubelle. Elle faisait toutes ces choses avec énergie, sans dire un mot ; précisément parce que faire de telles actions lui permettait de garder le silence.

Cela doit être plus facile pour sœur Annangela, pensa-t-elle, *cela doit être quelque chose de complètement différent. Heureusement, c'est elle qui va dans la classe de Giovanna.*

Elle prit une pastille à la menthe, mais aussitôt elle mit sa main sur sa bouche et la cracha discrètement sur le papier, qu'elle referma avec soin avant de le mettre dans le tiroir du bureau. Elle s'essuya les doigts sur la jupe – Dieu merci, les bureaux étaient lambrissés sur le devant et sur les côtés, cette caisse en bois à trois sous la protégeait comme une petite forteresse. Elle décida de dire seulement ce qui était nécessaire, et rapidement. Elle s'excusa de son retard, expliqua qu'il y avait eu un contretemps, un événement très triste. Tragique. Elle dit :

— Malheureusement, une petite fille de l'autre classe de CM2 nous a quittés, nous l'avons appris ce matin.

Elle n'ajouta rien d'autre si ce n'est le nom de l'enfant, parce qu'une main s'était levée : ils avaient demandé, évidemment. Prononcer son nom devant la classe avait été la chose la plus difficile qu'elle avait faite depuis son arrivée à l'école ce jour-là, et même depuis qu'elle enseignait, et peut-être depuis toujours.

Cette pensée la soulagea en quelque sorte : elle était en difficulté, bien sûr, mais comment pourrait-elle ne pas l'être ? Sœur Annangela était également en difficulté – elle avait le cœur brisé. Elle semblait juste un peu plus douée que les autres pour réagir comme il le fallait, mais, puisque c'était une religieuse, elle avait certainement des certitudes, en plus du caractère bien trempé que tout le monde lui reconnaissait. Après tout, Annangela n'avait pas de famille dont elle devait prendre soin et pour laquelle elle pouvait s'inquiéter comme n'importe qui d'autre au monde. Que pouvait-il bien lui arriver ? Elle ne pouvait pas perdre un mari, un enfant. Même Silvia ne le pouvait pas, et pourtant cela s'était produit : quelque chose l'avait anéantie. *Elle ne reviendra pas demain, nous ne la retrouverons pas*, se dit la maîtresse. Elle sentit que c'était vrai et fut surprise d'en avoir soudain la certitude : c'était comme si elle avait attrapé avec sa main un moucheron en vol, mais distraitement et presque par hasard, sans en avoir vraiment l'intention.

Prier lui sembla être une façon convenable de faire passer les minutes. Ils récitèrent l'*Ave Maria* et le *Repos éternel*, les enfants bougeaient les lèvres à l'unisson et s'épiaient les uns les autres pour voir où les autres en étaient et se mettre au diapason. Pour beaucoup d'entre eux, la conséquence la plus concrète du tragique événement était l'excitation ressentie pour une matinée différente de l'habitude. On leur demandait de manifester leur douleur et ils s'y consacraient avec zèle, imitant les expressions tristes qu'ils avaient vues sur les visages des adultes lors d'enterrements.

Pendant ce temps, Mme Fogli réfléchissait à ce qu'elle allait faire de Giulia, car Giulia était la fille d'Anselmo, le cousin de Silvia, et elle savait très bien à quel point les liens entre les deux familles étaient forts. De tous les enfants, elle semblait déjà la plus bouleversée, son regard était fixe et les coins de sa bouche tombaient vers le bas.

Giulia ressemblait à sa mère, Luisa. Sa grand-mère Gemma était une femme dure et froide, mais Giulia et Luisa, non. « Toi et ta mère, vous avez un bouton pour déclencher les larmes, ironisait Anselmo, vous êtes toutes les deux des pleurnichardes. » Giulia ne pouvait s'empêcher d'imaginer encore et encore la mort de cette petite fille. Elle ne connaissait pas Giovanna, elle se souvenait à peine à quoi elle ressemblait – elle était blonde, croyait-elle se rappeler, et elle faisait plus que son âge ; à l'entrée et à la sortie de l'école, on la remarquait dans la cour bondée d'élèves.

La maîtresse n'était pas entrée dans les détails, si bien que Giulia gardait les yeux braqués sur la peinture vert d'eau de son bureau sur laquelle elle vit défiler les malheurs contre lesquels son père la mettait en garde avec insistance presque tous les jours : traverser au feu rouge, ou sans regarder plusieurs fois à droite et à gauche et finir ainsi par se faire renverser, tomber de son vélo en se blessant gravement, se pencher trop en avant depuis le balcon, grimper sur un arbre et faire casser une branche sous son propre poids, avoir une indigestion, manger des baies ou des champignons vénéneux, se baigner dans les torrents (au risque des tourbillons ou de la congestion), glisser en sortant de la baignoire et se cogner la tête, laisser tomber le sèche-cheveux dans l'eau, se faire électrocuter en touchant la prise électrique ou les fils dénudés.

Elle aurait très bien pu se retrouver à la place de Giovanna, pensait-elle. Pourtant, Giulia ne parvenait pas à prendre vraiment conscience de ce qu'il s'était passé. C'était encore une petite fille après tout, elle pensait qu'elle était spéciale et que le monde devait lui donner quelque chose : de la chance, de vastes horizons. Autour d'elle, en secret, ses camarades savouraient aussi la lumière du matin, les cheveux qu'on pouvait toucher et arranger avec les mains, le bruit des chaises frottant sur le sol, le papier des cahiers et des agendas maculés d'empreintes digitales qui exhalaient une odeur d'encre acide et de goûters pour la récréation. Ils échangeaient des regards furtifs avec un soulagement quelque peu coupable, comme des survivants.

13

DANS LA CLASSE DE GIOVANNA, LE BUREAU VIDE attirait et détournait les regards, c'était comme une trappe ouverte au milieu de la classe. Sœur Annangela posa la main sur l'épaule de la petite fille assise à côté de Giovanna et qui se tenait maintenant seule sur le banc ; elle émit une sorte de sifflement avec son nez et se mit à sangloter tandis que ses yeux s'écarquillaient sous l'effet de la surprise : elle ne s'attendait pas à pleurer tout de suite, si soudainement et si fort. Les autres enfants rivalisèrent pour la consoler, mais plus ils la consolaient, plus elle pleurait ; des traînées de morve luisante sillonnaient les manches de son tablier. Lorsqu'elle se fut calmée, la classe se mit à écrire des lettres pour la famille, ornées de cœurs et de fleurs. Les meilleurs élèves dessinaient des anges affligés : « Nous ne t'oublierons jamais », « Repose en paix », « Maintenant tu es au paradis », « Sainte Marie, priez pour Giovanna. »

Les fillettes avaient le col de leur tablier humide de larmes et serraient leurs mouchoirs dans la main qui n'écrivait pas. Les garçons semblaient étonnés, tristes et embarrassés. Ils étaient méfiants, comme si quelqu'un leur avait traîtreusement mis entre les mains la laisse d'un gros chien inconnu.

Les élèves avaient l'autorisation d'aller aux toilettes deux par deux pour se rafraîchir et c'était une véritable procession. Deux petites filles, s'influençant mutuellement, se mirent à sangloter tellement fort que, pour se calmer, elles durent s'asseoir par terre, sans se soucier des empreintes brunes laissées par les semelles et des morceaux de papier toilette mouillé. Dans le feu de l'action, elles se demandèrent pardon pour des histoires anciennes et se prirent dans les bras.

— Tu dois me pardonner.

— Non, toi, tu dois me pardonner, tu es ma meilleure amie.

À la sortie de l'école, des journalistes attendaient : ils voulaient parler au directeur, peut-être pour lui arracher quelques phrases à ajouter à leur article.

— Casse-couilles, éclata un père de famille.

Sœur Annangela resta assise au volant de sa Fiat 500 jusqu'à ce que l'esplanade et la rue devant l'école soient vides. La vue de leurs enfants sortant vivants par la porte, en balançant leur cartable, serrait le cœur de leurs parents ; ce n'était pas quelque chose d'évident, ça ne le serait pas avant un moment. Sœur Annangela avait besoin de ressentir ces élans de panique, d'étonnement et d'amour autour d'elle, jusqu'à la dernière seconde. Ils lui serviraient lorsqu'elle irait rendre visite au père et à la mère de Giovanna.

14

MARTINO SE DIRIGEA VERS L'ARRÊT DE BUS, hébété et affamé. Les sièges à l'abri étaient occupés par deux filles plus âgées, peut-être du lycée, qui comparaient les veines de leurs bras. L'une avait des veines vertes, l'autre, couleur lilas. Elles en discutèrent longuement, puis passèrent aux cheveux : laquelle d'entre elles avait le plus de pointes fourchues ? Apparemment, elles trouvaient même des cheveux séparés en trois. Martino ne savait pas si c'était positif ou négatif. Il lui semblait reconnaître le plaisir dégoûté qu'on éprouve en voyant une araignée velue ramper sur le mur. Il s'éloigna de quelques pas et, parce que c'était contagieux, commença à observer les égratignures sur le dos de ses mains (roncier de mûres) et les taches blanches sur ses ongles.

Pendant la récréation, ils avaient appris que la maîtresse de Giovanna avait disparu elle aussi, il avait suffi pour cela que les élèves de CM2 se retrouvent tous dans la cour. Sœur Annangela avait traversé le terrain en ciment, évitant les petits de CE1 et CE2 qui jouaient au football et trébuchaient sur leurs propres pieds. Petite, ronde, avançant inexorablement, elle avait emmené Giulia à l'écart. Martino avait compris alors que Mme Canepa, la maîtresse disparue, devait être de la famille de Giulia, peut-être sa tante.

Il avait du mal à en prendre conscience. La question n'était pas de savoir qui elle était, mais ce qu'elle était : une enseignante dont le rôle était d'être en classe, d'expliquer, de mettre des notes et d'écrire dans le journal de classe. Il essaya de se souvenir de quelque chose de précis. Sœur Annangela était amicale, Mme Canepa, non. Elle semblait distraite – pas trop occupée, juste distraite. Elle n'était ni laide ni belle, ni grande ni petite non plus, elle avait les cheveux bruns, portait des vêtements simples qui se ressemblaient tous, comme un uniforme. Elle ne lui avait pas fait forte impression.

Dans le bus, Martino s'assit à l'écart des autres enfants. Il n'avait pas l'intention de céder : il n'était pas chez lui ici, il ne le serait jamais. Il mâchait hargneusement son sandwich au saucisson et regardait défiler sous ses yeux la fameuse campagne pour laquelle il était venu vivre là, du vert tacheté de jaune, de brun et de rouge. Les arbres et les ronces poussaient même trop, ils continuaient à envahir les sentiers, à empiéter sur la route et à peser sur les toits des maisons, leurs racines défonçaient les trottoirs et soulevaient l'asphalte de la chaussée. L'autobus avançait péniblement sur la route où les virages se succédaient : elle contournait le mont Rovella, vers le sommet duquel convergeaient des reliefs couverts de bois encore plus épais. Martino ne savait pas que la maîtresse était née et avait vécu longtemps dans le village où il venait de s'installer avec sa famille.

Il descendit à l'arrêt situé à côté de l'église, passa devant le bar et la fontaine. La maison où il vivait désormais avec sa mère, Lea, avait une façade typiquement piémontaise : des volets en bois aux fenêtres, des balcons avec des dalles et des encorbellements en pierre de Luserne et des balustrades en fer forgé. Derrière la maison, se trouvait un jardin avec des herbes hautes, une pergola en glycine et un grand kaki plein de fruits ronds comme des balles. Lorsqu'ils y avaient mis les pieds pour la première fois, Lea avait observé les herbes folles, les mains sur les hanches.

— Quelle jungle ! avait-elle commenté. (Puis, en regardant la glycine :) Mais elle, au printemps, elle se transforme en un nuage violet. (Elle avait ensuite montré le kaki du menton.) Et là-dedans, dans un mois, nous verrons apparaître un tas de petits soleils. Tu comprends, grincheux ?

Il la trouva au jardin, en train d'étendre le linge. Elle faisait claquer les vêtements comme des fouets et les accrochait au fil avec la discipline d'un soldat. Elle sortait une nappe de la corbeille à linge quand elle le vit, elle lui sourit.

— Aide-moi.

Martino jeta son cartable par terre et commença à secouer les taies d'oreiller humides. Il pouvait ainsi défouler sa colère d'être dans cet endroit-là et son anxiété face à la mort de la petite fille qu'il sentait maintenant bien logée dans son estomac. Pour lui, c'était une preuve supplémentaire que la décision de quitter Turin avait été désastreuse, un malheur auquel il était impossible de s'habituer. Il espérait que les kakis tomberaient tous ensemble de l'arbre et exploseraient sur le linge comme des bombes à eau. Les poils de ses bras s'étaient dressés. Sa mère le remarqua.

— Martino, que se passe-t-il ?

— Rien.

— Allez, dis-moi.

Ils continuèrent ainsi pendant un moment, jusqu'à ce que Martino se mette à crier :

— Je ne veux pas rester ici, il y a des enfants qui meurent ici !

Lea le regarda avec stupeur.

— Mais qu'est-ce que tu dis ?

— Une fille de l'autre classe est morte, réussit-il à ajouter avant de courir se réfugier dans la maison.

En le suivant dans l'escalier, Lea se demanda si quelqu'un, là où elle travaillait, le savait et avait fait exprès de ne rien lui dire. Elle avait réussi à se faire embaucher comme secrétaire à la manufacture de tricot Bellia de Pettinengo, où elle triait les appels téléphoniques et classait les documents, les fichiers et la correspondance. Le lieu avait son charme austère, c'était un grand bâtiment industriel construit plus d'un siècle auparavant, d'où on dominait toute la plaine de Biella, et Lea ne regrettait pas du tout la chapellerie du Corso Francia, à Turin, où elle avait travaillé comme vendeuse pendant plus de dix ans. Même si elle avait tout de suite compris que ses nouveaux collègues la jugeaient désagréable, antipathique, à cause de sa façon d'accomplir chacune des tâches qui lui étaient confiées vite et bien, comme un robot, pour s'en débarrasser le plus vite possible. Le fait qu'elle ait les cheveux roux, un roux flamboyant qui semblait peu naturel, n'aidait pas, et encore moins le fait qu'elle avait déménagé seule avec son fils, sans emmener son mari.

Martino était assis à son bureau, *La Balade de la mer salée* devant lui. Il aurait aimé avoir des favoris comme Corto Maltese. Pas de boucle d'oreille, cela lui semblait exagéré – on n'aurait pas pensé de lui qu'il était un marin à demi pirate, mais un gay à harceler. Les larmes qui essayaient de s'en échapper piquaient le coin de ses yeux. Sa mère se plaça derrière lui et le serra dans ses bras, le dossier de la chaise entre elle et lui, mais, dans cette position-là, elle le dominait. Elle posa sa gorge et son menton sur sa tête, respira l'odeur de ses cheveux, et il se sentit à nouveau en sécurité, comme s'il était dans un coffre-fort.

15

GIOVANNA MET UNE GROSSE BRANCHE DE PIN dans les bras de Silvia. Les aiguilles piquent les mains de la maîtresse : plus qu'un rameau de pin, on dirait une brosse dure, comme celle qu'on utilise pour enlever la boue séchée sur les chaussures.

— Pour l'étudier, maîtresse.

C'est une Giovanna étrange, les cheveux mouillés, beaucoup plus longs qu'elle ne les a jamais eus.

— J'ai pris une douche, explique-t-elle, sans que la maîtresse ait rien osé lui demander.

Silvia la regarde, elle a de l'affection pour elle, mais elle lui fait peur.

— Les pins ont de longues aiguilles, en touffes ou… ou par paires. C'est cela ?

Silvia hoche la tête, ne la quitte pas des yeux.

— Les sapins ont des aiguilles courtes, tout le long de la branche.

Des gouttes coulent de sa frange trempée d'eau sur le visage de Giovanna.

— Les pignes du sapin sont plus longues et plus tendres, les pommes de pin sont rondes et ligneuses, poursuit-elle.

Elle se balance d'une jambe sur l'autre.

Silvia aperçoit une silhouette debout dans l'embrasure de la porte. C'est une femme qu'elle pourrait reconnaître parce qu'elle garde des photos d'elle. C'est sa mère. Giovanna se retourne, suit son regard et dit à la femme : « Salut, salut », avant de se déplacer de manière à empêcher Silvia de voir la porte. Elle tient dans sa main le vade-mecum de l'école, mais lui aussi est trempé, les pages sont tout ondulées et molles, de la gélatine de papier.

— Rien à faire, je ne peux plus le restaurer, dit Giovanna. Autant le jeter.

Elle le laisse tomber. On dirait maintenant un aspic coloré, un cercueil de graisse rempli de poulet, d'œufs durs et de légumes qui se brise en trois ou quatre morceaux visqueux et se couvre de terre et de brindilles.

Silvia a faim.

16

EN RENTRANT DE L'ÉCOLE, GIULIA TROUVA ses parents à la maison. Anselmo était en colère et dans les brefs instants où il se taisait, c'était encore pire : il arpentait la pièce et l'angoisse irradiait de son corps comme d'un émetteur de chair et de sang. Giulia avait l'impression de sentir les ondes se propager, vibrer dans sa poitrine et s'y accumuler en une charge nocive de douleur emmagasinée sous ses côtes. Mais, immédiatement après, son père se lançait dans de nouvelles diatribes contre Minero, l'homme qui tenait le kiosque à journaux, contre le directeur de l'école et contre sœur Annangela, qui ne l'avaient pas appelé immédiatement, contre la police et d'autres personnes encore qui n'avaient absolument rien à voir avec ce qui s'était passé.

Deux ou trois journalistes vinrent sonner à l'interphone et il les accueillit à sa manière : en criant et en les injuriant. Les carabiniers, il ne voulait pas tellement les impliquer, car il les considérait comme des rustres et des fainéants, il leur recommanda d'être discrets et les informa que lui-même participerait également aux recherches, puisqu'il connaissait très bien la région ainsi que la personne disparue. Le prêtre fut invité à entrer dans la maison seulement parce que, sur cette question-là, Gemma et Luisa étaient prêtes à se battre et avaient affiché une attitude de martyres au supplice. Il était vieux, plus de quatre-vingts ans, des verrues sur les paupières et autour des yeux. Si cela avait été un jeune prêtre, peut-être ne l'auraient-ils pas impliqué. Don Luigi les exhorta à avoir la foi et à prier, en particulier saint Jean-Baptiste de La Salle, patron des enseignants, tandis qu'Anselmo soufflait comme un taureau et se penchait pour lui verser un petit verre de génépi.

Luisa se jeta sur le téléphone et appela l'un après l'autre tous les hôpitaux de la ville et tous les endroits où Silvia aurait pu se rendre, en bus ou en train, mais personne n'avait fait rentrer une femme qui lui ressemble, une femme blessée, inconsciente et muette. Victime d'amnésie ou rendue folle par la douleur. C'était une bonne et une mauvaise nouvelle. Elle referma l'annuaire et réprima les sanglots qui voulaient sortir de sa gorge. Elle fit vraiment de son mieux, car elle ne voulait pas effrayer davantage Giulia.

Gemma jeta dans le beurre fondu des boulettes de viande qu'elle n'avait pas très bien réussies, elles étaient granuleuses et oblongues. La table était mise et personne ne voulait s'asseoir, à l'exception de Corrado, cinq ans, qui avait demandé où était Silvia et s'était contenté d'une réponse évasive. Maintenant, il caracolait autour de sa grand-mère et essayait de la convaincre de lui donner un morceau de viande directement avec la cuillère en bois.

Giulia cachait son inquiétude bien mieux que Luisa. Elle aida Corrado à déchiqueter ses boulettes de viande en morceaux avec le bord de sa fourchette et, à un moment donné, elle fit un sourire crispé à sa mère. *Silvia*, pensait celle-ci, *aurait récupéré le beurre qui a attaché au fond de la poêle en le sauçant avec du pain – elle adorait le beurre, l'huile, le fromage fondu, les croûtes grasses qui restaient collées aux poêles.*

Giulia avait beaucoup d'affection pour elle, elle aimait particulièrement les aspects de son caractère que sa famille lui reprochait. Silvia savait s'isoler comme personne du boucan vindicatif que faisait son père, à tel point que lorsqu'elle était concentrée sur ses propres affaires, elle ne répondait même pas quand on l'interpellait. Un après-midi où elle avait rendez-vous avec Anselmo pour qu'ils aillent ensemble au cadastre et que lui n'avait aucune envie de monter jusque chez elle, il lui avait crié encore et encore depuis la rue : « Silvia, Silvia ! Tu es sourde ? Silvia ! Le cadastre ! Silvia ! », de plus en plus fort, sur un ton de plus en plus exaspéré. Giulia aurait aimé se couvrir les oreilles de ses mains, mais Silvia n'avait pas bronché, elle était en train de découper un article sur Grace de Monaco dans *Famiglia Cristiana* et elle avait continué jusqu'à ce qu'elle se rende compte que quelqu'un criait d'en bas. Elle avait dit, sans lever les yeux :

— Giulia, tu entends, ton père t'appelle.

— Silvia, c'est ton nom, lui avait fait remarquer Giulia.

— Ah oui.

Elle avait posé ses ciseaux, enfilé son manteau et ses mocassins et était sortie, impassible.

Elle pouvait s'extraire de conversations entières comme si elle s'était mis des bouchons dans les oreilles. Mais quand elle en avait envie et qu'elle se trouvait en tête à tête avec quelqu'un, elle s'intéressait sans réserve aux autres. Peu importe que son interlocuteur soit un adulte ou un enfant : son attention était sans faille, elle lui donnait l'impression qu'il était Shéhérazade (Giulia possédait une magnifique édition illustrée des *Mille et Une Nuits*, c'était son livre préféré). Silvia se souvenait de ces conversations-là et demandait par la suite des nouvelles, des mises à jour. Elle ne donnait jamais de conseils. La seule chose qu'elle répétait obstinément aux personnes les plus jeunes qui se présentaient à sa portée était : « Fais des études », avec le *u* fermé typique du piémontais.

Giulia percevait aussi que Silvia avait un problème : elle se sentait de trop. Une invitée. Elle dînait avec eux tous les soirs, mais justement, avec eux, avec leur famille, dont elle était à la marge. Et ce, même si Silvia et Anselmo se sentaient plus frère et sœur que cousins. Ils avaient été élevés ensemble par leurs grands-parents, car Silvia était orpheline et que les parents d'Anselmo négligeaient un peu ce fils arrivé entre un premier-né en mauvaise santé et une troisième-née aussi mignonne que tyrannique.

La disparition de Silvia avait jeté Anselmo dans un abîme de peur, c'est-à-dire dans la colère. Sa peur était tellement grande qu'il ne pouvait l'exprimer d'aucune manière, pas même en criant après tout le monde, en claquant les portes et en donnant des coups de poing contre les murs. Pour le lendemain, il avait organisé une battue dans les bois, depuis la ville jusqu'à Bioglio, leur village d'origine. Sur la nappe, à côté de l'assiette remplie de boulettes de viande, il ouvrit une carte pour repérer les meilleurs itinéraires. Ils seraient une dizaine de personnes, avec cinq ou six chiens de chasse obéissants. De temps en temps, il trempait une branche de céleri dans la vinaigrette et pestait après les gouttes d'huile qu'il faisait lui-même tomber sur la carte.

Giulia n'était pas aussi douée que Silvia pour se réfugier dans son cocon, et elle en avait assez de cette soirée. Elle demanda la permission d'aller se coucher et se réfugia sous les couvertures, avec les *Mille et Une Nuits*.

Luisa vint éteindre la lumière vers neuf heures.

— Tout va bien se passer, murmura-t-elle.

Mais elle n'y croyait pas du tout.

Giulia aurait voulu lui dire d'arrêter, mais au lieu de cela elle répondit :

— Bien sûr, maman.

C'était une réponse hypocrite, d'adulte, et Luisa le remarqua, comprenant que le discours de sa fille correspondait au sien. Giulia n'extériorisait pas ses sentiments, elle choisissait de se taire, de laisser tomber, ce qui signifiait qu'elle grandissait. Elle aurait aimé être partie prenante dans l'effervescence intérieure qui agitait sa fille, mais elle savait que lentement, très lentement peut-être, elle allait en être évincée et qu'il lui faudrait s'en accommoder.

Elle lui caressa le bras.

— Chérie, tout ce que nous pouvons faire, c'est la chercher et garder espoir.

Luisa se rendit compte avec consternation qu'ils n'avaient presque pas parlé de Giovanna. Préoccupés par la disparition de Silvia, ils avaient négligé la petite fille. Elle observa sa propre petite fille, des monticules dressés sous les couvertures et un visage raisonnable, comme si elle devait déchiffrer un hiéroglyphe. Elle devait admettre qu'aucun parent n'aurait pu imaginer que Giovanna aurait pu faire ce qu'elle avait fait. Pas à son âge. Elle était trop jeune pour voir les conséquences, pour comprendre qu'elle n'existerait plus après avoir sauté dans le torrent, et qu'elle ne pourrait pas se hisser sur la berge, qu'elle ne marcherait pas jusque chez elle pour sonner à la porte, debout sur le paillasson, ruisselante d'eau. Peut-être justement parce qu'elle ne pouvait pas le concevoir, elle s'était jetée par la fenêtre. Elle ne s'était pas rendu compte qu'elle allait mourir.

17

LE PENSIONNAT. CELA LUI REVIENT À L'ESPRIT avec une clarté extraordinaire et cela semble bien plus réel que la pluie qui tombe sur elle depuis le toit défoncé. Silvia tire quand même la langue pour étancher sa soif : elle est épaisse et sèche comme du carton. Cela la ramène à nouveau au pensionnat, aux couvertures marron qu'on y utilisait.

Elles dormaient dans des dortoirs et faisaient le lit tous les matins selon les instructions qu'on leur avait données et qui consistaient à border serrés les couvertures et les draps de manière qu'il soit difficile d'entrer dans le lit tant ils étaient tendus. Ces lits étroits n'avaient rien de confortable. À l'intérieur du rectangle du matelas se trouvaient le rectangle de l'oreiller, le rectangle du drap bordé, le rectangle marron de la couverture. Elles se glissaient à l'intérieur, le souffle court à cause de l'effort. Le lit était censé être un étui où les corps des enfants et des jeunes filles pouvaient demeurer pour la nuit. Ils ne devaient pas avoir assez de place pour se gratter, plier les genoux ou se caresser librement. La chemise de nuit était ample et raide, le lit, étroit et dur, et la combinaison des deux était conçue pour gêner et empêcher tout mouvement.

Après le lit, Silvia revoit ses camarades de classe, les pensionnaires. Avec certaines, elle avait gardé des liens d'amitié, mais en ce moment elles se pressent autour d'elle telles qu'elles étaient à l'époque : de petites filles en uniforme, les genoux comme des bulbes pâles entre les chaussettes et les jupes, des visages ingrats émergeant sous le rideau de cheveux. Parmi elles, parmi ces petites filles d'autrefois, il y a Giovanna, éternelle enfant. Toutes ensemble, elles observent Silvia comme si elle était un spécimen exotique enfermé dans une cage.

Glissant sur les fesses, elle recule juste assez pour s'abriter de la pluie, dans un coin protégé du cabanon. Giovanna a encore les cheveux mouillés, collés sur le crâne, raison pour laquelle une bribe de raisonnement surgit dans l'esprit de Silvia, et avec lui une vague notion du temps. Le fait est qu'avant (combien de temps avant ? Impossible de le savoir), Silvia n'a pas cru à l'histoire de la douche. Elle sait reconnaître un enfant qui ment et elle est certaine (elle était certaine) que c'est l'eau du torrent dans lequel elle s'est noyée qui a trempé Giovanna. Mais maintenant, elle se demande si ce n'est pas la même eau de pluie qui tombe sur elles deux. Et si elles se tiennent sous la même pluie, alors cela veut dire que Silvia est morte elle aussi et que ses visions lui montrent ce qui se passe *après*. Il faut tout revivre, instant après instant, pêle-mêle. Tout : même la mort de Giovanna, et Silvia est de nouveau sous tension parce qu'elle entend le téléphone sonner et qu'elle guette le bruit du combiné qu'on décroche.

Mais elle se rend compte ensuite que les pensionnaires sont sèches. Seule Giovanna est mouillée, mais il ne lui semble pas (elle regarde mieux) que de nouvelles gouttes tombent sur elle. Pour la première fois, Silvia se demande si ce n'est pas le contraire qui est vrai : elle pourrait être en vie après tout, et les petites filles ne seraient alors pas vraiment là. Là, c'est l'endroit où il pleut, et l'espace qui est en train de s'imprégner d'eau, en ce moment, est vrai, est réel. Avec difficulté elle fait la liste : elle-même, la paille, les branches qui se tendent à l'extérieur et à l'intérieur du cabanon, les murs tachés d'humidité. Mais ces choses-là ne l'intéressent pas et par conséquent elles s'éloignent et s'estompent.

Le pensionnat, lui, revient au premier plan, avec une incroyable netteté. Les lits, les camarades, le réfectoire, l'odeur de soupe et d'insecticide, le parloir où le dimanche on rencontrait les familles et où les orphelines contemplaient en silence le Grand Mystère : avoir une mère. La façon dont une mère t'embrasse, la façon dont elle t'ignore. Il y avait des mères distraites même en cet unique jour de la semaine. Une fois, Silvia avait entendu une mère dire en sifflant à sa petite fille : « Ne t'avise pas de pleurer, tu verras ce qui t'arrivera, si tu pleures », et elle s'était sentie blessée comme si ce reproche injuste lui était adressé.

Le dimanche, le parloir. Sa grand-mère avec ses bas couleur chair tout plissés autour de ses chevilles, comme la peau de certains chiens. Son grand-père très élégant, avec son chapeau et sa veste bien coupée, son gilet et son mouchoir dans sa poche. Sa grand-mère perdait ses cheveux et ne lui avait pas donné naissance. C'était important, lui répétait toujours son amie Marilena, à qui il ne restait plus que les sœurs de son père. Marilena est là, à côté de Silvia, elle touche son ventre sous le nombril comme le font les femmes enceintes : « Mais bon, concède-t-elle, ta grand-mère est toujours la mère de ta mère. » Mais Silvia est dégoûtée à l'idée de sa mère sortant du ventre de sa grand-mère, dans le grand lit bateau dont la tête est sculptée de feuilles et de volutes avec, au centre, les initiales de son grand-père : CC, Costantino Canepa. Elle-même y a dormi souvent, du côté de sa grand-mère, les couvertures bien bordées pour ne pas risquer de tomber. À la maison comme au pensionnat, elle avait droit à un sommeil dans un cocon.

Maintenant, les yeux ronds et gris de Marilena brillent et cela signifie qu'Elle est arrivée : Elle, la mère d'Antonia, reine des visites dominicales. Silvia ne se souvient plus du nom de cette belle femme blonde, aux pommettes saillantes, au nez large et aux sourcils invisibles, la mère-panthère, mais elle voit les deux verres qu'elle apportait, soigneusement emballés dans du papier journal (des verres octogonaux avec un filet doré sur le bord), et la boîte de chocolat en poudre à diluer dans du lait. Elle et sa fille Antonia trinquent avant de boire. La mère se lamente :

— Tu me manques, tu me manques tellement, et Silvia comprend l'agacement d'Antonia face à ces démonstrations qui finissent par lui rendre la vie encore plus difficile au pensionnat, où l'on manque d'affection.

— Je ne te crois pas, si tu me laisses ici, c'est que je ne te manque pas, l'agresse Antonia, et sa mère a du mal à nier et à s'expliquer, jusqu'à ce qu'une phrase lâche s'échappe de ses lèvres : Ton père est intraitable.

Mais Antonia ne se calme pas, elle veut que sa mère parte avec son lot de chagrin, tout comme elle-même a du chagrin de rester, mais elle le regrette dès que sa mère tourne au coin de la rue. Du bout de la langue, elle savoure le goût du chocolat qui macule encore les coins de sa bouche, du regard elle cherche Silvia et Marilena, car elles ont été témoins de la scène et sont orphelines, elles sont dans une situation pire que la sienne.

18

IL PLEUVAIT DEPUIS DES HEURES ET IL FAISAIT ENCORE nuit. Assise dans sa voiture, Luisa regardait passer les lumières des phares, blanches et rouges, que l'eau élargissait, et les lueurs jaunes, fixes, des réverbères. Sur le parking de l'usine, elle profita d'une éclaircie pour fermer rapidement la portière et courir se mettre à l'abri. Anselmo était plus sombre que jamais, car les recherches allaient devoir se dérouler sous la pluie, avec des chiens nerveux et une visibilité réduite. Ils pensaient tous les deux au sol détrempé, aux torrents débordants, aux vêtements mouillés qui refroidissent vite un corps. Mais peut-être que Silvia était à l'abri, ou du moins qu'elle avait pu boire.

L'usine où travaillait Luisa produisait des sous-vêtements : débardeurs, culottes, pyjamas, chaussettes, collants. Le personnel ne comprenait que des femmes et toutes disposaient de casiers où elles pouvaient laisser leur manteau et leur sac. Lorsqu'elle entra dans le vestiaire, les têtes de celles qui se battaient avec le cadenas, le foulard ou la Thermos de thé se relevèrent à l'unisson et elle se prépara à être encerclée.

« Des nouvelles ? », « Mon Dieu, et aujourd'hui il pleut par-dessus le marché », « Espérons qu'elle soit à l'abri », « Elle n'a pas tenu le coup, la pauvre », « Pourtant, ce n'est pas sa faute », « Silvia est extraordinaire comme maîtresse. »

Luisa hochait poliment la tête. Elle comprenait qu'elles étaient sincèrement inquiètes et que continuer à répéter exactement les mêmes choses leur permettait de reprendre leur souffle. Cela créait un suspens, il ne fallait pas se le cacher, cela chassait l'ennui. Silvia était le sujet du moment. Une femme un peu étrange, mais réservée qui toute sa vie avait évité l'attention des autres et, en disparaissant, avait fini par attirer tous les regards. Les gens passaient en revue des épisodes de sa vie, son apparence, son dévouement et sa solitude. Luisa comprenait le paradoxe et se sentait obligée de protéger Silvia des bavardages, même si elle était trop polie pour être efficace. Mais quelque chose la mit hors d'elle.

— C'est compréhensible, en même temps. Une personne seule, sans affection, disait Mariachiara, une femme aux cheveux en bataille. Elle s'attache à ses élèves plus qu'elle ne le devrait, je ne sais pas comment dire. D'une façon morbide. En quelque sorte, ils sont tout pour elle. Et c'est beau, une maîtresse comme ça. Nous le savons tous. Mais, ensuite, quelque chose de malheureux est arrivé et elle a paniqué. Ma belle-mère, qui la connaît bien, dit que, même petite, elle ne s'intégrait pas vraiment.

— Mariachiara, cria Luisa, et elle fut immédiatement surprise de sa propre réaction.

Elle aurait dû laisser tomber, mais elle avait le visage en feu jusqu'aux oreilles, et elle s'était rapprochée du petit groupe. Cela ne lui arrivait jamais de perdre son sang-froid, elle évoluait sur un terrain inconnu. Au fil des années, elle avait confié sa colère à Anselmo. *Maudite imbécile*, pensa-t-elle. Elle parlait tout à la fois de Mariachiara et d'elle-même. Elle ne savait pas comment s'en sortir.

— Oh, Luisa. Je sais, ça doit être terrible pour toi, s'empressa d'ajouter Mariachiara d'une voix affligée.

Luisa était prête à reculer, à afficher un sourire conciliant et à commencer à jouer son rôle.

— Nous aimons tous Silvia. Je dis juste que…

— Que quoi ?

— Mais rien, si Fernanda ou Bruna s'évanouissaient dans les airs, si tu disparaissais, toi, par exemple, là oui, je serais surprise. Mais Silvia a toujours été un peu particulière, n'est-ce pas ? Dans le bon sens du terme.

Luisa pouvait sentir l'odeur de la laque de Mariachiara, vénéneuse, et son regard lui semblait également vénéneux. Elle remarqua des poils blancs et argentés sur son manteau noir.

— Si tu le dis, coupa-t-elle court.

Heureusement, peu de femmes les écoutaient. Cependant, elle ne pouvait pas s'en tenir là.

— Écoute, Mariachiara, tu devrais faire quelque chose contre cette odeur de chat. Je veux dire, c'est vraiment pénible. Je pense qu'il s'est occupé de ton manteau. Tu sais, quand ils marquent leur territoire.

Elle la laissa renifler ses vêtements, avec une expression de ressentiment qui la rendait laide.

Parfois, comme à ce moment-là, Luisa s'était demandé ce qu'elle faisait là, et par *là* elle voulait dire dans sa vie. Ce n'était pas quelque chose de beau à exprimer, et en réalité elle ne le disait pas, elle n'osait même pas formuler cette pensée. Elle sentait que les enfants lui appartenaient fondamentalement. Giulia était une gamine adorable et ne semblait pas du genre à faire une crise grave à l'adolescence, à condition qu'Anselmo ne devienne pas insupportable au point de la pousser à s'enfuir avec le premier idiot venu. Corrado, le petit dernier, était une véritable peste. Sa mère le traitait comme un prince parce que c'était un garçon, négligeant de lui apprendre ce que Giulia, au même âge, savait déjà très bien faire.

Luisa devinait d'où lui venait ce sentiment d'étrangeté, tout comme elle devinait les raisons profondes qui l'avaient poussée à épouser Anselmo. C'était à cause de ce qui s'était passé vingt-six ans plus tôt, pendant la guerre. Elle avait entendu des histoires de personnes qui avaient survécu avec des éclats de grenade dispersés dans tout le corps, voire des balles logées dans les os du crâne, qui ne pouvaient plus être retirées. Elle se voyait ainsi : avec à l'intérieur d'elle-même, ou plutôt au centre, quelque chose de dur et de froid autour duquel elle avait guéri malgré elle, quelque chose qui pourtant avait détruit, puis rendu une partie d'elle insensible.

Luisa était nostalgique du Frioul de sa jeunesse et en même temps il lui aurait été difficile, voire impossible, d'y vivre. La campagne était exposée au ciel sans l'encadrement des montagnes, c'était une mosaïque de verts et de jaunes : tabac, maïs, blé. Les montagnes avaient toujours eu pour elle un aspect menaçant, comme une ceinture qui serre trop les hanches. Elle préférait être sous la plus grande étendue de ciel possible, à perte de vue. La polenta frioulane était blanche, une pleine lune coupée en tranches avec du fil de coton qui, une fois refroidie, était également servie au petit-déjeuner et au goûter. À l'aube, la vapeur qui montait du Tagliamento faisait onduler les silhouettes, ressembler le paysage entier à un rêve. Elle avait de nombreux souvenirs agréables. Mais pendant la guerre, dans les pires mois de 1944, elle était tombée amoureuse. Elle avait alors commencé à ronger les petites peaux autour de ses ongles ; elle mettait la chair à nu, rouge, douloureuse. Elle se sentait elle aussi comme ça, dépourvue de la couche protectrice nécessaire, privée de peau. C'est pour cette raison qu'elle s'arrachait la peau autour des ongles, afin de ressembler davantage à ce qu'elle était.

La famille de Luisa était du côté des partisans et elle en était fière. Le garçon dont elle était tombée amoureuse avait pourtant un frère parmi les républicains. Lui non, il n'était pas fasciste, mais il aimait quand même son frère en chemise noire. Les partisans l'avaient enfermé dans une grange pour l'interroger : ils voulaient qu'il trahisse son frère, qu'il les aide à l'attraper, peut-être pour lui faire un procès, peut-être pour l'utiliser dans un échange de prisonniers. Luisa n'avait jamais su si on lui avait tiré dessus par frustration, par erreur ou simplement par impulsion, parce qu'il avait tenté de s'échapper.

C'étaient les partisans qui avaient fait ça et pour elle la Terre entière s'était arrêtée de tourner. Elle connaissait bien leurs noms, leurs visages et leurs proches. Leurs parents étaient souvent avec elle, c'étaient des cousins plus âgés qu'elle ou des amis de cousins, des camarades de classe, des copains de pêche, des camarades de régiment. Pour eux, elle avait déposé des sacs de pommes de terre, des lacets neufs et des bonnets de laine dans les fossés, elle avait enfilé trois ou quatre pulls les uns sur les autres pour aller les attacher étroitement aux branches des arbres, au bord des buissons. Elle avait prié pour qu'ils expulsent les nazis et elle continuait à le faire. S'il s'était agi des Allemands, elle aurait pu au moins dépenser toute son énergie à les haïr.

Gemma ne s'en était pas rendu compte. Elle avait déclaré : « C'est comme ça depuis des années. Nous souffrons tous comme des chiens. » Luisa n'avait pas la force d'expliquer ce qu'elle ressentait et n'avait probablement même pas les mots pour le faire. On n'avait pas l'habitude de parler de sa douleur et les sentiments des adolescents n'étaient pas non plus pris en compte, car ils étaient trop instables et incohérents. Elle eut des crises de panique qu'on appela « besoin d'air ». « Luisa a besoin d'air, disait-on, laissez-lui de l'espace, faites-la asseoir. »

Cela lui arrivait lorsqu'elle se souvenait de la dernière fois qu'elle avait vu le garçon dont elle était amoureuse (pouvait-elle l'appeler son « petit ami » ? Il s'était déclaré, mais il n'y avait rien d'officiel et ils n'avaient fait que s'embrasser). Luisa passait sur la route qui longe le canal, il était dans le jardin devant sa maison, debout sur une chaise entre les rangées de légumes, en train de cueillir des haricots. Il les jetait d'en haut dans le seau à ses pieds : *paf*, *paf*, *paf*. Elle ne l'avait pas appelé, elle avait voulu l'observer sans être vue à travers le grillage et les feuilles. Les hirondelles plongeaient bas dans le ciel, les haricots étaient de l'espèce marbrée de violet et de blanc.

Plus tard, avant de rentrer chez elle, Luisa prit un moment pour lire seule le journal. Il avait cessé de pleuvoir, la couche de nuages, basse et compacte, s'était déchirée et la lumière continuait de passer du gris au rose, du rose au gris. Il y avait plusieurs articles sur Giovanna et Silvia.

« Après le drame de la petite fille, le mystère du professeur. »

« Une enfant de dix ans se noie, sa maîtresse disparaît. »

« Hypothèse sur hypothèse, mais aucune certitude sur le fait qui fait scandale. »

« On craint un second acte imprudent. »

Sur la deuxième page, ils avaient publié la photographie de Silvia qu'avait choisie Luisa dans l'espoir que quelqu'un, quelque part, la reconnaisse. Elle avait également été reproduite dans *La Stampa* de Turin. Elle avait été prise au printemps, elles étaient dans une prairie à Bioglio, on sentait l'odeur de l'herbe nouvelle et de la poussière grillée par le soleil. Silvia regardait droit vers l'objectif et pourtant, même comme cela, elle donnait l'impression d'être la spectatrice d'un événement quelconque plutôt que le sujet de la photo. Luisa avait dû découper la photo, puisqu'elle était à côté de Silvia, mais il restait un bout d'épaule, et la pointe d'un coude.

En dessous, un long article expliquait comment Giovanna avait multiplié les absences injustifiées et précisait que, le jour du drame, Mme Canepa, la maîtresse, avait décidé d'informer la famille. « Cela pourrait être une des causes du suicide et de la disparition de l'institutrice. Cependant, ces deux faits ont des racines qui plongent trop profondément dans les méandres sombres de la psyché humaine pour qu'on puisse trouver une quelconque validité acceptable à la lumière de la logique, même sous une forme superficielle et aléatoire. »

Luisa, elle, croyait comprendre Silvia. Quand cela avait été son tour de souffrir, elle ne s'était pas enfuie pour se cacher simplement parce que, contrairement à Silvia, elle ne s'était pas sentie coupable. Si elle n'était pas morte et si elle ne revenait pas, cela voulait dire que Silvia ne voulait pas qu'on la retrouve.

19

ABOIEMENTS DE CHIENS AU LOIN, APPELS. Ils semblent être nombreux et peut-être crient-ils *Silvia*, mais cela ne la concerne pas. Elle ne sait plus si elle répond à ce nom, elle le reconnaît à peine, comme un mot étranger dont on ne saisit le sens qu'approximativement. Mais elle pressent que les cris et les aboiements sont les prémices d'une série d'événements à venir : se retrouver sous des yeux humains, être recueillie, chargée dans une voiture, plongée dans une baignoire. Elle n'appréhende pas ces faits de manière ponctuelle et linéaire, mais comme un méli-mélo de mains et de voix à l'intérieur d'un sac, et le sac, c'est elle.

Alors, à grand-peine, elle se traîne hors du cabanon, sous une pluie battante, et tout devient sombre et indistinct.

Elle rouvre les yeux. Ses narines sont pleines de boue, elle en crache par la bouche. Elle recommence à ramper, se glissant sous un mûrier qui, en grandissant, a envahi le bosquet de noisetiers. Elle est allongée là où la végétation est touffue, où personne ne peut venir la sauver.

Quand le silence enfle jusqu'à régner à nouveau sur les bois, elle revient à la cabane à quatre pattes.

20

À BIOGLIO, LE SEUL AMI DE LEA ET MARTINO était Gianni. C'était un cousin éloigné, au troisième ou quatrième degré, qu'ils n'avaient rencontré que lors de quelques mariages avant le déménagement et avec qui Lea avait à peine échangé dix mots. Ils regrettaient de ne jamais s'être rencontrés auparavant, car des liens d'amitié s'étaient immédiatement noués entre eux.

Gianni travaillait également dans une manufacture de tricots, où il s'occupait des exportations, car il parlait bien anglais. Il était grand et mince, avec un nez en forme de champignon renversé, des lèvres fines, des joues défigurées par des fossettes et des cratères, des cheveux en brosse dressés droit sur la tête. Il répétait sans cesse qu'il était laid, mais Martino pensait que ce n'était pas vrai, Gianni n'était pas laid du tout. Dans un western, il aurait pu être un pistolero malchanceux, ou encore le croque-mort, celui qui aide le héros au bon moment en le cachant dans un cercueil.

Lorsqu'il passait prendre un café chez eux, de temps en temps, Gianni faisait le geste de chercher une cigarette dans la poche de sa chemise et Lea le foudroyait du regard, montrait Martino des yeux et la porte du menton, alors Gianni hochait la tête et, de l'index, il faisait signe : je fumerai plus tard.

Ils parlaient surtout de livres. Gianni écrivait des histoires que Lea lisait fébrilement en une nuit, car elle les trouvait très belles. Pour la première fois de sa vie, elle était amie avec un écrivain ; elle aurait pu se sentir intimidée, mais comme Gianni paraissait intimidé par elle, les deux gênes finissaient par s'annuler.

De temps en temps, Gianni récitait par cœur des vers de Milton et de Gerard Manley Hopkins, avant de les traduire. Il disait : « Si tu veux traduire un poème, Martino, tu dois faire attention à la façon dont il marche, c'est-à-dire aux *enjambements*. En-jam-be-ments. » Pour lui faire plaisir, Martino scandait « en-jam-be-ments », alors qu'il n'avait jamais songé à traduire de poésie. À l'école, on lui faisait apprendre Carducci par cœur et il trouvait cela très ennuyeux.

Gianni, cependant, lui faisait voir les mots sous un nouveau jour, et c'était comme si Martino prenait pour la première fois de sa vie conscience qu'il en utilisait. Après s'être cassé le poignet deux étés plus tôt, il avait dû réapprendre à le bouger grâce à la kinésithérapie ; en pratique, il restait debout à le regarder pendant des dizaines de minutes, fin et lisse comme une seiche, pendant qu'il le tournait et le retournait en pensant : *Eh bien, tu vois à quoi sert un poignet, à un tas de choses*. Avec Gianni et ses poèmes, il éprouvait une sensation semblable, sauf que les mots lui servaient encore plus que le poignet ; ils lui permettaient de dire, de demander. Grâce à eux, il pensait.

S'il était bien luné, Gianni récitait :

— « *Glory be to God for dappled things. For skies of couple-colour as a brinded cow...* » Pour les cieux constellés de taches comme les vaches. Alors contemplons-le un peu, ce ciel, qu'est-ce que tu en penses ? Bah. Il est pavé de nuages, et Martino s'imaginait la tête en bas, comme une chauve-souris, face à une étendue de ciel gris.

— Tu fais le beau, hein, Gianni, regarde un peu ce spectacle, le taquinait Lea.

— Tu n'as encore rien entendu, répondait-il, et il commençait par John Donne : « Chez les amants sublunaires, l'amour insensé / (Dont l'essence sont les sens) ne peut pas supporter / L'Absence, puisqu'elle lui enlève / Ce qui le nourrit et ce qui lui donne corps. »

— Et qui sont ces sublunaires ? demandait Martino, qui imaginait des extraterrestres chauves à bord d'une soucoupe volante.

— Nous, mon chéri. Tu es un garçon sublunaire.

Lea commentait :

— Nous qui aimons bêtement.

Et Gianni souriait au mur.

Cet après-midi-là, Martino remarqua que Gianni était inquiet à cause de la disparition de la maîtresse et qu'il regardait le ciel non pas pour y lire des présages, mais pour savoir si l'éclaircie était définitive ou s'il allait se remettre à pleuvoir, comme la veille, comme pendant toute la nuit et la matinée qui avait suivi. Leur jardin était inondé par la pluie, l'eau coulait encore depuis la gouttière et quelques kakis avaient fini par tomber.

— Comment ça se passe, l'école, sans Silvia ? Mme Canepa, je veux dire.

— Ce n'est pas ma maîtresse. Il y a un remplaçant, je crois. Tout le monde est triste.

— Les recherches ? demanda Lea à Gianni.

— On n'a rien trouvé dans les alentours. On voulait vraiment y croire, mais rien. Si elle est dans les parages, elle ne répond pas aux appels. On espère qu'elle a pris un train, qu'elle est partie loin d'ici.

— Mais toi, tu la connais bien ? demanda Lea.

— Très bien, nous avons passé notre enfance ensemble. Mais elle est plus jeune que moi, d'au moins quatre ans.

Soudain, Martino pensa qu'il devait aller perquisitionner les bois. Cela lui semblait être sa mission, une aventure qu'il devait tenter. Il pourrait trouver lui-même la maîtresse et gagner ainsi le respect et la gratitude de Gianni, de sa mère, de toute l'école et de Giulia la bonne élève. S'il réussissait, il pourrait convaincre sa famille de retourner à Turin. On ne peut pas refuser à un héros le retour dans sa patrie. Il pénétrerait dans le bois très ordinaire de Bioglio comme s'il allait explorer la forêt tropicale d'une île peuplée de cannibales ou comme s'il devait s'enfoncer au cœur de la jungle noire. Une expédition à mi-chemin entre celles de Sandokan et celles de Corto Maltese. *Une balade dans la forêt humide* : Gianni en aurait écrit l'histoire. Il alla chercher un blouson et un bâton de marche.

— Je vais faire quelques pas dehors.

— C'est nouveau.

Au cours des semaines précédentes, Martino avait fait tout ce qu'il avait pu pour ignorer le monde extérieur et ne pas risquer de faire éclater la bulle d'images turinoises dans laquelle il vivait.

— Mais ne t'éloigne pas trop. Et n'oublie pas ton inhalateur, ajouta Lea.

Elle parlait du bronchodilatateur.

— Je vais faire une petite promenade tant qu'il ne pleut pas.

— D'accord. Tu veux emporter un casse-croûte ?

Prendre de quoi manger n'était pas une mauvaise idée. Tandis qu'il se préparait un sandwich beurre-sucre, Martino entendit Gianni dire à sa mère :

— Tu sais quoi ? J'espère seulement que la douleur ne lui a pas fait perdre la raison. J'espère qu'on ne la retrouvera pas à moitié morte de faim et complètement folle. Il ne nous manquerait plus que ça : Silvia, internée dans un hôpital psychiatrique.

— Ne disais-tu pas que les membres de sa famille étaient de braves gens ? Ils ne la mettraient pas là.

— Non, c'est vrai. Mais ce ne sont pas eux qui font les bilans psychiatriques.

Une folle avec une montagne de cheveux sur la tête et une grande blouse : c'était vraiment quelque chose qui faisait peur à Martino. Comme la femme de ce gentleman anglais, qui avait bien fait de l'enfermer dans un grenier… Bertha, Bertha Mason. Sa mère lui avait raconté son histoire. En plus de cela, Bertha était pyromane. Avait-il vraiment le courage de partir à la recherche de quelqu'un prenant ce chemin-là ? Corto Maltese n'y aurait pas réfléchi à deux fois. Sandokan, encore moins. Et puis Mme Canepa, telle qu'il se souvenait d'elle, ne semblait pas capable de faire de mal à une mouche. C'est ce raisonnement qui le poussa à se lancer dans l'aventure, à sortir sur la prairie verdoyante avant d'entrer dans les bois où les arbres laissaient joyeusement goutter la pluie, en lui mouillant la tête.

21

L'ODEUR DE RÉSINE ET DE BOIS VIVANT était très forte, il la sentait envahir ses poumons et oxygéner sa peau d'hippopotame, la rendant plus mince. Au début, il avait l'impression de trahir Turin à chaque respiration, puis il se disait que cette expédition avait la même valeur qu'une promenade en montagne un dimanche.

Là où la pluie avait formé des flaques, les vers avaient été forcés de remonter à la surface. Martino en connaissait la raison, car cela avait un rapport avec la respiration. Les vers absorbent l'oxygène à travers leur peau et, donc, si les tunnels de terre dans lesquels ils vivent sont inondés par la pluie, ils doivent sortir pour aller chercher de l'air. Il se pencha pour remuer l'eau avec la pointe du bâton, réprimant le désir de les couper en morceaux que suscitait en lui leur couleur d'entrailles nues, rosâtres et violettes, avec leurs anneaux microscopiques, leurs renflements et leurs tuméfactions le long du corps filamenteux.

En s'accroupissant, il aperçut deux chenilles velues accrochées à un brin d'herbe. Des coléoptères étaient sortis des trous de l'écorce et couraient sur la plante comme des petites voitures, contournant les bosses et ces espèces de champignons grisâtres qui ne font qu'un avec l'arbre. Il les frappa à coups de bâton et s'en donna à cœur joie, car il ne risquait pas de les briser. Il vit un pic taper du bec sur un hêtre à la recherche de larves : il mangeait les larves et les larves mangeaient le bois. À plusieurs reprises, le visage de Martino se trouva pris dans une toile d'araignée. Il arracha une fougère et, en la retournant, remarqua les traces brunes de spores.

Il était moins concentré, il ne cherchait plus rien. Il ramassa quelques pommes de pin et les lança comme s'il s'agissait de grenades à main, imitant le bruit des explosions avec sa bouche. Il frappa les globes gris-blanc des vesses-de-loup pour voir sortir le petit nuage de poussière et fredonna : « Pet-de-loup ! Pet-de-loup ! » Il tapait aussi sur les amanites avec leurs chapeaux couverts de cloques blanches. Puis il commença à utiliser son bâton comme une épée contre des hordes de Thugs. Les hautes herbes l'enveloppaient et le retenaient, les branches croisaient leur lame comme de vrais duellistes. Il se déchaînait contre les acacias qui le menaçaient de leurs épines vertes.

Il se sentit soudain essoufflé et dut ralentir. Il fouilla dans la poche de son imperméable. Le spray était là, à sa place. Il s'agissait en fait de la merveilleuse potion qu'un chaman lui avait donnée en signe de gratitude après un acte héroïque. Pour être précis : le sauvetage de sa fille unique, faite prisonnière par des ennemis. C'est alors qu'il se souvint de la mission qu'il s'était donnée. Il remonta jusqu'à une petite chapelle à demi abandonnée. Il y avait un vase derrière la grille de fer, mais les fleurs étaient sèches et avaient été abîmées par la pluie. Dans la niche, la Vierge noire se décolorait et portait une ridicule barbe de mousse ; l'Enfant Jésus, également noir, ressemblait à un adulte miniature avec de grands yeux de merlan disproportionnés. *Celui qui les a peints était pitoyable*, pensa Martino.

Au-delà de la chapelle, la végétation devenait chaotique, le sous-bois avait été colonisé par les ronces et personne ne venait plus couper du bois ni ramasser de noix, de noisettes et de châtaignes. Martino avait du mal à marcher et, au lieu de le ralentir, cela l'encourageait, car il s'imaginait à nouveau dans la jungle. Il y avait une petite clairière où l'herbe et les feuilles étaient tassées ici et là. Il ne le savait pas, mais c'étaient les traces laissées par les corps des chevreuils qui y dormaient. Un peu plus loin, il reconnut les contours d'une cabane, une sorte d'écurie assiégée par les arbres. Un bivouac des Thugs. Il se rapprocha à pas de loup, brandissant son bâton.

Il voulait accomplir les choses dans les règles de l'art. Il lui fallait d'abord regarder à l'intérieur sans se faire voir pour jauger les troupes adverses, même si, quoi qu'il en soit, il allait jaillir au milieu d'eux et les massacrer tous : plus les assassins étrangleurs seraient nombreux, plus il en tirerait gloire. Il ôta son foulard et le noua sur sa tête comme un turban. Il était prêt.

Il jeta un coup d'œil à l'intérieur et fit immédiatement un bond en arrière, arraché brusquement à sa rêverie. La surprise lui coupa le souffle, un unique spasme qui ne se relâchait pas bloqua sa poitrine. Il avait envie de s'enfuir, mais il devait d'abord retrouver son souffle. Il ne pouvait pas avoir de crise là, au milieu des bois.

Il s'éloigna du seuil et s'appuya, le dos contre les lattes du hangar tout en fouillant dans sa poche à la recherche de son inhalateur. Il inspira plusieurs fois, il entendait le sang gronder dans ses oreilles.

Ce n'était pas comme lorsqu'il était dans son jeu et pensait voir des Thugs ou des Apaches qui le faisaient frissonner de peur, même s'ils n'étaient pas réels. Il y avait quelqu'un là-dedans. Pourtant, lorsqu'il se pencha à nouveau (le moins possible), il espérait encore s'être trompé, avoir pris un sac ou une botte de foin pour une personne.

Il vit des cheveux, un visage, un pull, une jupe. La maîtresse disparue était à deux pas de lui, vivante. De nouveau, il se cacha et compta jusqu'à dix, comme sa mère lui disait de le faire quand elle voulait qu'il se calme, même si cela ne marchait jamais. Puis il pensa : *Bon sang, bon sang, bon sang, bon sang, bon sang*, tout en serrant les dents et les poings. Cela semblait aller un peu mieux, mais il n'en croyait toujours pas ses yeux. Il les ferma et les pressa de ses pouces comme pour s'assurer qu'ils y voyaient ; quand il retira ses doigts, la lumière derrière ses paupières devint rouge et fourmillante de taches lumineuses. Petit à petit, il recommença à voir la forêt, ses chaussures crottées de terre et noircies par l'humidité. Ce n'était pas un rêve, il était vraiment là.

Il décida de jeter un nouveau coup d'œil et remarqua que la maîtresse était exactement dans la même position, inerte et comme hébétée. Elle était recroquevillée dans un coin avec un regard éteint qui lui évoquait celui du chien de leur voisin de palier à Turin, rendu aveugle par le glaucome. Mais il y avait pire : la maîtresse sentait mauvais. Martino faillit éclater de rire tellement la tension, la consternation et le dégoût étaient grands. Silvia Canepa sentait l'urine, la sueur et les vêtements moisis ; c'était une odeur rance, très différente des autres odeurs de la forêt. Martino aurait aimé se boucher le nez, mais il n'en avait pas le courage et, de toute façon, compte tenu de son état, il valait mieux ne pas obstruer ses voies respiratoires.

Il se demandait s'il devait dire quelque chose, essayer de lui parler. *Comment parler à une maîtresse qui se cache et qui sent la pisse ?*

Non, décida-t-il, *je dois demander de l'aide*, et il s'imagina immédiatement courir à toutes jambes pour aller donner l'alarme, *je l'ai trouvée !*, puis combattre le scepticisme de sa mère et des autres adultes, confortant l'espoir de Gianni, lui indiquant l'endroit où se trouvait la maîtresse, observant de loin les premiers sauveteurs entrant dans le cabanon pour en sortir peu après tenant l'enseignante dans leurs bras, protégée par une couverture. Son dos serait douloureux à cause des tapes données pour le féliciter, ses joues, fatiguées à force de sourire aux compliments. *Oui, je suis sorti exprès pour la chercher, je suis allé tout seul au cœur des bois et j'ai découvert la cabane.*

Une vague de fierté lui fit palpiter l'estomac. Le lendemain à l'école, les couloirs débordant d'admiration, les bavardages crépitant comme de petits pétards pendant la récréation, et lui, dans un coin, radieux de modestie. Sœur Annangela, Mme Fogli, le directeur qui le convoquent, le remercient. Giulia qui s'approche timidement, certainement émue, et lui murmure sa gratitude : « Si tu n'avais pas été là... »

Il regarda par la porte une dernière fois pour tenter de comprendre si la maîtresse était blessée. Depuis combien de temps n'avait-elle pas mangé ? Comment se faisait-il qu'elle ne soit pas déjà morte ? Elle avait dû boire de l'eau de pluie, c'est ce qui lui avait permis de survivre. Mais elle n'avait même plus la force de se tenir droite, sa tête tombait en avant à des intervalles qui devaient correspondre à sa respiration.

Il entendit la voix de Gianni : « J'espère que la douleur ne l'a pas rendue folle... », et d'autres propos sur l'hôpital psychiatrique et les médecins. Martino imaginait des infirmières et des médecins tenant d'énormes seringues, comme dans une bande dessinée de *La Settimana Enigmistica*. Mais il lui fallait vraiment appeler les secours. Mieux valait qu'elle aille dans un hôpital psychiatrique plutôt qu'au cimetière.

Il eut tout à coup une inspiration et sortit de sa poche son sandwich au beurre. Il n'osait pas s'approcher, il n'en avait vraiment pas le courage. C'était déjà beaucoup qu'il ne se soit pas enfui. Alors il le lui lança, le plus doucement possible, pour ne pas l'effrayer, pour ne pas déclencher une violente réaction de folie, on ne sait jamais.

Silvia plissa les yeux et fronça les sourcils, manifestant sa stupéfaction, comme si un morceau de météorite avait atterri à côté d'elle. Très lentement, elle releva la tête et se concentra pour regarder. Un enfant à l'entrée du cabanon. Un enfant terrifié qui allait l'arracher aux bois et à la famine. Elle n'avait pas parlé depuis très longtemps, sa bouche ne répondait pas. Martino vit sur son visage l'effort qu'elle devait faire et son corps se tendit, prêt à s'enfuir. La maîtresse ouvrait et fermait les lèvres comme une asthmatique et des petites bulles de salive se formaient aux commissures.

— Ne le dis à personne, souffla-t-elle.

Puis elle retourna se réfugier dans sa coquille.

22

IL DESCENDIT À TOUTE ALLURE DEPUIS LE HAUT de la montagne comme une avalanche balayant les buissons. Ses jambes semblaient sur le point de se décrocher de son bassin à chaque foulée, ses muscles étaient douloureux, le sang battait dans ses tempes. Il avait envie de crier. Il dut s'arrêter, courbé en deux tant sa rate lui faisait mal, appuyant du bout des doigts sous ses côtes. Ensuite, il se força à marcher plus calmement. Il risquait de se perdre et de mettre beaucoup de temps à revenir. Les oiseaux s'appelaient d'une branche à l'autre ; sous les feuillages, la lumière était devenue plus faible et poussiéreuse. Le soleil n'allait pas tarder à se coucher.

Lorsque la végétation commença à s'éclaircir et qu'il aperçut les premières maisons du hameau, au lieu d'accélérer, Martino ralentit et il comprit qu'il hésitait, qu'il ne savait pas trop quoi faire. Cela le rendit nerveux. Il avait retrouvé la maîtresse disparue, il l'avait retrouvée ! Ce n'était pas le moment de faire preuve de lâcheté. Il secoua la tête pour chasser les mots de la maîtresse, qui tourbillonnaient autour de lui comme des moucherons. « Ne le dis à personne. »

Elle était mourante, il ne pouvait pas la laisser là. Pourquoi ne voulait-elle pas d'aide ? Il *fallait* l'aider. Si vous voyez quelqu'un sur le point de se suicider, vous essayez de le faire changer d'avis, et si vous le pouvez, vous vous jetez sur lui et l'empêchez d'appuyer sur la gâchette. C'était la même chose. Mais la maîtresse mourait à petit feu. Elle ne faisait rien du tout, ou mieux, elle restait absolument immobile, elle se transformait en plante, en morceau de forêt. Martino avait lu quelque part que les Esquimaux, lorsqu'ils sont vieux et que leur mort est proche, s'en vont seuls dans le désert gelé et se laissent emporter par le froid. Sauf qu'elle n'était pas si vieille, son cas devait être différent de celui des Esquimaux.

Mais elle est folle, se dit-il, *arrête de réfléchir comme ça, elle est folle. Ce qu'elle t'a demandé n'a aucune valeur parce qu'elle déraille.*

Pour commencer, elle a dû se faire pipi dessus pour sentir comme ça. Seuls les sans-abri qui dormaient sous les arcades de Turin dégageaient cette odeur âcre, compacte et poivrée, un mur de puanteur qui éloignait les gens propres. Le dégoût des autres les défendait, personne ne voulait les toucher, ni pour les aider, ni pour les agresser.

Martino pouvait aussi comprendre son désir de se cacher. Il lui était déjà arrivé de s'éclipser à cause de la honte qu'il éprouvait lorsqu'il avait fait quelque chose de mal ou de très maladroit, ou qu'il avait été humilié par d'autres enfants, ou qu'il s'était humilié lui-même et que sa propre cruauté lui avait donné envie de s'enfuir.

À la fin du CP, un de ses ennemis, un enfant odieux de l'ancienne école, avait passé son bras entre deux barreaux de la clôture de la cour de récréation, ramassé une crotte de chien en protégeant ses doigts avec une feuille, puis l'avait jetée sur lui. La crotte s'était écrasée sur sa veste, la tachant, et même les amis de Martino s'étaient moqués de lui. Maintenant, il aurait répondu en frappant fort et aveuglément, mais à l'époque il était petit, il avait de la crotte de chien sur lui et il s'était senti tellement mortifié qu'il en avait été fiévreux et faible. Il s'était caché dans une haie et n'en était pas ressorti, ni à la fin de la récréation, ni même lorsque les autres étaient revenus dans la cour pour le chercher, ni non plus quand ses deux pieds s'étaient engourdis. C'est un surveillant qui l'avait retrouvé et l'avait emmené sans rien dire dans son bureau. Après quoi il avait enfermé la veste sale dans un sac en plastique et lui avait donné à manger des quartiers de mandarine.

Les enfants se cachent. Les enfants font pipi dans leur culotte. Mais elle, c'était une maîtresse. L'enseignante est à l'opposé des enfants : elle s'assoit en face d'eux, sur l'estrade, et leur dit ce qu'ils doivent faire. Et, en effet, cette institutrice lui avait demandé quelque chose et généralement on obéit au professeur, peu importe si vous n'êtes pas d'accord ou si vous n'avez pas envie. Une maîtresse folle et moribonde doit-elle toujours être considérée comme une maîtresse ? S'il ne l'avait pas trahie, elle, Martino aurait fini par trahir tous les autres, tous ceux qui la recherchaient. Et si elle mourait ensuite ? Il s'en sentirait coupable pour toujours. Il sentait cette piqûre de peur lui entrer dans le flanc, si semblable à la douleur à la rate quelques instants plus tôt, et il voulait s'en débarrasser, il avait une très forte envie de se confier aux adultes et de les laisser faire.

Tout ce qui s'était passé – la petite fille morte et la maîtresse en fuite, ces événements qui s'étaient abattus sur lui au moment où il avait trouvé le cabanon – était trop pour lui. Mais alors pourquoi hésitait-il ? Il n'avait jamais gardé un tel secret : être le seul dans toute la ville, le seul au monde, à savoir où se trouvait l'institutrice et qu'elle était en vie. Avec ce secret tout au fond de son âme, il aurait été impossible de s'ennuyer, même à Bioglio, loin de ses amis. Le secret était un fardeau et une compensation. C'était quelque chose dont lui seul pouvait décider. Et non sa mère, ni son père, ni les adultes.

« Il faut que tu le dises », s'exclama-t-il.

Pourtant, il ralentissait de plus en plus. Il se sentait tiraillé entre le dire et ne pas le dire, il finit par ouvrir la porte de la maison sans avoir encore décidé quoi faire. Lorsque sa mère vit qu'il était agité et lui demanda : « Il y a quelque chose qui ne va pas ? », il répondit instinctivement : « Rien », car il lui semblait qu'il n'avait pas encore décidé, qu'il avait seulement reporté le moment de le faire.

Pendant qu'il dînait, il espérait que la maîtresse avait mangé son sandwich et ne mourrait pas cette nuit-là. *Si elle ne meurt pas, j'arrête de copier mes devoirs sur Piero à notre retour à Turin. J'arrête de donner des coups de pied aux pigeons, même si de toute façon je ne les atteins jamais. J'arrête de me moucher dans mes manches.*

Plus tard, dans son lit, il eut plaisir à se glisser entre les draps en coton repassés et à faire jouer les ressorts du matelas ; il frotta ses joues contre l'oreiller en duvet et passa ses mains sur la couverture de laine. La taie d'oreiller et les draps étaient blancs, bordés de myosotis bleus, chacun avec un petit anneau jaune en relief au centre de la corolle.

Martino était en sécurité et au sec, il croyait encore sentir l'odeur du crépi qu'ils avaient passé un mois plus tôt, une bonne odeur solide et civilisée de solvant et de brique. Il pensa à elle, là-haut dans les bois, toute seule à souffrir de l'humidité et de l'obscurité, et pendant qu'il s'endormait les bois redevinrent la forêt des contes de fées, le lieu du danger et de l'interdit, le lieu immémorial et carnivore où vit le loup, où les enfants se perdent et sont abandonnés, où ils rencontrent l'ogre et la sorcière. Le labyrinthe primitif.

23

LE CHOC CAUSÉ AU DÉBUT PAR L'APPARITION DU JEUNE garçon se résorbe rapidement. Silvia n'est pas sûre que cette visite soit différente de celles de Giovanna, des filles du pensionnat, de son passé, de toutes ces âmes de chair qui persistent à venir la trouver. Mais il y a le paquet à ses pieds, un petit paquet de la taille d'un poing, protégé par du papier.

Elle ne veut pas l'ouvrir. Elle a envie de perdre toute consistance, de se déliter petit à petit comme le cabanon, de se défaire de sa peau. Le pull léger est presque comme de la mousse, la peau blanche et glacée, comme celle d'un serpent.

Le paquet n'a pourtant rien à voir avec la forêt, il lui demande d'utiliser ses doigts, de faire un geste de son ancienne vie, de toucher quelque chose qui n'est ni bois, ni feuille, ni terre, mais qui vient d'une cuisine, d'une charcuterie peut-être. Cela la fait souffrir davantage.

Elle ferme les yeux et ne les rouvre que lorsque la nuit a fait son œuvre. Maintenant le paquet est difficile à distinguer, c'est une ombre parmi d'autres, il pourrait ressembler à une pierre. Mais il est là et soudain, après bien des hésitations, Silvia le prend simplement et reconnaît l'odeur du beurre.

Un sandwich. Aussitôt la faim lui donne le vertige, elle est au bord de l'évanouissement. Une violente douleur l'assaille entre les yeux. L'enfant n'était pas un fantôme, il lui a lancé son goûter.

Pour utiliser ses dents et mordre, elle doit faire un effort de coordination, ses mâchoires sont mal alignées, incapables de s'enfoncer dans le pain, et pendant ce temps, les sucs gastriques lui rongent l'estomac. Elle grignote la croûte jusqu'à la mie molle et grasse. Le sucre croque dans sa bouche.

Quand elle a fini de manger, la sensation d'étourdissement s'est dissipée et elle se sent coupable. Ses doigts sont luisants de beurre. Une sangsue, voilà ce qu'elle est. Elle devrait vomir, elle mérite de vomir ce sandwich. Elle imagine ses muqueuses désespérément occupées à absorber la nourriture, vite, vite, avant que la folie ne prenne le dessus, avant que la dingue qui commande ne décide de s'enfoncer deux doigts dans la gorge.

Pour la première fois, elle pleure et, derrière le voile des larmes, elle retrouve Giovanna. Elle mange, elle aussi : une tranche de melon, et elle recrache les graines. Elle a une expression moqueuse, ou c'est ce qui lui semble.

Pourquoi as-tu mangé ce pain, Silvia ? Tu étais bien partie, se reproche la maîtresse.

Oh, mais quelle histoire, lui répond, ou plutôt semble lui répondre Giovanna.

Plus tard dans la nuit, Silvia s'efforce de se souvenir du visage de l'enfant et parvient à retrouver son nom :

Martino Acquadro, le Turinois, le garçon asthmatique de son école. Que faisait-il là-bas, au sommet du mont Rovella ? Là où les chiens n'étaient même pas arrivés. Martino.

Une silhouette, un morceau de pain et quelques grammes de beurre ont remis la maîtresse en relation avec le monde. Elle a soif, son corps réclame maintenant, il veut qu'on s'occupe de lui et il faut qu'elle en prenne soin, encore une fois, comme une bonne mère indigne.

Soudain, elle se rend compte que cela n'a aucune importance, parce que le garçon va donner l'alerte. L'angoisse lui tord l'estomac. Elle voudrait s'enfuir, mais elle n'arrive pas à bouger, elle dresse l'oreille et attend qu'on vienne la chercher, pour la forcer à retourner chez les vivants.

24

AUX OBSÈQUES, IL Y AVAIT FOULE ; pour se déplacer il fallait garder les coudes serrés pour protéger ses flancs et dire : « Désolé, désolé » à chaque mouvement. Les camarades de classe de Giovanna s'étaient rassemblés dans la nef de gauche, à droite se tenaient les collègues de son père et les gens descendus de la vallée, avec leur peau bronzée par le soleil et le vent et leurs moustaches jaunies par la fumée des pipes et des cigarettes roulées à la main. Les membres de la famille étaient aux premiers rangs, isolés et inaccessibles, dernier avant-poste de noir avant le cercueil blanc et les lys blancs fixés sur des couronnes.

Anselmo et Luisa étaient arrivés tôt, alors que les pas et les murmures résonnaient encore sous les voûtes. Elle s'était installée sur un banc à l'écart tandis qu'Anselmo, debout près de l'entrée, profitait de sa haute taille pour surveiller le flux des gens. Il espérait que Silvia se cachait à proximité, dans une cave ou une cour, parmi les tas de bois ou sous les bâches imperméables qui abritaient les outils et les machines. Peut-être avait-elle entendu parler de l'enterrement, il y avait des affiches partout, les gens en parlaient, elle aurait pu venir lui faire ses derniers adieux. Luisa n'y croyait pas et elle avait probablement raison. « Tu penses vraiment qu'elle va venir se montrer devant tout le monde, déranger tout le monde », lui avait-elle objecté. Cependant, Anselmo ne parvenait pas à rester assis et ne l'avait pas écoutée. Même comme cela, il lui était difficile de se contrôler, un coup de poignard lui perforait les reins et lui, au lieu de courir ici et là comme il l'aurait souhaité, remuait ses orteils dans ses chaussures, se mettait sur la pointe des pieds et retombait sur ses talons.

De là où il était, il avait vu passer le père et la mère de Giovanna, ses oncles et ses frères, tous le visage creusé de douleur. Son père se penchait sur le côté, comme s'il avait oublié comment marcher, et Anselmo se demanda s'il n'avait pas eu un léger accident vasculaire cérébral. Quand sœur Annangela entra, il sursauta, il avait l'habitude de la voir avec Silvia depuis si longtemps, et la même chose se produisit avec Marilena, qui alla immédiatement s'asseoir à côté de Luisa et passa son bras autour des épaules de son amie. S'il voyait des femmes maquillées, avec du rouge à lèvres et des cils charbonneux de mascara, Anselmo désapprouvait : on ne se maquille pas pour aller à un enterrement. Il désapprouvait également ceux qui bavardaient, même à voix basse, et lorsqu'il remarqua que Luisa et Marilena se chuchotaient quelque chose, il commença à jeter des regards réprobateurs sur leur dos, espérant qu'elles se retourneraient et auraient honte en voyant ses sourcils froncés.

L'église était alors tellement bondée que les gens ne pouvaient plus entrer et se pressaient sur le parvis.

L'odeur des fleurs, de l'encens et de la cire fondue flottait au-dessus des têtes et lui faisait penser à la forêt, mais à une forêt momifiée ou peut-être calcinée, avec des souches noires comme des pneus. Cela lui rappelait également les inhalations que sa grand-mère lui faisait faire, ainsi qu'à Silvia, contre le rhume, à base d'huile de lavande et de pin, si chaudes qu'on se brûlait presque les cils. « Penche la tête, Anselmo, regarde comment fait Silvia, baisse-moi cette grosse tête ! Écoute, si tu ne guéris pas, tu te débrouilleras tout seul. »

Le prêtre chantonnait en parlant de jeunesse et de confusion, des premiers rangs parvenait le bruit aigu des sanglots retenus, semblables à des jappements ou à un grincement de porte. Anselmo avait l'impression de flotter à l'unisson de tous les autres autour de lui, comme autant de petites flammes attisées par les mêmes bouffées d'émotion. Cela ne lui était pas arrivé depuis longtemps, peut-être depuis que, enfant, il était descendu dans la rue pour se réjouir de la fin de la guerre, mais ce jour-là c'était l'euphorie qui avait mis tous ces cœurs au diapason. Il lui vint à l'esprit qu'à cette époque c'était Silvia elle-même qui lui avait parlé de cœurs battant à l'unisson, et il s'était moqué d'elle pour cette expression : « Et qui es-tu, Liala[1] ? »

Il s'essuya les yeux et le nez avec son mouchoir et se remit à scruter les coins plongés dans l'ombre. Il y avait un groupe qui semblait vouloir se faire tout petit, de l'autre côté du portail : deux garçons d'environ treize

1. Liala, pseudonyme d'Amalia Liana Negretti Odescalchi, épouse Cambiasi (1897-1995), est l'une des autrices italiennes de romans sentimentaux les plus connues.

ou quatorze ans et leurs parents, sur le visage desquels se mêlaient tristesse et gêne. Anselmo comprit que ce devaient être les amis avec qui Giovanna avait séché l'école, ces ânes bâtés. Ils avaient les mains au fond de leurs poches et de temps en temps ils regardaient par-dessus leur épaule, ce qui était stupide, car il n'y avait que le mur derrière eux. L'un des deux avait une écharpe de l'équipe de Turin autour du cou, peut-être était-ce la seule qu'il avait ou peut-être y était-il trop attaché pour l'abandonner à un tel moment. On aurait dit deux chiens battus et ils lui firent de la peine : il attendit de croiser le regard de l'un d'eux pour sourire d'un sourire triste, de ceux qu'il est permis d'échanger pendant des obsèques, mais le garçon baissa brusquement la tête et ne la releva plus.

Silvia n'arrivait pas. Anselmo continuait à croire qu'elle allait venir, même lorsque l'église fut vide. Il resta longtemps, seul et à l'abri des regards, dans l'espoir qu'elle revienne plus tard, protégée par la tombée de la nuit.

25

LORSQUE LA FIAT 500 BLEU CLAIR APPARUT dans la cour, les enfants arrêtèrent de jouer au ballon pour aller la regarder de plus près. Les plus grands repoussaient les plus petits.

— Ne me la rayez pas, d'accord ? recommanda sœur Annangela en ajustant son voile.

Pas d'ascenseur au Casone. Elle dut monter à pied au quatrième étage. Dans la cage d'escalier, les fenêtres en blocs de verre filtraient la lumière, mais les bruits résonnaient. Une jeune fille, hors d'haleine, la dépassa : elle montait les marches deux par deux, se tenant à la rampe avec sa main pour se donner de l'élan, comme si monter l'escalier était une compétition sportive. Elle l'entendit tourner la clé dans la serrure, un étage ou deux plus haut, et une voix lui demanda :

— Mais où étais-tu ?

— Et où crois-tu que j'étais ? En train de faire le trottoir ? répondit la jeune fille avant de fermer violemment la porte.

Une fois arrivée devant l'appartement de Giovanna, sœur Annangela attendit de reprendre son souffle avant de frapper. La mère de la petite fille vint lui ouvrir, son tablier noué autour de la taille, un torchon à la main. Elle était grande et blonde comme sa fille et avait des joues lisses et roses qui ressortaient tels des pétales entre les rides de ses yeux et celles de sa bouche. Les yeux semblaient factices, comme s'ils avaient été arrachés et remplacés par deux morceaux de céramique peinte.

— Je faisais le ménage, s'excusa-t-elle.

— Oh mais je n'entre pas, vous savez, ne vous inquiétez pas. Je voulais juste vous présenter mes condoléances, ainsi que de la part de toute l'école. Je n'y suis pas parvenue à l'église hier.

— Il y avait beaucoup de monde.

— Oui, ils étaient nombreux à vouloir lui dire adieu.

— Entrez, ma sœur, je vous en prie. Venez, je vais vous faire un café.

— Je ne veux vraiment pas vous déranger.

Mais la femme était déjà dans la cuisine et tapait énergiquement la cafetière contre le bord de l'évier pour la vider. Sœur Annangela entra donc et s'assit avec elle. Il y avait un grand bidon d'eau de Javel à côté du poêle, des éponges et de la laine d'acier usées à force d'être utilisées. À un moment donné, la mère de Giovanna se leva pour tout ranger dans un placard.

— Vos enfants sont dans la cour ?

— Oui, le plus jeune a cinq ans.

— Alors l'année prochaine, il va à l'école.

— Nous l'envoyons à l'école De Amicis, rue Orfanotrofio, avec ses frères. C'est plus proche.

— Bien sûr.

— Il demande des nouvelles de sa sœur, il ne comprend pas.

— Que lui avez-vous dit ?

— Qu'elle est allée au paradis. Qu'elle a sauté par la fenêtre et s'est envolée comme un oiseau. Il répond : « Mais pourquoi elle ne redescend pas ? » Je lui ai dit qu'elle ne pouvait plus et qu'elle se trouve bien là-haut.

Elle parlait trop vite, en mangeant ses mots, comme si elle avait peur de s'arrêter et de ne plus pouvoir recommencer.

— Je pense que c'est exactement ce qui se passe.

— Il faut y croire, non ? Sinon, j'aurais déjà bu cette eau de Javel. (Elle eut un demi-sourire féroce.) Je suis vraiment désolée pour Mme Canepa. La pauvre, elle m'avait appelée pour me dire de ne pas gronder Giovanna. Pauvre femme. Elle a mal réagi, comme si c'était elle, la mère.

Sœur Annangela ignora la note de ressentiment dans sa voix, à moins que ce ne soit de l'envie parce que Silvia était partie, peut-être morte et donc en paix. Et aussi parce que Giovanna n'était pas sa fille, après tout.

— Combien de temps est-elle restée dans la pièce ? continua la mère.

— Peut-être cinq minutes… même pas. Je n'ai pas imaginé une seconde qu'il pouvait arriver quelque chose, je n'ai pas pensé à rouvrir tout de suite, je me suis dit : laisse tomber.

— Personne n'aurait pu l'imaginer.

— Que dois-je faire de ses affaires ? Je ne peux pas les voir dans la maison, mais je n'arrive pas non plus à les toucher pour les ranger.

— Peut-être que vous pouvez attendre un peu. Vous n'avez pas besoin de vous en occuper maintenant. Ou demandez de l'aide.

— J'ai peur d'enlever ses draps et de retrouver une trace, un cheveu. Elle a laissé ses sandales sur le rebord de la fenêtre, vous le saviez ? Qu'est-ce que je fais de ces sandales maintenant ?

Elle pencha la tête en arrière, leva les sourcils et déglutit deux ou trois fois.

Sœur Annangela se demandait si elle allait s'effondrer et essayait de se préparer : elle semblait sur le point de tomber, mais c'était peut-être comme ces bâtiments dangereux qui restent debout beaucoup plus longtemps que prévu.

— Comment va votre mari ? lui demanda-t-elle.

— Il ne parle pas, il ne dort pas. À mon avis, il espère être victime d'un accident du travail, pour en finir avec cette affaire.

— Les autres enfants ont besoin de vous.

— Je sais.

Le café était prêt depuis longtemps et sentait le brûlé. La mère de Giovanna le retira du feu, mais oublia de le verser dans les tasses.

— Je vais vous montrer quelque chose, dit-elle.

Sœur Annangela la suivit dans la chambre où dormaient les enfants, dans deux lits superposés contre les murs. Il n'y avait qu'une seule commode sur laquelle étaient posés quelques objets ; par terre une boîte contenait des jouets : une poupée, des frondes, des petites voitures. La mère montra l'étagère.

— Mme Canepa avait donné ces livres à Giovanna. Et ce pot aussi. (Elle le prit.) Il y a trois ans. C'est du sable d'Australie.

Le sable était très blanc et fin, luminescent.

— On dirait du sucre, commenta sœur Annangela.

Elle le rapprocha de ses lunettes. Parmi les grains, elle pouvait distinguer des morceaux de nacre pointus qui devaient être des coquillages.

— Est-ce que vous le voulez ?

— Mais non, non. Gardez-le pour votre petit garçon, peut-être que cela lui fera plaisir.

Le bruit de quelqu'un qui essayait d'ouvrir la porte sur le palier les interrompit. Elles tournèrent toutes les deux la tête, mais, au lieu d'aller ouvrir, elles restèrent à écouter les gémissements étranglés et les sanglots. Cela devait être une mauvaise blague parce que cela ressemblait aux bruits que fait quelqu'un qui se noie, au fantôme d'un noyé retournant chez ses parents. La mère de Giovanna ne pouvait pas faire un pas, elle restait là, tétanisée, les tendons de son cou saillant comme des cordes tendues, la bouche entrouverte, les yeux écarquillés. Sœur Annangela se résolut à aller ouvrir.

Sur le pas de la porte, elle se trouva face aux trois frères de Giovanna : l'un d'eux saignait abondamment du nez et s'essuyait avec le bord de son sweat-shirt, tandis que les deux autres se tenaient à côté de lui, le visage maussade. Ils savaient bien, eux aussi, qu'il ne fallait pas créer de problèmes, que le moindre incident serait désormais de trop dans cette famille. Ils avaient l'air négligés, les cheveux dans les yeux, les ongles noirs, mais peut-être était-ce seulement parce que c'était la fin de la journée.

— Il est tombé du mur, mais ce n'est rien, se défendit l'aîné.

Leur mère arriva, les gronda d'un ton las et les emmena dans la salle de bains, où elle commença à les débarbouiller comme elle pouvait, sans méthode.

— Il ne manquait plus que ça, déclara-t-elle, sans se rendre compte de l'effet de cette remarque sur les enfants.

Elle était distraite, mais de temps en temps elle se reprenait, alors elle frottait et frottait encore le pavillon d'une oreille ou le creux entre deux doigts avec une énergie énorme, disproportionnée. Elle enfonça deux stalactites de coton dans les narines du benjamin. L'eau continuait à couler, sœur Annangela ferma le robinet.

— Putain d'salaud, Gino, tu ressembles à un vampire, s'exclama le frère cadet en regardant le petit.

— Pourquoi ?

— Un vampire, mais avec des dents dans le nez. Et avec du sang sur le dessus plutôt qu'au bout.

— Quelle comparaison de merde, décréta l'aîné.

— Qu'est-ce qu'on fait maintenant, Nando ? lui demandèrent les deux autres.

— Fichez-moi la paix deux minutes.

Il bâilla. En un instant, il était devenu l'aîné, Giovanna n'était plus là pour leur en mettre plein la vue.

— On joue à Shanghai, proposa le plus petit, mais à la manière dont les deux grands lui décochèrent un regard réprobateur, sœur Annangela comprit que ce devait être un jeu en lien avec leur sœur. Un jeu auquel il n'était plus possible de jouer.

Elle eut l'idée de les inviter à faire un tour en Fiat 500 et demanda l'autorisation à leur mère.

— Je peux d'abord sortir le coton ?

— Non, non, sors comme ça, tu vas faire rigoler les gens, proposa le frère cadet.

— Tu fais rire les poules, déclara Nando.

— On va l'enlever, viens ici. Tu t'appelles Gino, c'est ça ? intervint sœur Annangela.

— Oui, Gino.

— Nando, Gino et…

— Alberto.

Ils descendirent l'escalier, maintenant d'autres locataires allaient et venaient, et de fortes odeurs de cuisine sortaient des appartements. Les lunettes rondes de sœur Annangela glissèrent vers l'avant, vers le bout de son petit nez en forme de patate. Elle transpirait, elle dut essuyer son visage avec son voile.

Dans la voiture, les enfants retrouvèrent leur énergie et l'assaillirent de questions sur le moteur, les cylindres et les pneus. Questions auxquelles elle ne put pas répondre. Ils se rendirent à l'église de San Cassiano et allumèrent toute une rangée de bougies. À l'usine de pâtes, sur la place, ils achetèrent des *agnolotti* et, sur le chemin du retour, ils mirent la main dans le sac pour en manger quelques-uns crus, couverts de farine.

— Qui a payé pour ça ? demanda l'aîné.

— Oh, ne t'inquiète pas, le couvent s'en charge, répondit sœur Annangela.

— J'ai trouvé un morceau de saucisson dans la farce ! s'exclama le plus petit.

— Ce n'est pas possible, il y a du rôti à l'intérieur, le contredit Nando.

— Mais je sens le goût sous mes dents, c'est plus salé.

— Ce doit être une crotte de nez tombée accidentellement.

— De la dame de l'usine de pâtes ?

— Bien sûr.

Gino cracha le morceau de pâte dans sa paume et le jeta par la vitre ouverte tandis que les deux autres ricanaient.

— Les enfants ! les réprimanda sœur Annangela, parce que c'était ce qu'il fallait dire dans une telle situation.

Puis elle les fit sauter de joie en entrant par le grand portail de la cour presque sans ralentir.

— Mais les religieuses ont le droit de conduire comme ça ? demanda Gino.

— Bien évidemment, répondit-elle.

26

PERSONNE NE VINT LA VOIR, à part les souris.

Les souris ont des visages de petites filles, les petites filles ont des museaux de souris. Les souris courent sous les feuilles, le sol du hangar est une crête innervée, la lune blanche est une colline enneigée. Leurs petites pattes nues la dégoûtent, on dirait des mains de nouveau-né.

Elle les fait venir près d'elle en leur donnant les dernières miettes du sandwich, elle touche leur fourrure du doigt. « Tes tresses ressemblent à des queues de souris, lui disait sa grand-mère. Viens manger quelque chose de bon, les haricots rendent les cheveux plus épais, mais le mieux, c'est le jaune d'œuf, imagine-toi qu'il peut devenir vivant, si tu lui donnes du sang et de la chaleur, cela devient un poussin. »

Devenue adulte, Silvia arrêta de boire du lait et de manger des œufs.

Aujourd'hui, c'est un enfant qui lui a donné à manger, c'est le monde à l'envers.

Les feuilles tombent des arbres et, au milieu des feuilles tombées, les souris la regardent avec des yeux noirs, des raisins noirs brillants. Des têtes d'épingle. Puis, brusquement, elles s'enfuient, un hibou a dû passer par là. La peur fait tressaillir Silvia, c'est comme toucher une clôture électrifiée.

Marilena enfant s'approche lentement, ses boucles adoucissent les contours de son visage pâle, elles sont naturelles, mais semblent avoir été façonnées au fer à lisser et les religieuses ne le supportaient pas.

Au pensionnat, Silvia et elle lisaient les contes de Grimm et se reconnaissaient dans ces sombres histoires de famille, où les mères pouvaient être mortes ou méchantes, les pères, inutiles, et où les seuls sur qui on pouvait compter étaient les frères et sœurs. Elles étaient filles uniques, mais elles avaient décidé d'être sœurs l'une pour l'autre. Dans les contes de fées, ce qui leur plaisait surtout, c'est que les morts étaient vivants : leurs os chantaient, on pouvait s'en servir comme clés et il était facile d'entrer et de sortir du monde d'en bas, il suffisait de descendre dans un puits ou de marcher longtemps et de taper bien comme il fallait les oreillers et les matelas de la sorcière. *Le Conte du genévrier* était leur préféré, car la petite fille s'appelait Marilena et cette coïncidence les faisait trembler d'émotion.

La petite fille s'arrête devant Silvia, les mains dans le dos, et récite d'une voix monotone, comme il fallait le faire avec les poèmes sur la Sainte Vierge et les anges :

Ma mère m'a tué, mon père m'a mangé,
Ma sœurette Marilena a pris bien de la peine pour recueillir mes os jetés ;

Dessous la table, et les nouer dans son foulard de soie
qu'elle a porté sous le genévrier.
Kywitt, kywitt, bel oiseau que je suis !
Kywitt, kywitt, bel oiseau que je suis !

27

LE JEU ÉTAIT SIMPLE, IL FALLAIT FAIRE LA GUERRE. En classe, ils avaient lu un texte qui résumait le contenu de l'*Iliade* et, à la récréation suivante, ils avaient immédiatement constitué deux clans, les Grecs et les Troyens, sans discussion. Il y avait ceux qui aspiraient à être grecs, c'est-à-dire à gagner ; ils voulaient être des Grecs comme Ulysse et Achille et des Grecs comme Homère, qui avait écrit le poème et avait donc la raison et l'Histoire de son côté. Les autres se voulaient des Troyens, ceux qu'on attaquait, ceux qui défendaient leur pays et leur foyer, ne se disputaient pas et étaient des gens très honorables, à l'exception de Pâris, l'unique brebis galeuse. Pour les filles, il s'agissait de faire un choix entre Athéna, protectrice des Grecs, et Aphrodite, du côté des Troyens.

Les Grecs avaient leur camp près des haies de buis, la cour de gravier était la plaine de Troie, où se déroulaient les combats, et les Troyens pouvaient se réfugier derrière leurs murs, c'est-à-dire derrière la grille en métal qui bordait le chemin d'accès au gymnase.

Seuls les garçons faisaient la guerre, armés de branches de saule qu'ils avaient dépouillées de leurs feuilles. Ils fouettaient les bras et les jambes de leurs adversaires par pur élan guerrier, car seuls les coups portés à la poitrine mettaient l'ennemi hors de combat. Le soldat blessé à la poitrine devait être accompagné en lieu sûr par une fille et soigné pendant un certain temps, après quoi il pouvait reprendre la lutte. Mais à la deuxième blessure, il devait se faire soigner plus longtemps et, à la troisième, il était mort, définitivement exclu du jeu.

Les filles suivaient la bataille avec une passion hystérique et dénonçaient les tricheries en criant. Les garçons avaient des zébrures rouges sur les mollets et sur le dos des mains, ils transpiraient, ils essayaient d'organiser des sorties moins désordonnées, ils se défiaient en duel et personne d'autre alors ne pouvait s'en mêler.

Martino et Giulia étaient grecs tous les deux. À la première blessure, Martino se tourna pour voir quelle fille allait venir vers lui depuis le camp grec, mais Giulia était déjà à ses côtés, elle lui attrapa le poignet sans dire un mot et l'éloigna du champ de bataille. Elle le fit s'allonger et s'appliqua à lui presser le flanc avec sa manche qu'elle avait enroulée sur son poing fermé. Elle comptait jusqu'à cent dans sa tête, se penchant en avant pour mieux compresser la blessure, et comme elle paraissait très concentrée et qu'il n'y avait pas grand risque que leurs regards se croisent, Martino passa cette brève minute à l'observer, plutôt qu'à essayer de comprendre quelle tournure prenait la guerre.

Ses chaussettes étaient sales de poussière, ses cils noirs ombraient ses yeux, ses incisives définitives étaient trop grandes pour sa bouche. Il ne savait pas si l'odeur acidulée de pomme qu'elle dégageait était celle du shampoing ou de sa peau chaude.

— Cent ! s'exclama-t-elle à un moment donné, et Martino se leva d'un bond et recommença à se battre sans perdre de temps, pour qu'elle ne pense pas qu'il préférait rester là, à l'écart avec elle.

Il se déchaîna parce qu'il savait que Giulia le surveillait et que l'idée d'être mis sur la touche à nouveau ne le dérangeait pas trop. Il esquivait les coups, se jetait sur l'adversaire au risque de rouler par terre, il avait des petits morceaux de gravier incrustés dans la peau de ses genoux. Il risquait une grave crise d'asthme, mais il n'avait aucune intention de se ménager. Il n'avait plus ressenti une telle joie, une telle exaltation en lui depuis qu'il avait déménagé. Quand il fut blessé pour la deuxième fois, ce fut à nouveau Giulia qui le soigna et Martino pensa que son visage lui rappelait celui de Pandora Groovesnore, l'amoureuse de Corto Maltese.

Mais, bientôt, le jeu tourna mal. Les blessés trichaient avec la complicité de leurs assistantes et reprenaient le combat après quelques secondes seulement, les morts ressuscitaient, Ludovico reçut un coup de fouet sur l'oreille et abandonna le terrain, certaines filles, qui en avaient assez de se limiter au rôle de supporters, se mirent à jouer à la marelle, livrant ceux qui étaient tombés à leur triste sort. Ces derniers les accusaient de trahison et proposaient de les punir comme on le fait en temps de guerre : en leur donnant une gifle sur le derrière. Les garçons applaudirent à l'unisson. Les filles menacèrent de les dénoncer à la maîtresse.

Giulia décida qu'il leur fallait un arbitre.

— Nous avons besoin d'un Zeus, déclara-t-elle, mais à peine eut-elle prononcé ces mots que tout le monde voulut être Zeus et les disputes commencèrent.

Giulia, qui avait eu l'idée et pouvait donc choisir, proposa Ludovico. Les filles qui s'ennuyaient voulaient elles aussi être des déesses.

— On laisse tomber, conclut brusquement Giulia. De toute façon, la récréation est presque terminée.

Elle se refusait à admettre que l'effondrement de ce cadre codifié, dans lequel il était acceptable de toucher à l'étrange, au ténébreux Martino Acquadro, la mettait dans tous ses états.

28

ANSELMO SUIVIT LE COURS DU CERVO, armé d'une longue perche, sous un ciel bleu voilé de nuages. Il avançait avec méthode, s'insultant lui-même et maudissant les saints tout au long du chemin. Il n'avait pas voulu que les pompiers draguent les torrents, malgré leur insistance, car il n'avait pas le courage d'affronter l'idée que Silvia ait suivi l'exemple de la petite fille et se soit noyée. Pourtant, la nuit précédente, la veille des obsèques, il avait eu peur à l'idée qu'un inconnu la trouve dans l'eau, par un simple hasard ; quelqu'un de jeune et d'impressionnable, ou quelqu'un de méchant. Il ne supportait pas l'image d'inconnus découvrant une Silvia au corps livide et gonflé, peut-être sans chaussures, les jupes relevées et les yeux blancs comme des œufs durs. Si quelqu'un devait voir une telle scène, ce quelqu'un devait être lui.

Il enfonçait son bâton dans les anses boueuses du cours d'eau et entre les rochers, là où il croyait déceler des tourbillons sous la surface. Il cherchait anxieusement comme ceux qui espèrent ne rien trouver. Des taches de cresson d'eau et d'achillée compliquaient son travail ; par endroits, le ruisseau scintillait comme du papier d'argent, empêchant le regard d'atteindre le fond. Une musaraigne s'élança entre ses pieds, et il sursauta.

Un peu plus en aval, un petit groupe de maisons se pressaient autour d'un vieux pont de pierre. Il était facile de glisser, les dalles de roche étaient lisses, polies et suspendues au-dessus du Cervo comme les pans d'une couverture grise. Alors qu'il avançait à pas de fourmi, tenant fermement sa perche et espérant ne pas trop attirer l'attention – après tout, c'était l'heure du déjeuner et les gens avaient les pieds sous la table –, Anselmo entendit une voix qui couvrait le vacarme du ruisseau :

— Tu le comprends, oui ou non, que si tu ne manges pas, tu ne pourras pas t'en sortir ?

Un visage irrité regardait par la fenêtre, juste au-dessus de lui. C'était une femme âgée, les cheveux bouclés par une récente mise en plis. Elle vit Anselmo.

— Mais que faites-vous ?

Il aurait aimé lui répondre sans détour : « Je cherche ma cousine », mais au lieu de cela, il répliqua :

— Laissons tomber, madame, il vaut mieux.

Heureusement, il n'eut pas besoin de le lui dire deux fois. Elle avait envie de parler d'elle. Elle fit un geste pour montrer l'intérieur de la pièce.

— Chagrin d'amour. Il ne mange plus.

Derrière lui retentit un cri d'indignation :

— Grand-mère !

— Quoi, grand-mère, grand-mère… marmonna-t-elle. C'est la pure vérité.

— Et ça vous dérange ?

La femme hocha la tête avec colère.

— Dix-sept ans. Moi, à son âge, je décortiquais du riz près de Vercelli, dix heures par jour, les jambes dans l'eau ; il y avait des sangsues noires, grosses comme ça. Et lui, là… (elle baissa la voix pour que son petit-fils ne comprenne pas) il n'arrive pas à avaler son rôti.

— Tous trop gâtés, commenta Anselmo, sur lequel les reproches adressés aux jeunes faisaient toujours un certain effet.

Mais, ce jour-là, il était trop déprimé, mal à l'aise parce qu'il savait que la femme allait l'observer depuis la fenêtre pendant qu'il plongeait son bâton dans l'eau.

Silvia, Silvia, qu'as-tu fait ? pensa-t-il. Quand ils étaient enfants, c'était lui le fauteur de troubles, celui qui faisait des bêtises et créait des problèmes. Silvia essayait d'arranger les choses, elle lui apportait de la nourriture en cachette quand on l'envoyait au lit sans dîner, elle l'aidait à faire ses devoirs. Avant qu'elle ne rentre au pensionnat, ils étaient allés tous les deux à l'école du village : ils faisaient le trajet ensemble à pied ou sur la charrette de leur grand-père. Il se souvenait des matins où la gelée blanche transformait le paysage en une étendue de givre végétal ; en marchant ils brisaient des milliers de petites aiguilles gelées sous leurs bottes ; Silvia était frileuse, elle s'emmitouflait, laissant seulement dépasser sa figure qui semblait toujours étonnée.

Les deux cousins avaient les mêmes visages allongés, les mêmes yeux bleus rapprochés, le même nez et la même bouche. Si Anselmo n'avait pas été exceptionnellement grand, on aurait pu les prendre pour des jumeaux. Mais malgré tout le temps passé ensemble à marcher côte à côte, à boire et à manger coude contre coude, à dormir dans la même chambre, Silvia restait un mystère pour Anselmo. Même quand elle était enfant, il ne réussissait pas à la comprendre, c'était une enfant renfermée sur elle-même.

Anselmo prit congé de la femme qui voulait absolument lui proposer un café, il continua à descendre le Cervo. Quand les maisons et le pont disparurent au détour d'une courbe, il poussa un soupir de soulagement.

« Tu le comprends, oui ou non, que si tu ne manges pas, tu ne pourras pas t'en sortir ? » se répéta-t-il.

À ce moment-là, les grandes pierres plates étaient moins nombreuses, la rive était tout en galets et des acacias se courbaient au-dessus de l'eau, tachée par la lumière qui trouait le feuillage. Bien que l'on soit fin octobre, le vert dominait. Il se prépara à sonder le tronçon où le ruisseau s'élargissait pour constituer une vasque entourée de gros rochers avant de former une cascade d'environ un mètre de haut, où l'eau moussait comme du savon. Il y avait des anfractuosités où elle stagnait et où un corps aurait pu s'échouer. Anselmo y entra jusqu'au mollet et sentit l'eau glacée lui pincer les jambes à travers ses bottes et ses chaussettes de laine et le souffle froid du torrent impétueux sur son visage. La pointe de sa perche heurta les pierres, s'enfonça dans le limon et les herbes aquatiques.

Il s'apprêtait à sortir, pensant laisser son bâton à proximité et remonter la berge jusqu'à un replat, quand il rencontra quelque chose de volumineux, mais mou.

Il dut s'arrêter un instant pour reprendre le contrôle de ses bras. Ils étaient ballants comme deux grosses saucisses, ils n'avaient plus de force. Sa poitrine oppressée lui faisait mal. Il pensa à Silvia. Si c'était elle, il fallait la sortir de là. Mais il ne voulait pas non plus la blesser avec cette espèce de pique. Il essaya de déloger la masse en la faisant passer par une ouverture entre les rochers, qu'il s'acharna à élargir, il dut faire quelques pas pour s'en approcher, se mouillant jusqu'à mi-cuisses. La couleur de l'eau, marbrée par la lumière et la boue qu'il avait remuée, lui faisait penser à une peau de vipère et cela le dégoûtait, un dégoût profond qui lui donnait envie de vomir. Quelque chose retenait le corps au fond – maintenant il était sûr que c'était un corps –, autrement il aurait fini par remonter et maintenant il flotterait.

Elle n'a quand même pas rempli ses poches de cailloux.

Finalement, une sorte de secousse sous-marine agita l'eau et fit monter vers la surface une série de bulles. Anselmo recula. Le bout d'un gros tronc affleura et, quelques secondes plus tard, la carcasse d'un chien. Le bruit du Cervo emplit de nouveau ses oreilles, il se rendit compte que ses jambes le brûlaient et qu'il ne sentait plus ses pieds.

Il arriva péniblement sur la berge, s'assit sur les cailloux secs pour enlever ses bottes et ses chaussettes. Devant lui, l'animal tournait lentement sur lui-même. C'était un chien de berger typique de ces régions, avec une fourrure épaisse, blanche et grise.

Anselmo était trempé et encore sous le choc, il aurait fallu qu'il reparte à travers bois récupérer sa voiture, qu'il se résigne à laisser les pompiers faire leur travail, armés de sondeurs et de crochets. Mais le cadavre du chien le fascinait. Il resta là, à le regarder jusqu'à ce qu'il soit entraîné vers le centre de la vasque, puis qu'il tombe dans la cascade, avant de prendre de la vitesse et de disparaître au loin.

29

QUAND MARTINO DESCENDIT DU BUS, le vent avait dégagé le ciel et les cloches sonnaient. En marchant vers chez lui, il rencontra Sandra, une dame corpulente qui vivait dans le village et qui, à ses yeux indifférents, ressemblait en tout point aux autres femmes de son âge, à l'exception de sa poitrine extraordinairement pointue. Sandra portait toujours ces soutiens-gorge que personne n'utilisait plus depuis au moins dix ans et que Martino n'avait jamais vus sur quelqu'un d'autre.

Un trio de garçons plus grands que lui jouait au billard dans la véranda du bar. À la grande surprise de Martino, ils réagirent au passage de Sandra – mais seulement quand elle fut déjà de dos – en ricanant, en faisant des signes de croix et en frottant l'entrejambe de leur pantalon. Tout excités, ils se mirent à vociférer sur Martino :

— Turin ! Eh, Turin !

Il les ignora et accéléra le pas. Il avait autre chose en tête : la maîtresse auprès de qui il devait revenir, au plus vite, le plus tôt possible, pour vérifier qu'elle était toujours là-haut et toujours en vie. Il n'y avait que cela d'important. Sans compter que le jeu du matin et la proximité de Giulia lui avaient barbouillé l'estomac, comme s'il avait mangé des chocolats à la liqueur, de ceux qui irritent la langue et brûlent la gorge (sa mère ne voulait pas qu'il les goûte, son père avait répondu : « Mais laisse-le faire, ça désinfecte »). Quand il pensait à Giulia, il ressentait comme une sorte de clapotis au fond de son ventre, quelque chose qui ballotte ou qui est sur le point de se dissoudre.

Il avait autre chose en tête, mais, dès qu'il fut rentré, il eut envie de demander à sa mère ce qu'il y avait de si étrange chez Sandra pour mettre les garçons dans un tel état. Lea voulut savoir exactement ce qu'il avait vu, et comme Martino rougissait et restait vague, elle imagina bien la scène. Elle pensa qu'elle ferait mieux de laisser tomber. C'est ce que n'importe quelle autre mère aurait fait, mais elle aimait se sentir différente. L'histoire de Sandra lui donnait l'occasion d'apprendre à Martino à quel point certaines personnes peuvent être hypocrites, surtout dans des petites villes de province comme celle-là, où une femme qui n'est ni vieille ni laide et vit seule avec son fils asthmatique est regardée avec méfiance.

— Alors, commença-t-elle, Gianni m'en a parlé. Il y avait un prêtre, qui est resté longtemps ici, un certain Don Franco. Et lui et Sandra se fréquentaient.

Elle s'arrêta pour que Martino puisse assimiler l'information.

Il fit un mouvement de la tête en arrière, un petit coup sec provoqué par la surprise, mais il ne dit rien et elle continua.

— Sandra ne s'était jamais mariée et vivait encore avec sa mère. Lorsque sa mère n'était pas à la maison, Don Franco venait lui rendre visite.

— Mais les prêtres, en théorie, ne devraient rien avoir avec ça, c'est-à-dire, avec…

— Avec les femmes ? Non. En théorie, ils ne devraient vraiment pas s'y intéresser.

Lea posa une boîte de *paste di meliga* sur la table et s'assit devant Martino. Son fils était maigre et nerveux, une grande asperge. Plus il mangeait, mieux c'était. Elle poussa la boîte vers lui pour l'inviter à prendre un biscuit et continua à parler.

— Bah, à mon avis, c'est contre-nature, si tu veux savoir. Ou du moins, cela ne devrait pas être obligatoire. L'Église a peur que l'amour détourne le prêtre de Dieu et de ses missions. Un prêtre marié avec une famille n'est pas tellement disponible, il doit s'occuper de choses pratiques, d'élever ses enfants. Mais les pasteurs protestants peuvent se marier, tu le sais ? Les vaudois aussi, regarde le père de Luca, ton copain de l'ancienne école.

— Je sais qui est Luca, maman, s'énerva Martino. Je sais qui c'est, j'ai été dans sa classe pendant quatre ans.

C'était le mot *ancienne* qui l'avait piqué au vif.

— D'accord, d'accord, désolée. Le fait est que Don Franco était tombé amoureux.

— De Sandra ?

— Pourquoi pas ? Ça peut arriver avec n'importe qui.

Martino haussa les épaules. L'histoire ne lui semblait vraiment pas passionnante, c'étaient des conversations de vieux. Et sa mère n'arrivait pas au but.

— Cela a duré des années. Ils se sont rencontrés en secret, c'était une histoire d'amour clandestine. Évidemment, tout le village le savait. Officiellement, Don Franco allait prendre le café, donner sa bénédiction, mais par la suite il s'est vraiment arrêté trop longtemps pour être crédible. Pourtant, personne n'y trouvait rien à redire. Don Franco était gentil, un excellent curé. Il jouait très bien au football, c'était une armoire qu'il était impossible de marquer. On pouvait fermer les yeux sur le fait qu'il soit aussi un amant. Tout le monde faisait comme si de rien n'était. La seule qui semblait vraiment ignorer ce qui se passait était la mère de Sandra. Une vieille femme très pieuse, semble-t-il, et oppressante, qui avait toujours tenu sa fille en laisse.

— Qu'est-ce que ça veut dire ?

— Qu'elle la surveillait, la commandait. Elle l'avait empêchée d'avoir une vie à elle.

— Mais elle voyait Don Franco.

— En secret.

Martino tenait grand compte de l'opinion de sa mère. Mais c'était un enfant, et il savait que grandir signifiait se faire ses propres opinions. Il le savait parce que Lea le lui avait dit.

— Et alors ?

— Alors un jour, la mère est rentrée plus tôt que d'habitude et elle a trouvé Sandra avec Don Franco. Elle a eu une attaque ou quelque chose comme ça. Elle est devenue folle de honte. Juste pour ne pas affronter un tel scandale, elle a couru à la fenêtre et s'est jetée dans le vide, comme ça, sans réfléchir, tandis que les deux amants restaient plantés là et ne savaient pas quoi dire.

Martino écarquilla les yeux. Ça, oui, c'était un coup de théâtre.

— Et elle est morte ? demanda-t-il.

— Non, ils vivaient à l'entresol.

Ils rirent tous les deux et le visage de Lea avait une expression malicieuse, une tête de petit furet, comme disait le père de Martino. Mais tout à coup la similitude avec l'histoire de Giovanna la fit sursauter. Elle regretta de ne pas y avoir pensé plus tôt, elle espéra que son fils ne le remarquerait pas.

— Mais alors pourquoi a-t-elle sauté ? insista-t-il.

— Je ne sais pas, peut-être avait-elle perdu la tête. Ou alors, c'était du cinéma. Mais elle s'était blessée en tombant. Elle criait de douleur et pestait contre sa fille. Les gens commençaient à arriver. Sandra était sortie telle qu'elle était, en nuisette. Don Franco était sens dessus dessous. On ne pouvait plus faire comme si de rien n'était. Il fut muté dans une autre paroisse. Sandra perdit son amant et dut prendre soin de sa mère invalide. Elle est toujours en vie, tu sais ? La seule chose, c'est qu'elle est boiteuse, elle ne sort plus de chez elle.

— Pauvre Sandra.

— Pauvre Sandra, oui. Au final, c'est elle qui a fait les frais de cette affaire. Et quels frais !

Cette dernière remarque laissa Martino indifférent.

— Maman, comment est-il possible que Sandra ait…

Martino montra sa poitrine, il avait les joues toutes rouges.

— Tu dois finir tes phrases, Martino. Pourquoi a-t-elle des seins pointus ?

— Oui.

— Elle utilise des soutiens-gorge à bonnets coniques qu'on ne fait plus maintenant. Autrefois, c'était à la mode.

Qui sait si, pour Sandra, ce n'était pas une sorte de revendication. Regardez-moi, je suis une vieille fille et on m'a humiliée, mais regardez-moi ces seins, comme ils se dressent. Ou peut-être que Don Franco aimait ce type de soutiens-gorge et qu'elle continuait à les porter en souvenir de lui. Quand elle avait quinze ans, Lea en avait porté un également. Elle le mettait et le sortait dans l'obscurité de la porte cochère, se contorsionnant pour le faire passer sous ses vêtements. Ses parents n'auraient pas aimé ça.

30

*C*OMMENT SE FAIT-IL QUE DANS CE COIN-CI *les gens passent leur temps à sauter par la fenêtre ?* pensa Martino. *Peut-être que l'eau a mauvais goût parce qu'elle est empoisonnée, et, petit à petit, ça les rend tous fous.* Il regarda le robinet avec méfiance. *Mais je ne peux pas faire autrement que d'en apporter à la maîtresse, je n'ai pas le choix*, se dit-il.

Dans le cartable, il fourra une gourde en aluminium pour vélo, une miche de pain, un morceau de gruyère et une couverture légère, car rien de plus volumineux ne pouvait y rentrer. Lea avait lavé le sol en regagnant à reculons son fauteuil préféré, maintenant elle lisait, le balai-brosse posé sur l'accoudoir. Elle ne prêta pas tellement attention à ce qu'il faisait. Elle lui rappela seulement de rentrer tôt, car ce soir-là son père arriverait de Turin. On était vendredi.

Cette fois, il ne regarda presque pas la forêt. Il se sentait fier de sa mission de sauvetage, mais, au fur et à mesure qu'il grimpait, il était gagné par la certitude qu'il ne trouverait pas la maîtresse : il s'en inquiétait et accélérait le pas, même si une partie de lui était soulagée à cette pensée. Finalement, la peur l'assaillit à l'idée qu'elle puisse surgir derrière lui, en voie de putréfaction et chancelante comme un zombie. À Turin, il avait vu les affiches de *La Nuit des morts-vivants*.

Il arriva au cabanon à bout de souffle, regarda par la porte : elle était toujours là, appuyée contre le mur, la tête en arrière et les yeux fermés. Il sentit un vide soudain dans son estomac comme quand on rate une marche : pendant un moment, il crut qu'elle était morte, mais en observant mieux, il vit qu'elle respirait. Elle dormait. Martino aperçut le sachet froissé de son sandwich et se réjouit intérieurement. Elle l'avait mangé ! Il décida de laisser la couverture, l'eau et la nourriture bien en vue, et de s'éclipser. Il se pencha pour défaire les attaches de son cartable et lorsqu'il releva la tête, ses yeux rencontrèrent ceux de la maîtresse. Ce n'était plus un chien borgne, elle ressemblait davantage à une créature extraterrestre qui ne comprend pas exactement ce qu'elle voit. Comme il ne savait pas quoi dire, Martino se remit à vider sa sacoche. La tension rendait ses doigts gourds.

— Le pain est un peu rassis.

— Merci, dit-elle.

Et Martino répondit automatiquement :

— Je vous en prie.

Aucun d'eux n'osait bouger plus que le strict nécessaire.

— Tu t'appelles Martino, c'est ça ?

— Oui, maîtresse.

Le visage de Silvia changea d'expression, elle semblait s'être crispée. Mais au bout de quelques secondes, elle répéta, de sa voix rauque :

— Merci, Martino.

Silvia ne pouvait pas s'empêcher de regarder la gourde. Elle avait entendu le bruit de l'eau à l'intérieur, quand le jeune garçon l'avait posée par terre, et l'humidité perlait sur les parois d'aluminium. Son palais était tellement desséché qu'elle se croyait sur le point de mourir. Martino dut le remarquer parce que, surmontant une réticence évidente, il prit la gourde et la lui tendit, restant le plus loin possible d'elle. Oh, elle lui en était reconnaissante, maintenant elle lui en était vraiment reconnaissante. La gourde était lourde, son bras tremblait. Elle la tint contre sa poitrine. Elle espérait qu'elle pourrait dévisser le bouchon toute seule – elle ne pouvait pas lui demander aussi de l'ouvrir pour elle. Elle y parvint et but ; elle ne put pas empêcher un filet d'eau de couler sur son menton et dans son cou. Elle aurait voulu être une éponge pour tout absorber, cela aurait été merveilleux : un organisme simple ancré sur un fond marin, entièrement constitué de canaux, de pores et de fibres, flottant, gonflé d'eau et sans cerveau.

Une inspiration soudaine donna une idée à Martino.

— Je peux vous apporter un livre, si vous voulez. Ma mère en a beaucoup.

Elle ne souhaitait pas qu'il lui en apporte. Elle voulait seulement être une éponge. Mais encore une fois, elle répondit :

— Merci.

L'enfant hocha la tête d'un air sérieux. Silvia observa son corps osseux, son visage anguleux, son menton légèrement asymétrique, ses cheveux clairs. Au risque de le mettre mal à l'aise, elle continuait à le fixer, parce qu'elle percevait une sorte de bourdonnement intérieur qui, elle l'avait appris, annonçait une crise, et elle espérait que garder les yeux rivés à ce visage réel et proche l'aiderait à la gérer, mais Martino était déjà devenu flou et Giovanna affleurait. Dans quelques secondes, elle aurait besoin d'aide.

— Je dois y aller, déclara Martino. Mon père arrive ce soir.

Un bruit sourd sur les planches du toit les fit sursauter tous deux.

— Un hérisson, commenta Silvia au bout d'un moment.

Elle avait repris ses esprits et en était heureuse. La dernière chose qu'elle voulait, c'était effrayer le jeune garçon, en le faisant assister à une scène de crise.

— Je peux vous apporter un livre de Gianni, proposa encore Martino.

— Tu connais Gianni ?

— Il s'est lié d'amitié avec ma mère.

— Eh, Gianni… Gianni.

Silvia n'avait pas dit autant de mots, et de façon aussi cohérente, depuis des jours. C'était comme marcher sur une poutre. Elle le faisait depuis un moment, sans trop y penser, mais elle ressentit à nouveau le bourdonnement, un vertige. *Ne fais pas ça*, se dit-elle. Et cela signifiait : *Ne panique pas. Maintenant il va partir, maintenant il va partir, maintenant il va partir.*

— Alors j'y vais, annonça Martino, et comme il ne reçut aucune réponse, il ajouta : Je reviendrai demain, si je peux. Ça vous va, si je reviens ?

Combien de temps aurait pu durer le mensonge de l'enfant ? Tôt ou tard, quelque chose lui échapperait, ou on le suivrait, ou il se fatiguerait. Elle n'avait pas pris la décision de retourner au village. Mais elle avait tiré la langue pour boire la pluie, elle avait mangé le sandwich. Et, les jours précédents, elle n'avait pas réussi à se jeter du haut du pont.

— D'accord.

Elle écoutait les pas qui bruissaient parmi les feuilles mortes, elle eut le temps de remarquer un groupe de mouches bleu-vert sur une excroissance du bois et de secouer la gourde comme un talisman, pour remplir ses oreilles du clapotis de l'eau. Elle se blottit sous la couverture et ferma les yeux, et une fois qu'elle les eut fermés, elle se retrouva dans sa maison, dans le coin du bazar.

31

C'ÉTAIT UNE PETITE PIÈCE QU'ELLE UTILISAIT comme débarras. Elle y jetait tous les papiers qu'elle voulait garder ou dont elle n'arrivait pas à se débarrasser, par exemple des cartes postales que son père lui avait envoyées de Suisse, où il travaillait lorsqu'elle était enfant. Elles étaient magnifiques : des vues en noir et blanc de places, de villes et de villages surmontés de pics, ou de scènes peintes à la main, avec des bergers et des bergères en pantalon de zouave avec des boutons rouges, et des chèvres aux minuscules cornes à peine sorties regardant dans les yeux des enfants qui étaient leurs amis, et ceux-ci leur rendaient leur regard en mâchant un brin d'herbe, ou en sifflant.

Silvia avait éprouvé une colère grave, froide et sans pardon envers son père, car il ne tenait pas ses promesses, il lui assurait qu'il viendrait pour son anniversaire, mais il n'était jamais là, il la laissait à ses grands-parents et aux religieuses et il avait fini par mourir loin de chez eux, dans un accident du travail. Elle les avait toutes gardées, ses cartes postales, mais en désordre, au milieu des devoirs d'élèves, des lettres d'amis, des enveloppes vides, des listes cochées.

À l'intérieur des tiroirs et des portes des quelques meubles accrochés aux murs s'entassaient des faire-part de décès, des cartes de vœux et des invitations à des baptêmes, des premières communions, des confirmations. Sur le sol de la pièce, Silvia avait empilé des cartons de chaussures remplis de coupures de journaux : d'anciens élèves qui avaient réussi dans tel ou tel domaine, des nouvelles concernant Bioglio (élections, glissements de terrain, cérémonies) et des articles sur Jackie Kennedy, Grace Kelly et Soraya. Il y avait des numéros spéciaux sur le mariage de Jackie avec Aristote Onassis et sur celui de Grace avec le prince Rainier de Monaco, et des reportages photos sur Soraya en vacances à Rapallo.

Elle ne s'était jamais vraiment questionnée sur sa passion pour les trois reines (même Jackie, dans un certain sens, en avait été une) : la veuve, l'actrice, la répudiée. Cela devait avoir quelque chose à voir avec leur mariage, avec le cristal et le papier mâché dont ils étaient faits. Grace, plus que les autres, l'irritait, dans son somptueux placard, à côté d'un prince qui avait écarté sa fiancée précédente parce qu'elle était stérile. Rainier voulait des héritiers et Grace, la grande actrice, s'était faite toute petite pour entrer dans ce conte de fées en miniature. Elle lui avait donné des enfants.

Silvia découpait des magazines et ne s'en cachait pas, ce n'était pas une passion secrète. Luisa et Gemma lui mettaient de côté reportages et interviews. Parfois, dans les salles d'attente du médecin ou de la coiffeuse, elle n'avait pas pu résister et avait arraché des pages et des pages d'un magazine, sous le regard réprobateur de ceux qui étaient assis à côté d'elle. Ce matériau dont on faisait les ragots lui rappelait que même ce qui se situe au-delà de notre horizon existe, à la fois étranger et semblable à nous.

Silvia est dans le cabanon et, en même temps, elle est dans le coin du bazar, elle voudrait allumer la lumière, mais l'interrupteur ne marche pas, il se déclenche à vide et elle doit se contenter de la pénombre. Au milieu de tant de choses se trouvent aussi des dessins réalisés par Giovanna, des notes écrites par elle et des photos de sa classe. Quelque part il y a une carte avec un sapin de Noël argenté, tordu au sommet : « Tous mes meilleurs vœux, maîtresse Silvia, de la part de Giovanna Morel (et de sa famille). » Elle aimerait la retrouver, mais ce sont les chèvres de son père, les détours du Rhin à Bâle, Jackie en manches courtes et en tongs, les romans d'amour de sa grand-mère qui lui tombent entre les mains. Elle s'efforce de séparer du reste le tas de paperasses qu'elle a déjà vérifiées, et pourtant elle continue de regarder les mêmes lettres, les mêmes cartes postales.

La frustration la fait revenir à elle. Ses vêtements humides sont en train de geler entre ses cuisses et ses chaussures trempées aussi. Le brouillard est descendu pour assombrir la forêt, les arbres les plus éloignés ont déjà disparu et bientôt l'obscurité de la nuit achèvera ce travail d'effacement. Même le sapin de Noël de Giovanna n'est pas visible, et pourtant il est quelque part dans la forêt du bazar, à l'intérieur de la maison que Silvia a abandonnée.

Faites bien attention à ne jamais rien garder en ordre.

La voix dans sa tête pourrait être celle de Luisa. Silvia a honte et de cette honte, immédiatement, sort quelque chose de pire : les religieuses. Devant leurs regards corrosifs, elle redevient une petite fille solitaire et têtue, privée d'affection. Comme le bruit sourd d'un hérisson tombant sur la tôle, une pensée la frappe : elle n'a jamais assez grandi. Elle l'a fait exprès.

Elle est Giovanna.

32

LEA S'ÉTAIT BRÛLÉE AVEC LE BORD DE LA CASSEROLE dans laquelle cuisait le risotto. Elle y versait le bouillon de la main gauche pendant qu'elle suçait le dos de sa main droite.

— Rends-moi un service, coupe-moi une tranche de pomme de terre et mets-la sur la brûlure, demanda-t-elle à Martino.

Un rideau de brume était tombé derrière les fenêtres, masquant le jardin et la rue. Stefano était arrivé peu de temps auparavant.

— Fais-moi un gros câlin, avait-il dit en s'adressant à son fils.

Il disait « gros câlin » et « petit moment », même si cela agaçait Lea. Mais il disait aussi « entièreté » et « ludique », et ça la faisait rire, ça lui rappelait les livres qu'elle lisait, petite fille, et le memento de l'école.

Maintenant, Stefano se tenait debout sur une chaise dans le couloir, où il avait décidé d'accrocher un tableau qu'il avait rapporté de chez eux, à Turin. Ce n'était pas une bonne idée, d'abord parce que cela avait déplu à Martino dont toute l'attitude signifiait « ça suffit », et puis parce que Stefano n'était vraiment pas doué pour ce genre de chose, malhabile au point de ne pas pouvoir enfoncer un clou dans le mur. Il ne savait ni assembler ni réparer quoi que ce soit, il pouvait à peine changer une ampoule. En revanche, il cuisinait bien certaines recettes : foie pané, champignons frits, pêches farcies et cuites au four. « Aujourd'hui, papa fait l'un de ses classiques », avaient-ils l'habitude de dire. Pendant qu'il cuisinait, Stefano goûtait les plats et les leur faisait goûter, et quand, pour finir, ils passaient à table, ils n'avaient plus faim.

Lea et Martino se mirent sur le seuil de la porte.

— Ne restez pas là à me regarder.

— Stefano.

— Accrocher un tableau, je peux le faire tout seul !

Martino et Lea retournèrent dans la cuisine et dressèrent l'oreille. Immédiatement après, ils entendirent des bruits de marteau et de plâtre qui tombait en morceau.

— Je le savais, commenta Lea.

Stefano s'était immobilisé, le bras en l'air, une expression incrédule sur le visage.

— Papa ? Papa, tu as fait un trou dans le mur *derrière toi* !

— Ce n'est pas un trou, on ne le voit même pas.

— Maintenant, il va falloir balayer.

— Mais qu'il est étroit, ce couloir, comment est-ce possible ? Cela devrait être interdit de construire de cette façon.

Ils rirent, et pendant quelques secondes Martino oublia son secret et le cabanon à moitié écroulé au cœur de la forêt à l'intérieur duquel se trouvait une maîtresse qu'il fallait nourrir cessa d'exister. Peu de temps après, cependant, le secret refit surface dans son esprit et donc dans la réalité, derrière la fenêtre, le brouillard et les arbres, si bien que Martino ne faisait plus complètement un avec lui-même, mais se regardait aussi de l'extérieur, à distance, pendant qu'ils mangeaient du risotto et discutaient. Jusqu'au moment où se coucher et s'endormir lui sembla être le meilleur moyen de revenir à lui, de fusionner avec lui-même.

— Alors qu'en penses-tu ? demanda Stefano un peu plus tard à Lea, alors qu'il se brossait les dents en caleçon pendant qu'elle lui cherchait son pyjama et versait un sachet d'Idrolitina dans un verre d'eau pour la rendre pétillante. Elle voulait ainsi accélérer le processus des opérations, et se mettre au lit plus vite pour pouvoir lire.

— Pas mal. Il s'en sort bien.

— Il s'est fait des amis ?

— Il est en colère contre nous.

— Mais il va mieux.

— Oui, et il en est très déçu.

— Donc pas d'amis.

— Il aime bien Gianni, mais je ne sais pas si les adultes comptent.

— Ah oui ! L'écrivain.

Un grognement d'assentiment tandis que Lea refermait rapidement le bouchon de la bouteille et la secouait pour faire agir la poudre d'Idrolitina.

— Maintenant que tu connais un écrivain, tu vas tomber amoureuse de lui, c'est sûr.

— Mais non, ce n'est pas mon genre.

Stefano vit qu'elle n'éprouvait pas la moindre gêne et que c'était donc vrai.

— Aucun signe de la maîtresse ? demanda-t-il.

Lea comprit tout de suite qu'elle ne pourrait pas lire ce soir-là et se sentit coupable de ne pas l'avoir saisi plus tôt : elle n'avait pas vu son mari depuis une semaine, une petite fille était morte, une maîtresse avait disparu, son fils se sentait exilé et elle avait envie de se coucher et de lire. Quelle drôle de femme elle était.

Après que Martino était revenu bouleversé de l'école, Lea avait appelé Stefano. Lui aussi était sceptique quant à possibilité que la maîtresse rentre chez elle saine et sauve. Maintenant, il voulait en savoir plus sur les recherches et posait également des questions sur les obsèques de la petite fille.

Martino n'avait pas eu envie d'y aller, mais Lea avait entendu dire qu'il y avait foule ; dans le journal, une photo de la nef bondée avait été publiée. Son père avait voulu que Giovanna soit placée dans le cercueil, vêtue d'une petite robe blanche, c'est ce que rapportait l'article.

— Putain de vie. Onze ans, bon sang. Que sait une enfant de onze ans de la mort ? marmonna Stefano.

— Mais qui en sait quelque chose ? Qui sait vraiment ?

— Allez, Lea, ne philosophe pas. Une petite fille saute par la fenêtre. Juste dire ça… (Il haussa les épaules.) Cela me donne des frissons.

— On n'a aucune idée de ce qui passe par la tête d'une fillette de onze ans. Un rien, quelque chose qui pour toi et moi ne compte même pas, peut devenir pour elle la fin du monde.

— Mais on ne peut plus vivre comme ça. Un parent gronde son enfant et il se jette dans la rivière.

Ils se glissèrent sous les couvertures. Les draps étaient froids et ils se rapprochèrent l'un de l'autre, migrant vers le centre du lit.

Lea s'aperçut que Martino ronflait dans l'autre chambre et elle pensa à la mère de Giovanna, à ce qu'elle allait endurer sans répit, jusqu'à la fin de ses jours. Elle se mit à pleurer silencieusement, les larmes sortaient des coins extérieurs de ses yeux et coulaient directement dans le pavillon de ses oreilles. Elle les essuya de ses deux index, avec colère, elle essaya de retenir ses sanglots. Elle pouvait accepter d'être une femme despotique ou méprisante, mais pas une femme qui pleure. Elle en avait parlé avec Gianni, avec beaucoup de réticence, comme une mule qui plante ses sabots dans le sol avant de ruer, et il avait posé un diagnostic :

— Là, il y a un problème non résolu, si tu étais l'un de mes personnages, il me faudrait démêler ce nœud, mais étant donné que tu es une personne réelle, je suppose que c'est à toi de le faire.

Heureusement, Stefano commit l'erreur de vouloir la consoler, ce qui lui donna l'occasion de s'en prendre à lui. Elle le repoussa et commença à lui parler rageusement de son cochon d'oncle, celui qui l'appelait Petite Carotte, ou Frimousse, avant de poser ses mains sur elle. Il avait essayé de l'embrasser quand elle n'avait que onze ans, tout juste onze ans comme la petite Giovanna, et elle s'était débattue pour s'enfuir en courant, faisant le tour de la grande table de cuisine une fois, deux fois, trois fois, avec l'atroce certitude mathématique que tôt ou tard il la rattraperait, jusqu'à ce que quelqu'un entre et que l'oncle fasse comme si de rien n'était. Lea était tellement hébétée par la peur qu'elle n'avait pas pu parler et on l'avait envoyée au lit sans trop de cérémonie. Plus tard, au prix de grands efforts, elle l'avait dit à sa mère, et sa mère l'avait rapporté à son père. Mais il ne s'était rien passé, son père et son oncle avaient continué à aller pêcher ensemble. Son père revenait tout content, rapportant un seau de truites et de perches, et Lea devait les préparer : elle leur ouvrait le ventre pour jeter les entrailles et elle travaillait dur pour gratter les écailles sur lesquelles la lumière projetait de petits arcs-en-ciel.

— Et ce n'est pas parce qu'ils ne m'ont pas crue, tu sais. Même eux, ils savaient que c'était un porc, un agresseur. Ces choses-là arrivent dans les maisons. Que savons-nous de cette petite fille ?

— D'accord, je suis désolé, mais calme-toi.

— Bonne nuit. Je vais lire quelques pages sinon je ne réussirai pas à trouver le sommeil.

Les yeux fixés sur le livre, Lea se demandait si une grande partie de ce qui s'était produit ensuite n'était pas une réponse à la trahison de ses parents, qui n'avaient pas bougé le petit doigt pour elle. *Je me défends toute seule, c'est moi qui commande, c'est moi qui décide quand j'enlève ma culotte.* L'élément déclencheur : l'oncle libidineux. Mais non, les gens ne fonctionnent pas aussi simplement. Qui sait d'où cela lui venait, ce caractère combatif, quelle somme de gènes, de discours et d'expériences l'avaient formé. *Et de choix*, se dit-elle pour se calmer, *quels choix !*

33

— ON VA FAIRE QUELQUES PASSES AVEC LE BALLON, proposa Stefano à Martino, et la matinée se déroula ainsi.

Stefano était professeur de tennis au Circolo della Stampa à Santa Rita et il avait été un espoir en ski. Lent, presque paresseux, il ne voulait pas arriver le premier, mais faire les choses correctement. Son épreuve préférée était le slalom spécial, la plus technique des descentes, dans laquelle il excellait grâce à la perfection de ses trajectoires, savourant le travail des muscles et des tendons, les à-coups des skis qui voulaient déraper et les nuées de neige poudreuse qu'il laissait derrière lui.

— Tu as l'étoffe d'un champion, lui répétait son moniteur en lui enduisant le nez d'une couche de crème solaire aussi épaisse que du plomb. Ce qui te manque, c'est la mentalité d'un vainqueur.

Et, à l'entraînement, il lui criait :

— Bouge ton cul, Acquadro, espèce d'idiot ! À fond, à fond !

Il avait complètement arrêté les compétitions vers l'âge de quinze ans. Cela ne l'intéressait pas, une caractéristique qui lui serait utile plus tard, dans sa relation avec Lea. Il préférait passer les week-ends avec les filles plutôt que sur les pistes.

Avoir un enfant asthmatique ne faisait pas regretter à Stefano les marches ensemble, les longues heures à nager, les exploits sportifs. Il n'avait jamais harcelé Martino comme son père avec lui.

Le père de Stefano était passionné d'alpinisme et leur maison était tapissée de photographies de lui sur une corde, de lui sur un sommet, de lui en train de parcourir une via ferrata, de lui en petit insecte noir dans une file sur la blancheur d'un glacier, de lui assuré sur des parois de gneiss ou de granit, portant des chaussettes et un pull en laine torsadée, le piolet et la corde attachés au sac à dos et les lèvres blanches de beurre de cacao. Il l'avait obligé à le suivre dans ces mêmes lieux, ils avaient même pris quelques photos, mais, pour Stefano, c'était toujours resté des espaces inhospitaliers dans lesquels il fallait s'impliquer dans un effort vain : prouver à son père qu'il était un homme. À dix-huit ans, il était passé du ski, qui était encore un sport de montagne, au tennis, considéré dans la famille comme un passe-temps de blagueurs, de beaux gosses vaniteux.

En réalité, l'asthme n'était pas incompatible avec l'effort physique, il fallait juste y aller doucement. Ce matin-là, Stefano remarqua que Martino avait plus de souffle que d'habitude, il tapait dans le ballon sans retenue et, lorsqu'il s'arrêtait, il ne palpait pas sa rate, il n'était pas hors d'haleine. Il lui ébouriffa les cheveux.

— Le bon air te fait du bien, mon petit gars, regarde comme tu es en forme.

Martino eut un demi-sourire, mais immédiatement après il jugea nécessaire de remettre les pendules à l'heure.

— Je veux rentrer à la maison.

— Faisons comme ça : vendredi prochain, c'est toi et ta mère qui venez, prenez le train.

Il était d'accord et pas d'accord. Revenir à Turin pour le week-end signifiait passer deux jours dans sa chambre, mais comme un invité, au milieu du vide laissé par les choses qu'il avait emportées, revoir ses amis qui s'étaient peut-être habitués à se passer de lui, et enfin supporter le voyage retour de la ville vers les bois, le cœur lourd, comme quand ils étaient venus à Bioglio pour la première fois et qu'il avait eu l'impression de le sentir peser de plus en plus dans sa poitrine, kilomètre après kilomètre – il avait pensé aux momies du Musée égyptien, à leur peau devenue cuir, et aussi aux prunes séchées que sa mère cuisinait au four, enveloppées de speck.

— Je veux rentrer chez moi et y rester, précisa-t-il.

— Mon p'tit rat !

Martino donna un grand coup de pied dans le ballon, l'envoyant contre le mur de la maison avec tant de force qu'en rebondissant il faillit bien le frapper de plein fouet ; il dut l'esquiver d'un bond peu glorieux. Stefano le regarda pour voir s'il y avait de la marge de manœuvre afin de dédramatiser la situation. Il n'y en avait pas.

Dans ce sombre état d'esprit, Martino se souvint de la maîtresse à cause de qui il était coincé là, à s'inquiéter et à faire des allers-retours pour lui porter à boire et à manger ; toute sa mauvaise humeur se transféra sur elle. Il était sur le point de le dire à son père.

— On pourrait faire une balade sympa cet après-midi. Il y a ce monastère au milieu des fermes que nous aimerions bien visiter, ta mère dit que l'église est romane.

Le secret brûlait la langue de Martino.

— Ça te dirait ?

Ça me dirait de larguer la maîtresse, me faire beau pour le moment où on la découvrira, j'aimerais m'enfuir d'ici, me réfugier chez Piero jusqu'à ce que vous vous décidiez à me laisser rester à Turin.

— Et puis, au retour, on boira un chocolat chaud.

Martino avait pris sa décision. Il n'allait pas tout déballer derrière son dos, non, cela n'aurait pas été correct. Il irait trouver la maîtresse une dernière fois et il lui dirait qu'il n'avait pas envie de continuer à... à quoi ? À la couvrir. À lui apporter de la nourriture et de l'eau. Elle n'avait qu'à se débrouiller toute seule.

— Eh, tu dors ?

— D'accord pour le truc, le monastère.

— Viens, alors, on va se faire une toilette de chat.

Martino continuait à ressasser. Et si la maîtresse, pour toute réponse, disparaissait ? Il aurait l'air malin. Traître. Doublement traître. Il aurait trahi la maîtresse et tous les autres. Et si cela se terminait mal, ce serait sa faute. *Pourquoi n'as-tu pas parlé tout de suite, Martino ?* Il n'en avait pas la moindre idée. Parce qu'il était stupéfait, parce qu'il était bouleversé. En proie à... comment disait sa mère ? « Un dilemme moral. » Mais aussi par goût de l'aventure. Parce qu'il s'ennuyait, parce qu'il était triste et en colère contre ses parents et qu'il voulait leur cacher quelque chose. Mais, maintenant, il se sentait malade, il en avait assez et il savait que le moment était venu de mettre un terme à toute cette histoire.

34

LA PREMIÈRE FOIS QUE QUELQU'UN DIT AVOIR REPÉRÉ Silvia, on y crut.

Elle était à Santhià et avait demandé des informations sur les trains régionaux pour Milan. Au bout d'un moment, le guichetier se souvint de la maîtresse, dont il avait vu la photo dans le journal. Une femme de taille moyenne, aux cheveux bruns et aux yeux bleus, qu'il n'avait jamais rencontrée auparavant. Finalement elle n'avait pas pris le train et devait donc toujours se trouver en ville. Anselmo et Luisa arrivèrent environ une heure après l'appel. Le contrôleur avait mis la main sur le journal et pointait son index sur la photo, triomphant.

— Elle lui ressemble beaucoup. Pour moi, c'était elle.

— Est-ce qu'elle allait bien ? demanda Luisa. Ça fait quatre jours qu'elle est partie.

— Elle allait bien, très bien.

Luisa et Anselmo se regardèrent. *Quelqu'un l'a aidée sans rien nous dire*, pensait Anselmo avec rancœur. Pour Luisa, au contraire, tout espoir s'était évanoui : il était peu probable que Silvia ait l'air bien portante, après ce qui s'était passé.

Ils fouillèrent les rues, les bars et les magasins. Anselmo en tête, hors de lui. Il ouvrait vigoureusement les portes, faisant retentir les sonnettes, mais il les refermait aussitôt. Il faisait la même chose quand, enfant, il jouait à cache-cache avec sa cousine : il ouvrait tous les battants et, dans le feu de l'action, il ne regardait pas bien ; cachée dans les placards, derrière les rideaux ou sous le lit, Silvia lui échappait. Alors il se força à ralentir l'allure, au moins un peu. Pendant ce temps, Luisa explorait les rues secondaires. Les gens tournaient la tête pour les regarder.

— Vous avez perdu un enfant ? s'inquiéta une dame chargée de sacs de courses.

Luisa était essoufflée et entendait un bruit sourd dans sa tête. Soudain, elle crut apercevoir, au bout de la rue, une silhouette qui aurait pu être celle de Silvia. Anselmo était entré dans un café, elle ne voulait pas risquer de laisser partir Silvia en retournant le prévenir. Elle accéléra le pas sans perdre de vue un instant la silhouette, elle la fixa avec une telle intensité qu'elle se mit à la voir double.

C'était une femme vêtue de noir, aux cheveux blonds et marchant avec vigueur, traînant juste un peu les pieds. Sans sac. Lorsqu'elle tourna au coin de la rue, Luisa se mit à courir. Son sac ballottait d'avant en arrière comme une balançoire – elle avait envie de s'en débarrasser, mais elle ne le fit pas. Elle appela « Silvia ! » d'une voix essoufflée. Il n'y avait personne d'autre dans la rue, juste des portes cochères et des portails et, de l'autre côté, une étendue d'herbe hirsute et des garages pour voitures aux rideaux de fer baissés. Depuis un balcon, un petit chien se mit à aboyer, il faisait des allers-retours aux limites de son champ de vision, aussi survolté qu'elle.

Luisa essaya de se concentrer sur ses chaussures. Mocassins de cuir à talons plats. Bleu foncé ou noirs ? Ceux de Silvia étaient noirs et ceux-ci lui semblaient bleus ou d'un noir rendu gris par la poussière.

Non, ils étaient vraiment bleus. Elle attendit que la femme arrive à destination.

Elle s'était arrêtée devant l'entrée d'une maison. Elle sortit un jeu de clés de la poche de son manteau et c'est seulement à ce moment-là qu'elle se retourna, une expression indignée sur le visage.

À quelques pas d'elle, Luisa, rouge comme une tomate, avait la sangle de son sac enroulée autour de son poignet et serrée dans son poing. Le peigne qui retenait ses cheveux pendait sur son oreille. Elle s'appuya contre le mur et s'excusa, elle lui expliqua qu'elle l'avait prise pour quelqu'un d'autre, une personne qu'ils recherchaient depuis plusieurs jours. La femme avait eu peur en entendant quelqu'un galoper derrière elle, et maintenant elle lui en voulait.

— D'accord, mais on ne peut pas suivre les gens de cette manière, dit-elle avec un fort accent milanais.

— Je suis vraiment désolée. J'étais tellement inquiète… J'ai eu tort.

Elle revint vers Anselmo qui, entre-temps, s'était mis en colère parce qu'il l'avait perdue de vue.

— Je l'ai prise pour quelqu'un d'autre.

— On n'avait pas besoin de cela. As-tu au moins demandé si elle était allée à la gare ?

Mais Luisa n'y avait même pas pensé.

— Mais elle a vraiment l'accent milanais, à mon avis le contrôleur a parlé avec elle.

— À mon avis, à mon avis, éclata Anselmo. Et tu crois que ça peut nous suffire ?

Ils parcoururent donc la ville entière, dans tous les sens, presque sans échanger un mot, puis ils reprirent leur voiture et passèrent au crible les routes qui traversaient les rizières. Les moissonneuses-batteuses étaient déjà parties faucher les plants et sur de nombreuses parcelles on était en train d'incendier le chaume, laissant les champs striés de noir et de jaune comme des peaux de tigre. Les vitres étaient fermées, mais Luisa sentait quand même l'odeur de diesel et de fumier.

— J'ai tout de suite compris qu'il ne fallait pas faire confiance à ce type, cet imbécile de la gare, marmonna Anselmo, et elle le laissa dire.

— Nous avons été naïfs, admit-elle.

— Mais je ne sais pas comment tu as réussi à confondre Silvia avec une Milanaise.

Il lui tapota le genou avant de changer de vitesse, et Luisa pensa qu'en agissant comme une folle, en s'enfuyant, Silvia l'avait forcée, elle, à rester et à être normale pour toujours, pour sa vie entière. Elle se tourna vers la campagne. Les pentes des Alpes avaient la même couleur bleue que le ciel, on les distinguait uniquement parce que les sommets étaient blancs de neige, dentelés et rugueux par rapport aux nuages blancs et vaporeux. Les hérons cendrés chassaient le long des canaux et la surface de l'eau les dédoublait comme les figures sur les cartes à jouer, l'une claire et l'autre granuleuse et brillante. Luisa aperçut une héronnière parmi les acacias, des dizaines et des dizaines de grands nids sur lesquels attendaient d'autres oiseaux.

35

AU DÉBUT, GEMMA AUSSI Y AVAIT CRU. Plus tard dans la soirée, elle se serait giflée pour avoir été si naïve.

Pendant que Luisa et Anselmo étaient partis, elle essayait de meubler le temps en retournant les matelas et en battant les tapis, jusqu'à ce que Corrado sorte de la cabane qu'il avait improvisée avec deux chaises et une couette. On lui avait dit que Silvia était en voyage et il voulait savoir exactement où elle était partie, si elle était retournée voir les kangourous et les koalas. Pour qu'il reste sage, Gemma lui avait raconté une histoire de guerre comme il les aimait bien, avec une fin heureuse.

— L'armée italienne avait été battue à Caporetto, tu te souviens ?

Corrado hocha la tête, incertain.

— C'était dangereux de rester dans notre région, alors nous nous sommes enfuis. Nous devions traverser le pont sur le Tagliamento, mais ils l'avaient fait sauter pour arrêter les ennemis. Moi, ma maman et mes frères sommes passés, alors que mon père est resté de l'autre côté parce qu'il avait la charrette et les vaches et qu'il avançait lentement.

Ponte della Delizia, c'était le nom du pont. Une importante foule de soldats, de réfugiés, de camions et de charrettes tirées par des chevaux, des mulets et des ânes y passait toujours. Gemma avait entendu la déflagration derrière elle, l'air tremblant de chaleur, puis des cris qui transperçaient les oreilles et couvraient le bruit de la rivière en crue. Elle avait vu les taches de bouillie rouge et granuleuse sur la boue. Un enfant s'était exclamé : « Regarde, on dirait de la confiture », et sa mère lui avait donné une tape à l'arrière de la tête pour le faire taire immédiatement avant de le serrer très fort dans ses bras.

À Ferrare, où ils avaient été évacués, Gemma avait attrapé la fièvre espagnole. Parmi les nombreux malades, entassés dans des chambres où se trouvaient différentes familles, elle avait été l'une des rares à avoir survécu, mais elle avait perdu ses cheveux par touffes, ils étaient tombés tandis que ses pieds et ses mains avaient pelé. Pour la consoler, on lui disait qu'elle muait, comme les serpents, comme les cigales, et qu'elle allait s'en sortir, car même les plantes vivantes perdent leurs feuilles en automne, puis renaissent au printemps – une série de mots réconfortants plus ou moins adaptés. Pourtant, à quatorze ans, sa tête à moitié chauve lui faisait horreur. Elle touchait les mèches clairsemées et se désespérait, elle répondit que les couleuvres la dégoûtaient, les cigales aussi, qu'au contraire elle aimait bien les chevaux avec leur crinière et les chiens avec leurs poils bouclés. Elle enlevait des lambeaux de peaux mortes et les jetait dans le brasero pour que l'odeur répugnante de mouche grillée dérange tout le monde.

Elle ne parla pas de cela à Corrado, mais elle lui raconta comment, des semaines plus tard, marchant dans la rue, un mouchoir noué autour du cou, elle avait reconnu son père, qui avait réussi à rejoindre la ville et cherchait des informations dans une laiterie. Sa moustache rousse derrière la vitre tachée de soleil et de saleté représentait encore aujourd'hui, pour elle, l'image du bonheur. En entrant, la clochette de la porte avait sonné comme un coup de trompette. Elle s'était précipitée sur lui, réfugiée dans ses bras, seuls tous les deux, sans ses frères et sans sa mère. Elle l'avait conduit jusqu'à l'appartement surpeuplé, et le soir elle s'était laissé raser les cheveux et appeler « Mon petit garçon ».

Une fois l'histoire terminée, Gemma commença à regretter son optimisme, car la vie était ainsi et il fallait en tenir compte : un jour, elle retrouvait son père au milieu du marasme de la guerre mondiale et un autre, Luisa et Anselmo n'arrivaient pas à retrouver Silvia dans la ville de Santhià.

36

MARTINO NE RÉUSSIT À TROUVER UN PRÉTEXTE pour sortir seul que le dimanche en fin d'après-midi, après presque deux jours de surveillance étroite durant lesquels Lea et Stefano avaient essayé de comprendre comment il allait réellement, c'est-à-dire à quel point sa mauvaise humeur était grave, sans parvenir à une conclusion claire et nette. Ils lui avaient demandé ce qu'il faisait dans les bois.

— Rien, avait-il répondu.

— Si tu veux, un jour on ira y faire un tour ensemble, on cherchera des champignons. Il doit y en avoir beaucoup.

— Je préfère jouer à Sandokan.

— Ah oui, d'accord.

— Peut-être que tu peux y aller avec le fils Crivelli… Comment il s'appelle ?

— La prochaine fois peut-être.

— Dans quel coin vas-tu ?

— Ça dépend. À la chapelle.

Lea l'avait regardé d'un air interrogateur.

— En haut, à mi-hauteur.

— Fais attention à ne pas te faire une entorse.

Avant de partir, il déroba une part de gâteau, un bout de saucisson et quelques pommes. Les branches des arbres s'effilochaient dans la brise et les premières étoiles commençaient à luire dans le ciel. Des lézards et des oiseaux invisibles remuaient les feuilles par terre. Peut-être aurait-il pu, lui aussi, se cacher à Turin, la nuit, sur un chantier ou dans le parc Valentino. Mais on l'aurait retrouvé immédiatement, car il y avait du monde partout en ville. En arrivant près du cabanon, Martino se souvint de la promesse qu'il avait faite à la maîtresse la fois précédente : lui apporter un livre. Il l'avait oublié et, pendant un instant, il se sentit pris en faute, mais immédiatement après il se dit que, quoi qu'il en soit, il était là pour la dernière fois, pour mettre les choses au point. Et pourtant, cela ne servait à rien de se le cacher, il avait eu une hésitation, une sorte de doute. Il était nerveux et essayait de se calmer en répétant les mots qu'il avait préparés : *Je suis désolé, madame la maîtresse, je ne peux pas me taire. Tout le monde vous cherche, tout le monde est inquiet. Je suis désolé, madame, mais je ne peux pas continuer à garder le secret, tout le monde vous cherche, tout le monde est inquiet… je suis désolé…*

Pour ne pas l'effrayer, il frappa contre les murs de bois, et avant de se montrer, il attendit quelques secondes.

Elle était assise plus calmement, plus *normalement*, Martino n'aurait pu dire ce qui avait changé, mais c'était ce qu'il percevait, comme si la posture des épaules et des bras était mieux contrôlée, les mains et les pieds toujours immobiles, mais pas inertes, pas tordus. En revanche, elle avait un visage effrayant, blanc et verdâtre comme un morceau de gorgonzola.

— *Ciao*, le salua-t-elle.

— Bonjour.

— Tu ne vas pas bien ?

C'était surréaliste de s'entendre demander ça par une femme qui était plus morte que vivante. Une femme qui survivait en mangeant ses restes et parlait d'une voix qui semblait venir d'outre-tombe.

Depuis au moins un jour et demi, Silvia essayait de se concentrer sur l'enfant et d'élaborer un raisonnement cohérent, tandis que son esprit n'était occupé que de Giovanna et d'autres choses du passé qu'elle croyait enterrées, des pensées pêle-mêle et aussi insensées que les coupures de presse et les cartes postales dans le coin du bazar. Elle ne pouvait pas les maîtriser. Elle comprenait toutefois qu'elle en avait demandé trop au jeune garçon et qu'elle devait le lui dire, il fallait qu'il se dégage de ce piège inattendu. Elle avait essayé de s'entraîner, chaque mot lui coûtait beaucoup d'efforts et lui semblait étranger : un outil cassé, une machine à laver hors d'usage jetée dans les bois. *Martino, pardonne-moi, je t'ai demandé quelque chose de difficile, et je n'aurais pas dû le faire. Ce n'est pas juste que tu te sentes responsable de moi. Ne viens plus. Je te promets que si je m'en sens capable, je reviendrai. Quand je le pourrai, je reviendrai. Dès que je le pourrai. Mais, toi, ne t'inquiète pas.*

Absurdité. Le mal était fait. L'enfant se sentait très certainement responsable et fautif, et elle aussi, envers lui. Culpabilité sur culpabilité sur culpabilité.

Ils étaient doublement liés depuis le moment où il était arrivé au cabanon. Silvia n'avait pas réussi à disparaître. Elle se demanda encore une fois si le désespoir la pousserait à se débarrasser d'elle-même. *Mais tu manges, tu bois !* l'accusait une petite voix haineuse.

— J'ai apporté du gâteau. Mais le livre, je l'ai oublié, annonça Martino.

— Cela ne fait rien.

Il s'éclaircit la voix, mais la maîtresse fut plus rapide.

— J'aimerais te dire quelque chose.

— Oui ?

— Je dois m'excuser auprès de toi.

Martino espérait qu'elle voulait être secourue, que c'était fini. *Maintenant, elle va me donner le feu vert et je vais pouvoir en parler à ma mère pour qu'on puisse appeler sa famille.*

— Je t'ai demandé quelque chose de difficile. Ce n'est pas... j'ai eu tort, oui. Ce n'est pas juste que tu te sentes responsable de moi. Ne viens plus. Je te promets que dès que j'en suis capable, je reviens au village. Et si je n'y parviens pas, ce n'est pas ta faute. C'est... quelque chose que j'ai décidé. Qui n'appartient qu'à moi.

— Mais si je ne viens pas, qui va vous apporter à manger ? commença Martino.

Silvia ne savait pas quoi répondre.

— Et si vous êtes trop faible pour marcher ?

Toutes les objections qu'il avait soulevées contre lui-même, maintenant il les lui adressait. Il se sentait frustré, doublement frustré. La maîtresse lui demandait de continuer à se taire, mais sans qu'il puisse avoir un œil sur elle. *Non ma chère, eh non.*

— Et si vous avez besoin d'aide et qu'il n'y a personne pour vous secourir ? Et si une nuit il se met à faire froid ?

C'était une impasse.

— Tu as raison, admit-elle.

— Mais pourquoi ne rentrez-vous pas chez vous ?

Elle balbutia :

— Je ne peux pas, je n'y arrive pas.

Martino se souvint alors qu'elle était à moitié folle, ou dérangée, en bref qu'on ne pouvait vraiment pas parler de tout avec elle, à l'évidence. C'était, comme on dit, un terrain miné. Il éprouva une sensation de calme. C'était son tour. Il devait garder son sang-froid comme Yanez de Gomera. L'état de santé de la maîtresse s'améliorait. C'était peut-être juste une question de patience. Aménager un vrai campement, lui apporter plus de couvertures. Elle s'était vraiment comportée comme une petite fille qui se cache, dévorée par la honte et le chagrin, et il se dit que, à un moment donné, elle sortirait de sa tanière, c'était sûr. Il devait l'aider à y arriver. Et peut-être qu'elle ne finirait même pas en hôpital psychiatrique, comme le craignait Gianni.

— Je continue à venir pour que vous récupériez plus vite.

Martino se laissa emporter par sa récente résolution. Il ne voulait pas la menacer, il voulait la sauver.

— Sinon je dis tout.

Il resta un moment à fixer le bout de ses chaussures, se demandant s'il n'avait pas un peu exagéré.

— Est-ce que ton père est venu finalement ? demanda la maîtresse, comme si elle n'avait même pas entendu le chantage.

Elle était vraiment bizarre.

— Oui, mais comment savez-vous pour mon père ?

— C'est toi qui me l'as dit la dernière fois.

— Ah. Eh bien, il repart juste après le dîner.

— Mon père non plus ne vivait pas avec moi quand j'avais ton âge.

— Comment ça se fait ?

— Il a travaillé en Suisse. Il m'a manqué, je crois. Je lui en voulais un peu.

Mais d'où lui venaient ces mots ? La faim, la voix cassée qui ne semblait pas être la sienne, le fait qu'elle soit distraite à la pensée du gâteau dont il avait parlé au début.

— Papa me manque, admit Martino. Mais maman est là.

— Moi, je vivais avec mes grands-parents.

— Et votre mère ? Elle n'était pas là non plus ?

— Eh, tu sais, ma mère. Elle était… elle est morte prématurément. Voilà.

Il lui semblait que cela les rapprochait et il en était soulagé. Il pensait que ce n'était pas étonnant, que le chagrin d'avoir perdu sa mère quand on était enfant augmente les probabilités de finir fou et tout seul au fond des bois. Dans quel état serait-il s'il n'avait pas eu sa mère ? Pitoyable, vraiment pitoyable, et il se garda bien de se le représenter de manière trop précise. Mais résonna dans son esprit le mot terrifiant « orphelin », cette condition nécessaire à bien des vicissitudes dans les livres. La maîtresse était comme un Oliver Twist qui aurait grandi trop vite. Cependant, réfléchit-il, être élevé par ses grands-parents était toujours mieux que de se retrouver avec une méchante belle-mère ou dans un orphelinat, ou dans les bas-fonds de Londres.

— Vous viviez ici, dans le village, n'est-ce pas ? ajouta-t-il, juste pour dire quelque chose.

— Oui. La maison près de la fontaine. Celle avec la glycine sur le mur.

— Il y a une glycine dans notre jardin.

— C'est pas vrai !

— À l'intérieur, la maison était toute moisie. (C'est ce qu'avait dit Lea, en se bouchant le nez.) C'est pour ça qu'on a dû repeindre.

— Tu as participé toi aussi ?

— J'ai fait tout le couloir tout seul.

Silvia comprit qu'elle avait repris du poil de la bête : elle pouvait tenir une sorte de conversation presque sans s'en rendre compte, tandis qu'une partie de son cerveau enregistrait la montée d'un petit oiseau, un grimpereau, sur le tronc du hêtre, et sa disparition derrière l'écaille d'écorce où il avait certainement fait son nid, mais pendant ce temps ses autres pensées continuaient à affluer vers Giovanna, Giovanna, Giovanna. Elle parlait comme un automate, mais elle pouvait plus ou moins suivre les règles du discours.

— Mais l'autre soir, en voulant accrocher un tableau, mon père a donné un coup de marteau dans le mur, le mur derrière lui !

Martino se redressa en imitant le geste et Silvia esquissa un sourire tordu.

— Il a abîmé toute la peinture. Ce n'est pas grave, je le réparerai plus tard, dit l'enfant, un peu poseur.

Devant lui, Silvia n'avait pas touché à la nourriture. Les emballages et une nouvelle bouteille d'eau étaient posés sur le sol, mais elle avait honte de mettre les aliments dans sa bouche avec ses mains, le menton au-dessus des genoux, comme un singe. Être vue pendant qu'elle mangeait signifiait admettre que seule comptait la survie du corps. Quelle est la punition devant une part de gâteau ?

Canepa incontinente, Canepa gourmande : encore les religieuses. Je n'ai jamais réglé mes comptes avec ces foutues bonnes sœurs.

Et dire que, la tambouille du pensionnat, elle ne réussissait pas non plus à l'avaler : elle la versait secrètement dans une boîte en métal, puis, plus tard, pendant la récréation, elle allait enterrer le tout au pied de l'if, dans un coin reculé de la cour.

L'enfant parut à nouveau alarmé, peut-être avait-elle été absente trop longtemps, alors Silvia demanda ce qu'elle demandait habituellement aux enfants :

— Comment ça se passe à l'école ?

Faisait-elle référence à ses résultats scolaires ou à la façon dont les choses se passaient à l'école maintenant qu'elle n'y était plus ? Martino n'avait pas compris.

— Bien, répondit-il avec hésitation.

— C'est difficile de changer d'école, ajouta la maîtresse, exhumant un autre bric-à-brac de sentiments : l'école, vingt ans d'élèves.

« Silvia, tu n'es que bric-à-brac » : c'est ce qu'avait dit la voix de Marilena. Du moment que l'autre voix ne se faisait pas entendre, celle qui voulait sa mort, ou plutôt qui voulait l'humilier parce qu'elle n'était pas morte. Mortifier, selon l'étymologie. Les revoilà, revoilà les bonnes sœurs, les grandes mortificatrices.

Silvia, reste où tu es, ne te perds pas, s'ordonna-t-elle à elle-même. *Écoute, l'enfant te parle.*

— … ma première maîtresse à Turin n'était pas vraiment bien. La deuxième, en revanche, oui, surtout pour expliquer les mathématiques et les sciences. J'avais beaucoup d'amis en classe. Nous serons de nouveau ensemble au collège, mes meilleurs amis et moi, lui racontait Martino.

— Ah oui ?

— On rentre à Turin l'an prochain, on ne reste pas ici. Dès que mon asthme se sera amélioré.

— Et comment ça va ?

— Mieux, beaucoup mieux.

Ils se dirent d'autres choses, en restant toujours consensuels ; elle manifestait surtout son approbation pour être sûre de ne pas se tromper. Avant de partir, Martino récupéra la gourde d'eau vide pour pouvoir la rapporter pleine le lendemain.

Silvia se laissa hypnotiser par le va-et-vient du grimpereau. Le petit oiseau se déplaçait le long du tronc par saccades, ses pattes griffant l'écorce sans jamais se tromper, la tête en retrait, ce qui le faisait paraître encore plus concentré. Au bout d'un moment, elle comprit qu'il y avait deux oiseaux en train de monter et de descendre en spirale le long du hêtre et qu'au crépuscule leurs plumes semblaient même constellées d'or.

37

Il y a une histoire. Elle remonte à avant sa naissance et il lui semble que même les araignées, les corbeaux et le couple de grimpereaux la connaissent. Elle la lit dans les branches qui entrent par les trous du cabanon, dans la suie qui recouvre certaines feuilles comme du feutre et dans les quelques objets oubliés ou cassés, avec leurs corolles d'ombre (bêche, serpe, râteau).

Plus d'une fois, elle a écouté cette histoire, racontée par la voix de sa grand-mère, pendant qu'elle faisait autre chose, comme toujours : raccommoder, balayer, cuisiner, aiguiser les couteaux, plumer une poule. Dans l'autre moitié de la maison, l'arrière-grand-mère de Silvia travaillait elle aussi exactement de la même manière. Silvia leur demandait : « Pourquoi ne vous parlez-vous pas, pourquoi fais-tu semblant que mon arrière-grand-mère n'existe pas ? Dis-le-moi de nouveau », et sa grand-mère la regardait de travers. Les raisons ne manquaient pas, elles étaient évidentes, mais le silence définitif avait été déclenché par l'histoire du sabayon.

La grand-mère avait trois filles : la mère d'Anselmo, la mère de Silvia et une autre fillette, et cette troisième enfant était blonde, avec un petit nez en forme de bec. Elle avait attrapé une méningite et elle était très malade, la grand-mère de Silvia avait voulu lui faire du sabayon pour lui remonter le moral, mais sa belle-mère s'y était opposée. C'était une femme dure, impitoyable, à la voix aigrie. « Ce n'est pas nécessaire, c'est juste un peu de fièvre, tu gâtes trop cette enfant, avait-elle déclaré. Ce sont des œufs que l'on peut manger demain pour déjeuner, il y aura certainement des invités, tu verras que mon fils nous amènera quelque diable de socialiste. » La grand-mère avait cédé, mais dans la nuit, la fillette était morte. Par peur du conflit, elle ne lui avait pas donné de sabayon. À partir de ce moment elle n'adressa plus jamais la parole à sa belle-mère.

Silvia ne comprenait pas comment elle avait réussi à imposer sa volonté à son grand-père, comment elle l'avait convaincu d'ériger le mur qui divisait la maison en deux, rendant la disposition des pièces absurde et les forçant à placer des escaliers et des balcons en bois contre les murs extérieurs pour pouvoir passer d'un étage à l'autre. Sa grand-mère haussait les épaules.

— Je lui ai dit : « Moi, ta mère, je ne la regarderai plus jamais dans les yeux. Je préfère partir. » Et c'était vrai, j'étais furieuse. Et surtout après moi-même.

Depuis que sa fillette était tombée malade, la nourrir était devenu une obsession pour la grand-mère. Renoncer au sabayon avait été une erreur qu'elle avait commise pour avoir la paix en famille, par faiblesse, alors qu'au fond elle savait qu'elle aurait dû insister, faire taire sa belle-mère, battre le jaune d'œuf avec une fourchette jusqu'à ce qu'il devienne clair, juste un peu granuleux de sucre, et nourrir sa fillette-oisillon, lui remplir le ventre d'un dessert cru, élémentaire. Heureusement qu'elle avait encore ses autres filles à l'époque, Delia et Albina. Et plus tard, quand elle eut aussi perdu Delia, il lui resta Silvia à garder, à élever – c'est comme cela qu'elle disait.

— Mais ma tante serait quand même morte, objectait Silvia lorsqu'elle était petite.

— Oui, elle serait certainement morte quoi qu'il en soit.

— Même si elle avait mangé du sabayon.

— Même si elle avait mangé du sabayon, répétait sa grand-mère avec lassitude.

Silvia se souvient maintenant de la manie qu'avait sa grand-mère de la gaver, d'étaler du beurre sur du pain, de glisser des noisettes décortiquées dans sa poche, presque comme s'il s'agissait d'une rançon à payer et de son besoin de s'empiffrer pour ensuite jeûner pendant des journées entières, comme pour se rendre folle. Dans ces années-là, Anselmo aussi était souvent à la maison, mais lui mangeait sans se poser de questions, il mangeait tout, sans lever le nez de son assiette, avant de se rendre chez son arrière-grand-mère répudiée pour recommencer.

38

LE LUNDI, LEA AVAIT PRIS RENDEZ-VOUS chez l'opticien, à Biella. Depuis plusieurs semaines, il lui semblait que sa vue avait baissé et elle était victime de maux de tête – des épingles plantées derrière ses globes oculaires – qui, elle en était sûre, étaient dus au fait qu'elle perdait la vue. Au fil des années, sa mère était devenue tellement myope qu'elle reconnaissait les gens à leur voix plus qu'à toute autre chose et Lea avait peur de finir comme elle, une taupe à moitié aveugle qui se cognait la tête contre les montants des portes. Mais l'opticien déclara que sa vue s'était à peine détériorée et il lui accorda une réduction sur la monture, car elle lui allait très bien. Elle était en forme de feuille, avec des pointes dirigées vers les tempes.

— Je ne ressemble pas à une taupe ? avait-elle demandé.

— Non, vraiment pas, s'était étonné le vieil opticien chauve.

Elle alla attendre Martino au bar près de l'école, commanda un café au comptoir et discuta avec le barman : Turin, Biella, une allusion au drame – non, son fils n'était pas parmi les camarades de classe de la petite fille qui… de la petite fille, en somme.

Un jeune homme entra avec un cartable en cuir flambant neuf. Le barman lui murmura que c'était le remplaçant de Mme Canepa et il fit une moue comme pour dire : je n'aimerais pas être à sa place.

Lea décida de se présenter à lui, elle voulait savoir comment ça se passait à l'école, quelle était l'*ambiance*, puisque ce que disait Martino ne permettait pas de le comprendre. Le maître avait une barbe noire, des yeux en demi-lune, légèrement enfoncés. Ses yeux aussi étaient noirs, scintillants comme les pierres du bracelet en tourmaline que Lea avait porté des années auparavant et dont elle ne savait pas ce qu'il était devenu.

En quelques minutes, Lea comprit que tous ses gestes avaient perdu de leur spontanéité : poser la tasse (elle l'avait tapée contre la soucoupe), repousser ses cheveux derrière les oreilles (elle l'avait fait trop lentement). Son rouge à lèvres, après une matinée en ville, était parti, elle sentait de petits grumeaux collants au coin de ses lèvres et elle avait envie de les lécher ou de se servir de ses incisives pour les détacher et les avaler. Elle essaya de se nettoyer la bouche avec une serviette, elle demanda un autre verre d'eau.

C'était, évidemment, la première fois que le maître venait pour remplacer quelqu'un dont on ne savait pas où il était, en plus dans une classe perturbée par la perte d'une camarade, et il lui confia qu'il trouvait cela terrible, très difficile. Mais, tout en disant cela, il posait sur Lea un regard attentif et joyeux, et elle prit conscience que ses yeux glissaient de ses cheveux à ses sourcils et à ses cils, montaient et descendaient de son front jusqu'au col de son manteau, qui était relevé très haut. Ils ne regardèrent pas leur montre, ils ne prêtèrent pas attention aux enfants qui défilaient sur le trottoir. Lea faillit jeter le reçu pour ses nouvelles lunettes avec la serviette en papier sale.

En passant devant la vitrine du bar, sœur Annangela remarqua que M. Greppi, le nouvel instituteur, se trouvait avec la mère de l'élève nouvellement arrivé, Martino Acquadro, CM2 C, qu'elle avait croisée une fois seulement au début de l'année, mais qu'on reconnaissait entre toutes à ses cheveux roux. Il n'y avait rien de mal. Ils s'étaient rencontrés, ils avaient bu un café ensemble. Mais sœur Annangela était observatrice, elle vit qu'elle souriait en penchant la tête sur le côté et qu'elle se tenait sur une jambe pendant qu'elle frottait son talon avec le bout de son autre chaussure, et que lui avait posé son coude sur le comptoir et se penchait vers elle comme s'il était au théâtre, et qu'il voulait profiter du spectacle. Sœur Annangela devina que l'histoire ne s'arrêterait pas là.

39

DANS L'APRÈS-MIDI, MARTINO ARRIVA AU SOMMET du mont Rovella, à bout de souffle. C'était la faute de ces trois garçons qui lui criaient des choses, qui se moquaient de lui parce qu'il était nouveau à Bioglio et qu'il parlait avec un accent différent qu'ils imitaient ; ou alors, quand il passait devant eux, ils simulaient le bruit d'un pet en pressant leurs paumes sous leurs aisselles. S'ils n'étaient pas au bar en train de jouer au baby-foot, ils étaient assis en train de fumer, perchés sur le mur de béton, tenant le mégot de cigarette entre le pouce et l'index en le faisant gicler au loin. Ils parlaient de culs imposants et de seins débordants, exprès pour se faire entendre.

Sa mère était allée travailler pour rattraper le temps perdu le matin, Martino s'était empiffré juste avant de partir à travers bois, sursautant à chaque bruit, imaginant que ces trois idiots pourraient sortir de derrière un arbre. Une fois arrivé, il découvrit Silvia en train de regarder à nouveau dans le vide, amorphe, les yeux totalement inexpressifs. Il ne s'y attendait pas.

— Maîtresse ?

Il essaya de lui donner une chance de se ressaisir, il suivit son regard, dirigé vers le mur du cabanon. Il n'y avait que des lichens bleutés qui ressemblaient à des têtes de laitue miniatures, et des fissures dues à l'humidité. Il prit son temps pour poser au sol un sac en papier contenant une miche de pain et un numéro de sa série de bandes dessinées préférée, *L'Histoire de l'Ouest en couleurs*.

Il y avait réfléchi longtemps parce qu'il ne savait pas trop si les raids des guerriers Dakota étaient la lecture la plus appropriée pour la maîtresse, mais il ne voulait pas emprunter un des livres de sa mère, qui s'en serait certainement aperçue. Il avait choisi le numéro sur la légende de Sitting Bull. *Tout le monde aime bien Sitting Bull, forcément*, avait-il pensé. Et puis il y avait ce passage qui lui donnait des frissons, dans lequel le sorcier s'adresse au futur Grand Chef : « Maintenant, je comprends que ton long sommeil n'était pas dû au mal, mais qu'il était voulu par le Grand Esprit ! Il a posé son regard sur toi, si tu lui parles, il t'écoutera ! » Malheureusement Silvia ne semblait pas du tout en état de lire.

— Maîtresse ?

— Anselmo ? demanda-t-elle.

— Je m'appelle Martino.

Elle n'ouvrit plus la bouche et Martino, déçu et effrayé, s'apprêta à partir. Il n'avait même pas parcouru vingt mètres qu'un puissant grognement l'arrêta net dans son élan. Plus bas, parmi les arbres et les tas de feuilles sèches, il distingua une grosse masse poilue. C'était un sanglier. Il ne fouissait pas le sol du groin, mais il dardait ici et là ses petits yeux plissés, jusqu'à ce qu'il les fixe sur lui.

Martino avait entendu des histoires horribles de sangliers qui mutilaient des chiens et mettaient en pièces de vieilles femmes. Il recula lentement, sentant peser sur sa poitrine un poids de mauvais augure ; il serra ses doigts autour du spray, mais il ne le sortit pas de sa poche de peur de le laisser tomber et de le perdre dans les sous-bois. Le sanglier leva son museau en forme de cornemuse et renifla l'air. Martino était de nouveau près du cabanon et criait d'une voix altérée par la peur qui le dégoûtait :

— Maîtresse, maîtresse, il y a un sanglier.

Immédiatement après, l'animal donna un coup de reins et s'élança, tête basse, galopant vite sur ses courtes pattes malgré la montée. Martino était sur le point de se jeter sur le côté quand la maîtresse sortit de l'abri, une couverture à la main. Elle se mit au milieu du chemin et fit tournoyer le tissu devant l'animal, qui ralentit et se détourna en grognant. Martino voyait bouger le bout de son museau comme un tube en caoutchouc, de haut en bas, de haut en bas.

— Va-t'en, va-t'en, lui cria la maîtresse.

Quand elle jugea que la bête s'était calmée, elle attrapa Martino par la manche et le tira à l'intérieur du cabanon.

Il s'assit, la respiration sifflante, sortit son bronchodilatateur et ouvrit la bouche pour y propulser le jet.

— Comment ça va ?

Il hocha la tête pour lui faire comprendre qu'il allait bien, et elle retourna dans son coin comme si elle n'attendait que ça. Le nez de Martino le piquait à cause de l'odeur d'ammoniaque que la maîtresse dégageait quand elle bougeait.

— Mais pourquoi, pourquoi a-t-il chargé ?

— Il n'a pas chargé.

— Mais…

— Il voulait juste t'impressionner. C'est un jeune mâle. Les sangliers chargent uniquement quand ils ne peuvent pas faire autrement.

Martino reprenait son souffle. Il lui semblait que les grognements et les bruits de galopade sur les feuilles se perdaient au loin.

— Il est parti, confirma la maîtresse.

Elle avait apparemment retrouvé ses esprits, elle s'était levée, avait réagi rapidement, était venue à son secours, mais il y avait toujours quelque chose qui les séparait.

— Qui est Anselmo ?

— Anselmo ?

— Vous m'avez appelé comme ça, tout à l'heure.

— Oh ! C'est mon cousin. Est-ce que tu vas vraiment bien ?

Il hocha de nouveau la tête.

— Désolée, tu sais. J'ai des pensées de temps en temps (Silvia toucha ses cheveux filandreux) qui sont comme de la colle.

— Cela ne fait rien.

— Quand j'avais ton âge, tout le monde me disait que j'avais la tête dans les nuages.

— Et moi, on me dit que je suis une pile, que je ne sais pas rester assis.

— J'ai connu une fille comme toi au pensionnat. Nous sommes toujours amies.

— Vous étiez pensionnaire ?

— Oui, chez les religieuses. Pendant ma scolarité.

— Vous ne pouviez pas aller simplement à l'école ?

— Il y avait la guerre, le couvre-feu. Et puis ici au village, de toute façon, je n'aurais pas pu faire d'études.

Martino voulut en savoir plus sur le pensionnat. Ses grands-parents maternels de temps en temps lui disaient : « Si tu n'es pas sage, tu iras au pensionnat », et il pensait à l'institution où finissait Gian Burrasca, le galopin de ses livres d'enfant. Il s'attendait à ce que ce soit comme une prison pour enfants où l'on racle les fonds de casserole. Maintenant, enfin, il connaissait quelqu'un qui en avait fait l'expérience et il lui demanda de lui en parler avec une telle vivacité que Silvia n'eut pas envie de le décevoir. Elle évoqua la puanteur de navets et mort-aux-rats, et la discipline. Elle lui raconta les moments où elles sortaient se promener et devaient garder les yeux baissés pour ne pas risquer de croiser un regard masculin. Elle parla de la nourriture rare et souvent fétide, et des bols de lait qu'elles buvaient pour ajouter des calories à leurs repas. Depuis qu'elle était sortie du pensionnat, elle n'avait plus jamais bu de lait, elle ne le pouvait plus.

— La nourriture était vraiment immangeable ?

— Ça nous faisait vomir, confirma-t-elle. Parfois, on la cachait dans des boîtes à biscuits, pour aller la jeter.

— Et si vous vous faisiez prendre ?

— On nous aurait punies. Il fallait manger ce que tu avais dans ton assiette, même si ça avait un goût de nourriture avariée.

— Et comment étaient les religieuses ? Je veux dire, avec vous.

— Ça dépendait. Nous aimions bien sœur Elvira, elle donnait des leçons de sciences dans la cour, sur des vers de terre, des graines, des racines. Mais, en général, elles étaient très sévères. Tout devait marcher parfaitement, sans le moindre accrochage. Pleurer était une faute, se mettre en colère, se disputer... *pfff !* Malheur à nous si nous nous avisions de nous disputer. Casser ou salir quelque chose, tomber malade. Avoir peur.

— Vous y êtes restée longtemps ?

— Sept ans.

— Sept ans !

— Collège et lycée. Pour pouvoir devenir maîtresse.

— Et vous ne rentriez jamais chez vous ?

— Si, bien sûr. À Noël, à Pâques, en été.

— Pas souvent, commenta Martino.

— Il y en avait qui ne quittaient jamais le pensionnat. Nous les appelions les « sans-famille ». Mes grands-parents, eux, venaient me rendre visite presque tous les dimanches, avec la charrette.

La curiosité de Martino n'était toujours pas satisfaite et la maîtresse était fatiguée. Elle avait un visage ravagé, comme si ses traits s'étaient progressivement relâchés, et sa conversation aussi devint moins retenue.

— Nous avions surnommé l'une des religieuses « le Dogue », à cause de ses joues tombantes et de son nez retroussé. Elle nous frappait fort, je me souviens qu'elle avait les jointures jaunes et violettes tellement elle serrait fort la baguette. Il y avait une sans-famille, Agnese, qui, quand c'était son tour de servir à table, crachait dans son assiette. À cause de ça, je l'aimais bien et nous sommes devenues amies.

— C'était la pile ?

— Non, une autre.

— Et vous ?

— Moi quoi ?

— Vous vous rebelliez ?

— Certainement pas. J'ai toujours été trouillarde. Mais, au moins, je n'étais pas une balance.

— Il y en a qui dénonçaient les autres ?

— Quelques-unes. Agnese passait des nuits entières à prier à genoux à côté du lit, en guise de punition.

Silvia ne lui raconta pas que, une fois, les religieuses, exaspérées, lui avaient administré des tranquillisants et qu'Agnese avait été transformée en une sorte de petit veau chancelant sur ses pattes, regardant autour d'elle les yeux plissés, réduits à une fente, comme si elle avait le soleil en pleine figure.

— De toute façon, moi non plus, je n'allais pas bien. J'étais maladroite, distraite, je raffolais des friandises que m'apportaient mes grands-parents. Je ne savais ni cuisiner ni coudre. Je travaillais dur en classe, mais je n'ai jamais été parmi les meilleures.

— Mais si, vous êtes devenue enseignante !

Elle éclata d'un rire gêné.

— Ça ne servait à rien d'être la meilleure de la classe.

Martino pensa qu'elle disait cela par modestie.

— Donc, vous avez été contente quand vous avez quitté le pensionnat, conclut-il.

— Oui. Je ne savais pas comment les choses se passeraient à l'extérieur, mais j'avais un travail, je ne pouvais pas me plaindre. La seule chose, c'est que je quittais mes amies, cela me désolait.

— Mais vous étiez toujours là, dans la même ville.

— Pour la plupart. Mais tu sais, sur le fait de vivre ensemble, il y a des tas de choses à dire…

Une lumière jaune aussi épaisse que du bouillon tombait sur eux à travers les interstices du toit, entre la tôle ondulée et les planches. Martino se leva.

— Bah, tu sais bien ce que cela signifie. Toi aussi tu as des amis à Turin, qui sont loin de toi.

— Pour un an.

Silvia se demandait s'il mettait l'accent sur la durée pour la souligner ou, au contraire, pour la minimiser.

— S'ils ne m'oublient pas, ajouta Martino.

— Certainement pas.

— Comment le savez-vous ?

— Par expérience. Et puis peut-être que tu vas aller leur rendre visite, avant que l'année ne se soit écoulée.

— Mon ami Ago, Agostino, est comme Agnese.

Agostino se battait avec des garçons plus grands que lui et savait s'opposer à tout le monde, même aux adultes. Mais une fois, en prenant la défense d'un chat à qui on lançait de pierres, il avait reçu un caillou sur la bouche et cela lui avait cassé la dent de devant.

— J'aurais aimé être comme ça, moi aussi, avoua la maîtresse.

— Moi aussi.

Silvia était presque sur le point de dire pourquoi elle avait choisi d'être enseignante, au-delà des habituels propos convenus : en raison de l'inquiétude, des terreurs et de l'intelligence des gamins, de la façon dont ils savent instinctivement être tendres, même s'ils sont trop jeunes, trop moqueurs et courageux pour savoir ce qu'est la miséricorde ; en raison du regard qu'ils ont quand ils sont en classe, avant de devenir des gens qui s'en sont sortis, un regard semblable à celui des animaux nouveau-nés, dont la venue au monde est un miracle, un étonnement, jusqu'à ce qu'à un certain moment ils deviennent du bétail, pour nous autres humains.

— Mon amie électrique, tu la connais, tu sais ? lui révéla-t-elle. C'est sœur Annangela.

— Sœur Annangela !

— Après l'internat, la seule à avoir obtenu de bonnes notes, c'était elle.

Martino assimila l'information : Silvia et Annangela en uniforme, corrigées à coups de baguette. Il regarda dehors, où rien de gros ne semblait bouger.

— Que dois-je faire par rapport au sanglier ?

— Rien, descends et ne t'inquiète pas.

— Il m'a attaqué.

— Mais non, je te dis que non. Rentre chez toi. Si tu en vois un, ne te mets pas à courir, tout au plus fais un détour un peu plus long.

Martino restait indécis sur le seuil de la porte, mais quand il se décida, il partit d'un pas vif, regardant à gauche et à droite comme s'il traversait une route.

Rien ne lui arriverait. Silvia ne pensa pas au fait que, pour un asthmatique, la peur elle-même est un danger quand bien même elle serait infondée ou exagérée par rapport aux circonstances. Elle se laissa entraîner et remonta le temps jusqu'à l'âge de dix-huit ans : une jeune fille comme beaucoup d'autres, touchée par les humiliations que le pensionnat n'épargnait à personne – puisque c'était une technique pédagogique éprouvée –, mais elle n'aimait pas s'apitoyer sur son sort. Ainsi, un peu humiliée et un peu rebelle, elle s'était préparée à vivre sa vie d'adulte.

40

MARTINO ET GIANNI ATTENDAIENT QUE LEA ait fini de préparer la polenta. Il y avait en elle quelque chose de difficile à définir et qui les stupéfiait. Pourtant, elle se comportait comme à l'habitude : rapide, presque brusque. Elle avait ouvert la fenêtre pour aérer la cuisine chauffée par le poêle.

— Tu ressembles à de l'argenterie bien brillante ce soir, que t'est-il arrivé ? demanda Gianni.

— Ne me fais pas rire.

— Vraiment, Lea, tu n'aurais pas pris un petit verre pendant que tu cuisinais ?

— Non, mais j'aimerais beaucoup en avoir un maintenant.

Gianni versa le vin rouge, un doigt aussi pour Martino, pour qu'il y trempe les lèvres. Mais le jeune garçon trouva que le vin était vraiment une boisson très acide, il se mordit la langue et mangea aussitôt un morceau de fromage pour chasser ce goût. Il pensait qu'il n'éveillerait pas les soupçons s'il essayait de parler de Silvia, on ne l'aurait certainement pas imaginé capable de mener un double jeu comme le font les agents secrets.

— À votre avis, si quelqu'un s'enfuit, se cache et ne revient plus jamais, il est fou ?

— Tu fais allusion à la maîtresse ?

— Oui, reconnut-il.

Il n'avait pas dû être très adroit.

Gianni prit la question au sérieux. Il précisa qu'il ne pouvait pas parler comme un médecin ou un psychiatre, mais seulement comme quelqu'un qui observe les gens et lit des livres. Selon lui, la folie n'était pas quelque chose d'étranger aux gens sains d'esprit, mais une possibilité qui résidait en chacun de nous.

— C'est peut-être pour cette raison que cela nous met mal à l'aise. Quand quelqu'un est terriblement triste, ou déçu, effrayé, en colère, poursuivit-il, peut-être qu'il fait un pas dans le royaume de la folie. Cette possibilité peut se concrétiser pendant une minute, des semaines, parfois des années. Il y a des choses qui vous laminent le cerveau : perdre quelqu'un qu'on aime ou avoir été maltraité dans son enfance. À certains chocs de la vie, certains résistent, d'autres non. Je connais des gens, par exemple, qui sont plongés dans une grande tristesse. Cela s'appelle la dépression. Ils ne mangent pas, ils ne sortent pas du lit. Sont-ils malades ? Sont-ils fous ? Cela n'a pas beaucoup d'importance. Il faut avant tout comprendre s'ils veulent qu'on les aide et de quelle manière. Et puis, bien sûr, il y a des cas plus graves, plus patents. Là, c'est facile de dire : fou. Des gens qui sont convaincus d'être la réincarnation de Napoléon, qui se donnent de grandes gifles, se coupent deux doigts avec une hache comme Guerino, parce que la voix de son père mort depuis vingt ans lui en a donné l'ordre.

— Mais qui est-ce ? Ce pauvre gars qui se promène partout avec son âne ? demanda Lea.

— C'est lui.

— Mais si quelqu'un se cache, continua Martino.

— Martino, il vaut mieux dire les choses comme elles sont, intervint sa mère. Le plus probable est que la maîtresse ait mis fin à ses jours. Qu'elle ne revienne jamais plus.

Elle passa ses doigts dans ses cheveux.

— Ce sont des choses terribles, je sais. Je sais, mon p'tit rat.

Martino regarda Gianni qui tourna ses mains, paumes vers le haut comme pour dire : tout peut arriver. Mais son regard était éteint.

41

LE BÂTIMENT ÉTAIT SITUÉ DANS LE QUARTIER de San Paolo et avait été construit à la fin des années 1950. Ses balcons étaient encombrés de cordes à linge, de transats en plastique, de tables, de tricycles, de géraniums, de pots empilés, de couvertures et de tapis laissés dehors, à moitié cachés ici et là par des toiles rayées décolorées par la lumière.

Luisa et Giulia repérèrent le panneau de l'interphone, où les noms avaient été ajoutés au fil du temps, écrits à la main sur des languettes de papier collées avec du scotch et plusieurs fois superposées.

— Belletti, c'est là.

Dans le couloir, une chatte tigrée vint se frotter contre les chaussettes de Giulia, mais sa mère l'éloigna.

— Allez, ne nous faisons pas attendre.

Les murs de l'appartement étaient tapissés de papier peint : vert bouteille, noisette, jaune moutarde. La femme de Belletti avait déjà préparé le café qu'elle apportait directement dans la salle à manger, une petite pièce dans laquelle il n'y avait rien d'autre qu'une table ronde, placée au beau milieu. Elle la recouvrit d'un tissu de jeu vert et y déposa le plateau en plastique avec les tasses et un verre d'orangeade tiède. Giulia avait mal au ventre, elle essaya de ne pas regarder M. Belletti, qui échangeait des plaisanteries avec sa mère et expliqua qu'il préférait qu'on l'appelle « paragnoste ». C'était un homme chauve, avec une poitrine épaissie par l'âge, une tête énorme, des yeux que ses lunettes faisaient paraître plus grands et des joues lisses et rebondies qui, s'ajoutant à son front bombé, lui donnaient l'air d'un vieux nourrisson, comme si ses cheveux n'avaient pas encore poussé et que les proportions entre le corps et le crâne ne s'étaient jamais harmonisées.

Ce sont ses amies de l'usine qui avaient conseillé à Luisa de s'adresser à un médium. Deux d'entre elles étaient allées le consulter et pouvaient garantir qu'il s'agissait de quelqu'un de très sérieux et de modeste. C'était un employé municipal qui, pendant son temps libre, mettait son don au service des autres. « Ça ne coûte rien d'essayer, lui avaient-elles dit, ou plutôt : ça coûte le juste prix. »

La foi de Luisa était ouverte. Elle croyait en celles qu'elle appelait « les présences », aux anges gardiens, aux rêves prémonitoires. Elle percevait bien la contradiction entre ce qu'enseignait le catholicisme et la tentative d'entrer en contact avec l'autre monde en déboursant des sommes importantes, mais, selon elle, l'Église était incapable de couvrir toute la gamme des relations entre l'humain et le divin, même si elle en assurait certainement l'essentiel. Dans certaines situations de détresse extrême, essayer tous les moyens possibles devenait pardonnable. Elle but son café en refrénant son impatience. Giulia regardait son nez en pensant : *Pourquoi n'ai-je pas pris le nez de ma mère, qui est si droit ? Je ne lui ressemble vraiment pas.* Elle avait insisté pour venir et elle était certaine que Luisa n'aurait pas cédé si l'insomnie et les faux espoirs ne l'avaient pas épuisée.

Après Santhià, il y avait eu d'autres signalements. Anselmo avait pris des congés pour être prêt à se rendre sur place, accompagné par les pompiers ou par des amis déjà retraités. À la maison, Gemma et Luisa cuisinaient pour meubler le temps, elles se répétaient qu'il valait mieux rester optimistes et, en attendant, elles nettoyaient le sol à genoux, attaquaient les joints des carreaux à la brosse, ou se consacraient aux volets, aux tapis, pour exorciser leur angoisse. Lorsqu'elles entendaient la clé tourner dans la serrure, elles s'obligeaient à ne pas se précipiter dans le couloir. Anselmo entrait seul, en colère, fatigué. Dans la cuisine, il buvait un verre d'eau additionnée de bicarbonate de soude. Il trouvait les volets à moitié lavés, ornés d'arabesques tracées par l'eau noire, les tapis roulés, les meubles déplacés et il s'en plaignait. Elles le laissaient dire, elles savaient que c'était pour lui une soupape, un moyen de laisser échapper le trop-plein de désespoir, comme polir et frotter l'étaient pour elle, chacun selon ses habitudes.

M. Belletti s'assit et sa femme sortit en refermant la porte. Il y avait un crucifix accroché au mur derrière lui, surmonté d'un rameau d'olivier aux feuilles poussiéreuses. Luisa lui tendit une photo de Silvia, qu'il posa à l'envers sur la table avant de fermer les yeux pour se concentrer.

Giulia voulait se persuader que ce serait utile, elle avait entendu dire que les dons de voyance ne fonctionnent que si l'on se concentre vraiment, comme les prières, et elle ne voulait pas amoindrir les facultés de M. Belletti par ses hésitations. Elle ferma les yeux, elle aussi, et quand elle les rouvrit, Luisa était en train de mettre le plateau sur une chaise pendant que l'homme dépliait sur la table une grande carte de la région. D'un tiroir, il sortit son pendule, un cône en laiton suspendu à une fine chaîne, et le laissa tomber perpendiculairement au-dessus de la carte.

La chaîne vibrait légèrement, Belletti la déplaçait lentement d'un côté à l'autre, au-dessus de la ville, des collines et des montagnes alentour, des vallées, des bois et des villages environnants. Luisa semblait bouleversée et Giulia comprit qu'elle redoutait l'absence totale de signal, qui aurait voulu dire que Silvia s'était enfuie au loin ou, pire, qu'elle était morte. Elle serra dans ses poings l'ourlet de sa jupe. Belletti, imperturbable, bougeait le bras. Il était en train de repasser au-dessus de la ville lorsque le cône commença à bouger. La main du médium semblait immobile et détendue, tandis que le pendule tournait à toute allure.

— Dans le sens des aiguilles d'une montre, fit-il remarquer.

S'il déplaçait la chaîne vers une autre zone, le pendule ralentissait son mouvement circulaire jusqu'à s'arrêter, et s'il revenait vers la ville le tournoiement reprenait de l'ampleur.

Belletti le rangea et retourna la photo de Silvia. Giulia avait la chair de poule, ses poils s'étaient dressés sur ses bras.

— D'après ce que je vois, votre parente est vivante et elle se trouve quelque part dans la ville. Je ne suis pas sûr, mais je pense qu'elle se cache dans une église.

— Une église ?

— Peut-être derrière l'orgue ou dans une pièce secondaire.

Luisa s'inquiéta.

— Elle ne pourra pas boire si elle est enfermée.

— Peut-être qu'elle a bu de l'eau bénite, maman ! suggéra Giulia, enthousiaste.

Belletti hocha sa grosse tête en signe d'approbation.

— Vous pouvez continuer à espérer. Et puisque vous parlez d'eau bénite : chaque année je fais le plein d'eau de Lourdes. Nous pourrions achever cette séance par une belle bénédiction, d'accord ?

Il sortit d'un tiroir une bouteille de parfum sur laquelle avait été collée une étiquette indiquant, en lettres majuscules, « LOURDES ». Il pulvérisa de l'eau bénite sur la carte, le pendule et, d'une main leste, sur ses deux invitées.

42

Le cri de la chouette effraie ressemble à la sonnerie de son réveil ; Silvia se lève et quitte le cabanon. Les plantes transpirent, l'humidité monte du sol.

— J'ai froid aux pieds, disait-elle à Anselmo quand ils allaient chercher des champignons.

Et il répondait :

— Pense aux animaux qui sont toujours dehors, nous, nous retournerons bientôt près du poêle.

Une fois, ils s'étaient brûlé les talons sur la fonte chaude, tellement ils avaient eu hâte de se réchauffer. Ils se brûlaient souvent avec les braises ou les étincelles provenant de la cheminée et avec des allumettes qu'ils craquaient pour mettre le feu aux tiques. Silvia les arrachait de la peau du chien avec de l'alcool et des pincettes, et Anselmo approchait la flamme. Gonflées de sang, elles ressemblaient à des olives vertes ou à des glands mûrs et, au bout d'un moment, elles éclataient, semant la panique chez les poules qui grattaient non loin de là, espérant trouver quelque chose à manger.

Silvia respire dans la coupe gelée que forment ses mains et pense que, dans les bois, chaque matin est un triomphe, qu'être mal en point signifie aussi être vivant. Les avanies subies prouvent que l'on existe : parasites, moisissures, égratignures, ulcères, dents branlantes, nœuds de fourrure emmêlée, ailes estropiées, boiterie. Aucun organisme vivant n'est intact sauf, parfois, l'embryon, le bourgeon dur et fermé, la spore. Elle, sale et affamée, n'a rien de spécial.

Anselmo – elle veut se souvenir de l'époque où il avait le même âge que Giovanna. Un grand enfant maladroit, un puits sans fond capable d'engloutir des miches de pain entières et une demi-douzaine d'œufs crus, en les aspirant directement par un petit trou pratiqué dans la coquille. Jour des bulletins scolaires : le sien, médiocre ou juste correct, celui d'Anselmo désastreux, déclenchant des turbulences, des punitions et des fugues.

Dans les bois, Anselmo tirait sur les corbeaux avec sa fronde, sans jamais en toucher un, et avec ses amis, il faisait pipi du haut de certains arbres. Dans le village, ils jouaient à se jeter des morceaux de charbon et donnaient au mulet des tranches de pain trempées dans du vin pour le plaisir de le voir marcher de travers. La nuit, ils effrayaient sa grand-mère en hurlant sous la fenêtre de sa chambre, jusqu'à ce que son grand-père sorte, un balai à la main. Le temps de l'occupation allemande était arrivé, et Anselmo n'y comprenait rien, mais discutait avec tout le monde.

Au printemps 1944, sur la ligne Biella-Oropa, quelques mois avant que les partisans du bataillon Bixio ne prennent la vallée, la rame s'était arrêtée : les Allemands et les républicains, à la recherche de déserteurs réels ou présumés, avaient trié les passagers, tandis que les camions attendaient, moteur allumé, devant les portiques du sanctuaire.

Anselmo avait négligé d'apporter une pièce d'identité. Il n'avait pas encore quatorze ans, mais il était le plus grand de toute la voiture et son nez crochu le faisait paraître plus âgé. Rien chez lui n'inspirait la compassion ou ne laissait deviner son âge. Ils l'avaient choisi. Blanc et mince comme une tige de poireau, il se tenait dans la rangée des hommes adultes et battait des paupières.

Silvia sent à nouveau la bouffée de chaleur qui l'avait frappée au visage, comme quand on se penche pour ouvrir la porte du four ; elle se revoit aller vers le républicain, montrer Anselmo du doigt, en faisant un demi-sourire d'excuse.

— Ma grande saucisse de cousin, si seulement il ne s'était pas mis à grandir aussi vite. Il a treize ans, vous pouvez vérifier ; il faut que je le ramène à la maison. Vous ne voyez pas comme nous nous ressemblons ? Vous ne voyez pas qu'il n'a même pas de poil au menton ? Que voulez-vous faire, tirer sur un enfant ? Même si vous l'emmeniez travailler en Allemagne ce serait une très mauvaise idée, ce serait même une catastrophe.

Ils étaient revenus à Biella à pied, Silvia essayait de marcher aussi vite qu'Anselmo qui coupait à travers champs et se grattait les bras jusqu'au sang. La lumière les éblouissait et sur la large vallée qui s'étalait devant eux un silence ensorcelé semblait régner. Ils s'étaient défoulés en se jetant des pommes de pin et ce qui restait de neige ; puis, plus bas, ils avaient arraché des touffes d'oseille pour en sucer les tiges acide, veinées de rouge.

— Mais ce n'est pas vrai que je suis une catastrophe, avait grogné Anselmo avant de trébucher dans un trou et de se mettre à rire aux larmes.

Le présent s'immisce dans sa mémoire et Silvia éprouve un peu de la colère d'Anselmo et de la peur qu'il doit ressentir pour elle, mais elle ne veut pas s'y laisser aller, et elle s'efforce de détourner son esprit vers d'autres angoisses, celles du quotidien qui ne la concernent pas.

Anselmo vit dans un état de tension perpétuelle ; quand on est près de lui, c'est presque comme si on pouvait entendre son inquiétude bourdonner dans sa poitrine, tel un gros insecte. Il ne veut pas que ses enfants courent, sautent sur le canapé ou se cognent contre les meubles, parce qu'il les imagine immédiatement aux urgences. Les petits ne doivent pas échapper trop longtemps à son regard et à sa vigilance, ils ne peuvent pas faire de balançoire, transpirer, boire à grandes goulées, manger du jambon ou du fromage sans les accompagner de pain. Pour lui, ce sont là des menaces sérieuses pour leur santé ou pour leurs bonnes manières et il adopte ce qui lui semble le bon moyen pour les éviter : il crie après eux à s'en époumoner, il les menace de représailles. Il ne supporte pas que Giulia lise trop longtemps de peur qu'elle s'abîme les yeux. Il veut qu'elle soit la première de sa classe. Il ne lui permet pas de lire à table ; ce serait une règle compréhensible si lui ne dînait pas, *La Stampa* ouverte devant lui, se servant de la carafe d'eau ou de la bouteille de vinaigre pour y appuyer son journal, pestant quand quelqu'un les lui enlève pour se verser à boire ou ajouter de l'assaisonnement.

Anselmo vit dans la hantise que quelque chose de grave puisse arriver. Mais lui, en revanche, malgré toutes ses explosions de mauvaise humeur, ne fait peur à personne, et si on lui obéit c'est surtout parce qu'il est exaspérant.

Maintenant, Silvia lui a donné une raison valable d'avoir peur, elle a uni la famille dans une même crainte.

De nouveau, elle repousse cette pensée et se met à chercher des images différentes où se réfugier : Marilena (mais elle est associée au pensionnat), la maison de Bioglio (Anselmo revient en force), Giulia. Peut-être qu'en pensant à Giulia elle pourrait se calmer, mais Giulia est indissociablement liée à Giovanna.

Des rafales soudaines agitent les feuillages. Maintenant, la forêt est redevenue le lieu d'une alliance dans laquelle Silvia s'est imposée : les arbres qui changent de couleur sans le savoir, des animaux innocents, mais jamais tranquilles. Une famille de chevreuils demeure couchée sur le tapis de feuilles de l'étroite clairière, au milieu des cyclamens, mais quand l'un d'eux sent sa présence et secoue les oreilles, ils se relèvent tous d'un seul bond et s'enfuient, ventre à terre.

43

IL ARRIVAIT QU'À L'ÉCOLE LES ENFANTS PARLENT de Giovanna, avant les cours ou pendant la récréation, en petits groupes et à voix basse.

— Peut-être qu'elle s'est trop penchée à la fenêtre.

— Elle était en colère, elle ne contrôlait pas ses mouvements.

— Elle ne se rendait pas compte.

— À mon avis, elle l'a fait exprès.

Un jour, Ludovico s'interrogea :

— Peut-être que, pendant qu'elle tombait, elle a regretté son geste.

Ils frémirent. Giulia déclara :

— Mais cela n'a duré que quelques instants.

Son amie Angela lui fit écho :

— Oui, tout au plus cinq secondes.

— Vous croyez que cela ne suffit pas pour se repentir ?

Ludovico voulait se rassurer. Mais il avait raison, et personne ne répondit.

Martino marmonna que c'était sans doute un jeu à risque, comme quand on fait du vélo et qu'on a envie de fermer les yeux pour voir si l'on garde l'équilibre quand même.

— Qui ferait une chose aussi stupide ? répliqua Angela, en fronçant les sourcils.

Il y eut quelques petits rires.

Martino enfouit son menton dans son col et croisa les bras. *Qu'ils rient donc*, pensa-t-il, et pourtant il se sentait blessé et presque déshonoré. Il avait néanmoins réussi à s'arrêter à temps, il n'avait pas révélé qu'en faisant du vélo les yeux fermés, deux étés plus tôt, il s'était cassé le poignet. Cela avait été un accident très douloureux, mais, le lendemain, il était retourné à l'école, arborant fièrement son nouveau plâtre tout neuf, et il avait ri de son exploit avec ses amis, d'une manière qui lui semblait très différente de celle dont les enfants de Biella coassaient. Lui avait ri comme un héros qui, méprisant le danger ou, mieux, se plaisant à flirter avec lui, doit faire face aux conséquences de son audace. Il avait gardé son plâtre en souvenir, il l'avait mis sur une étagère de sa chambre à Turin.

44

MARTINO AVAIT MAINTENANT SON ITINÉRAIRE préféré pour monter voir Silvia. C'était simple, une ligne presque droite. Il sortait du jardin, traversait la ruelle et suivait une ébauche de sentier – une piste herbeuse et pierreuse qui arpentait le flanc de la montagne. Ses chaussures s'enfonçaient dans les mottes de terre grasse et glissaient sur les bouquets de cèpes.

À mi-chemin, il rencontrait un buisson qu'il considérait comme une présence amicale ; il ne connaissait pas le nom de la plante, *cornus snaguinea*, mais il aimait ses feuilles qui viraient du vert au rouge steak. Il devait ensuite traverser un ruisseau en sautant sur des pierres ; un peu plus loin, à côté d'un if chargé de baies fuchsia, se dressait la petite chapelle. À partir de là, la végétation commençait à changer : c'était une forêt de sapins, on y trouvait donc des sorbiers, des ronces, des noisetiers, des acacias, des troncs couverts de lierre, de grosses boules de gui suspendues à des branches désormais nues, des feuillages emmêlés, des greffes compliquées et des fagots de tiges mortes tombées d'une plante sur l'autre. C'était la forêt à l'état primordial, un chaos arboricole et une asphyxie mutuelle.

Le mercredi, Martino arriva au cornouiller sanguin et en arracha une feuille – elle ressemblait à une flamme, surtout s'il la faisait tourner sur elle-même en tenant la tige entre le pouce et l'index. Il reprit son chemin et comme il marchait l'œil aux aguets, de peur de tomber sur un autre sanglier, il ne vit qu'au tout dernier moment la forme poilue sur laquelle il allait mettre le pied.

Il était trop urbain pour savoir avec certitude de quoi il s'agissait : belette, fouine, furet, martre. L'animal était couché sur le côté sur un matelas de trèfles, le dos cambré, les pattes jointes. La fourrure brune était encore belle, une tache jaune s'étalait sur sa gorge, ses moustaches frémissaient, presque imperceptiblement agitées par un souffle d'air, ou peut-être était-ce la respiration de Martino qui les faisait bouger : il s'était accroupi pour mieux voir. De la gueule dépassaient de petites dents pointues et un bout de gencive rose, des griffes recourbées terminaient les pattes. Si une blessure cachée, une balle ou une maladie de Carré l'avait tué, il n'était pas possible de le voir.

Quand il fut arrivé, il demanda à Silvia si c'était une bonne idée que de traverser la forêt avec le chien de Gianni, sous prétexte de l'emmener faire une promenade, pour qu'il puisse sentir la présence d'animaux et le défendre. Mais elle répondit que s'il y avait un moyen de rendre nerveux les animaux, c'était justement d'amener un chien ; de plus, le spinone de Gianni était vieux et, depuis son accident vasculaire cérébral, il ne pouvait même plus courir tout droit.

Ils parlèrent de chiens. Martino aurait aimé en avoir un, mais Lea ne lui laissait aucun espoir. Le grand-père de Silvia avait eu une chienne braque, blanc et roux, qui avait été très dévouée à sa mère Delia, laquelle, enfant, lui donnait à manger les croûtes des gâteaux. La progéniture de cette chienne peuplait encore la ville de bâtards de chiens de chasse. Ils parlèrent de mères, et Martino s'enflamma plus qu'il ne l'aurait cru. Sa mère était gentille, dit-il, elle était drôle, elle savait beaucoup de choses ; bien sûr, parfois, elle s'énervait et son père commentait : « Quelle femme de caractère ! », ce qui en général aggravait la situation. Il fallait la laisser lire tranquille, ne pas salir le sol avec ses chaussures crottées, ne pas tout inonder en sortant de la salle de bains, ne pas manger en se baladant dans la maison, ne pas se mettre au lit tout habillé, des choses de ce genre. Mais à part cela, elle était vraiment gentille, elle jouait aux cartes, elle lui racontait des livres pour adultes, comme *Jane Eyre* (il se racla la gorge et passa à autre chose, car le livre abordait le sujet sensible d'une folle recluse dans un grenier et peut-être que Silvia l'avait lu elle aussi). Elle était la seule mère de sa connaissance à avoir des cheveux roux et des taches de rousseur jusque sur le dos des mains.

Silvia écoutait, une expression douce sur son visage ridé. Elle se souvenait à peine de sa propre mère, elle n'avait pas encore cinq ans lorsqu'elle était morte. Une fois elle avait lu dans un magazine l'histoire d'une femme qui avait perdu son père. Cela devait être quelqu'un de célèbre, mais elle ne savait plus qui. La fille voulait parler, dans le discours qu'elle allait prononcer lors des obsèques, de la grande passion de son père pour la menuiserie, et comme elle ne se souvenait plus comment celle-ci avait commencé, elle l'avait appelé pour le lui demander. À ce moment-là seulement, le combiné contre l'oreille, la fille avait compris que son père n'était pas joignable : il était mort et elle ne pourrait plus jamais lui parler.

Quant à elle, Silvia ne savait pas vraiment ce qu'elle avait perdu, et elle ne savait pas non plus qui était sa mère ; personne ne l'avait aidée dans ce travail, et elle, une fois atteint l'âge de raison, n'avait pas voulu trop y penser. Elle était nostalgique d'une personne inconnue et d'une relation inconnue ; elle regrettait également ce qu'elle-même aurait été si sa mère l'avait élevée.

— Je m'en souviens à peine. À un moment donné, j'ai dû demander : « Où est maman ? » On m'a probablement répondu quelque chose comme : « Maman est au paradis, elle a *dû partir* au ciel. » « Au ciel, et chez qui ? » « Chez les anges, chez Dieu. » Je crois que j'ai été jalouse de Dieu, avec qui ma mère passait son temps alors que, moi, je ne pouvais pas la voir.

Autres souvenirs : arracher les ailes et les pattes d'un insecte, demander si on pouvait les réparer, s'entendre dire que ce n'était pas possible, que c'était trop tard, le fémur de la sauterelle ne peut pas être ressoudé, l'aile ne bougera plus. Croire que votre mère vous regarde (comme Dieu, avec Dieu) et se sentir mal à l'aise, pas à sa place, penser qu'on offre un spectacle peu intéressant. Pour la réconforter, on lui disait : « Ta mère continue de te voir de là-haut. » Silvia adressait au ciel des sourires gênés. Pendant un temps, elle avait eu honte d'aller aux toilettes, elle se retenait tellement que sa vessie lui faisait mal et que son intestin menaçait de se rebeller. Un soir, après la prière, elle avait décidé de demander franchement une faveur à l'âme de sa mère : « S'il te plaît, ne me regarde pas quand je suis aux toilettes. »

— Tu sais quoi ? confia-t-elle à Martino. J'ai l'impression d'être plus âgée que ma mère ne l'a jamais été.

Silvia possédait deux portraits de Delia, sans lesquels Dieu sait quelle image elle se serait faite d'elle. Sur une photo aux bords dentelés, Delia la tenait dans ses bras – bébé de moins d'un an tout en crinoline –, les mains fermement placées sous ses aisselles, effleurant de son menton ses cheveux fins de petite fille. Pour Silvia, cette photographie témoignait de l'affection qu'elles avaient l'une pour l'autre, la seule preuve, en l'absence de souvenirs, de l'unique amour réciproque de toute sa vie ; cette photo immortalisait le contact le plus intime qu'elle ait jamais eu. De temps en temps, il lui était arrivé de se demander si elle n'était pas restée fidèle à ce qu'aurait voulu sa mère, en ne fondant pas sa propre famille et en conservant intacte, quelque part en elle-même, la jeune orpheline qu'elle avait été. Ces pensées la mettaient profondément mal à l'aise.

Elle dévoila à Martino les formules du culte familial : Delia au long cou de cygne, aux longs doigts de pianiste, amie des animaux. Ainsi définie, sa mère était différente non seulement d'elle, sa fille, mais aussi de ses parents et de leur monde, de leur classe sociale, ou peut-être n'avait-elle pas a eu le temps de vieillir assez pour ressembler à ses parents – en effet, son grand-père était un homme distingué et sa grand-mère, quand elle était jeune, avait, disait-on, une belle silhouette.

Après le départ de Martino, Silvia continua à se parler à elle-même comme elle n'aurait pas osé parler à un enfant de dix ans. Elle avait vu, au fil du temps, comment ses amies étaient devenues critiques envers leur mère. Elle savait que certaines de ces vieilles mères causaient bien du malheur et des tourments à leur fille et elle s'efforçait de considérer qu'il aurait pu en être ainsi : il n'était pas acquis qu'elle et Delia auraient eu de bonnes relations.

Par ailleurs, le pensionnat était rempli d'orphelines dont la situation était bien pire que la sienne, dont personne ne voulait. *N'en fais pas trop, Silvia, tu n'es vraiment pas la seule*. Les gens autour d'elle tombaient malades et mouraient, Mussolini était passé par là, puis la guerre. Même sa grand-mère avait certes rejeté sa belle-mère après la mort de sa petite fille, mais sans drame ; son deuil avait pris une forme concrète, une belligérance silencieuse, des murs érigés pour diviser la maison. Quand, rarement, elle évoquait la mort de ses filles, sa grand-mère les appelait « mes malheurs, le premier et le second ».

À quelques exceptions près, dont Gianni, ceux qui avaient été dans l'armée, ceux qui s'étaient défilés, les chasseurs alpins revenus de Russie les phalanges amputées par le gel, les planqués, les résistants, ceux qui étaient morts de faim dans les camps de concentration, ceux qui avaient échappé aux bombes en arrachant les enfants de leur lit pour aller se cacher dans les caves, toutes ces personnes qu'elle connaissait se refusaient à raconter leur calvaire, mettant en avant les expressions rituelles : « J'ai vu des choses que je ne souhaiterais à personne », « J'ai vu des choses qui ne peuvent pas être racontées », « J'ai vu des choses que j'emporterai dans la tombe. »

« Mais à force de ne pas en faire trop, tu es devenue folle, à force de ne pas en faire trop, regarde-toi, regarde dans quel état tu es. »

La maîtresse se tut parce que s'était de nouveau imposée à elle la certitude que le seul véritable moyen de ne pas en faire trop était d'en finir. Immédiatement, la petite voix habituelle s'était réveillée, malveillante : *Mais tu as survécu. Tu as survécu à ta mère et tu as survécu à Giovanna.*

À tâtons, elle chercha une serpe et la brandit contre la petite voix dans un mouvement de révolte.

Les religieuses, avec tout ce qu'elles ont fait, n'ont pas eu d'élève qui s'est suicidée, alors que toi, oui, l'accusa la voix, pas du tout impressionnée.

45

MARTINO REVENAIT VERS LE VILLAGE, troublé par l'histoire de la maîtresse. Enfant, d'un seul coup, elle avait cessé de voir sa mère, mais comment pouvait-elle comprendre que celle-ci n'était pas partie de sa propre volonté ? Qu'elle avait cessé d'exister et qu'elle ne se trouvait plus en aucun endroit du monde ? Il imaginait Silvia en train de chercher les bras de sa mère et ceux de sa grand-mère qui les remplaçaient, il se voyait lui-même porté non par sa mère, dont les fins cheveux orange tombaient devant ses yeux d'enfant et même un peu dans sa bouche, mais par sa grand-mère maternelle.

Peut-être que ses grands-parents avaient emmené la petite Silvia au cimetière et, dans ce cas, elle avait dû voir le cercueil qu'on descendait dans la fosse, ou du moins la pierre tombale et une photo de sa mère à l'intérieur du cadre ovale. Une fois qu'il les avait évoquées, Martino n'avait pas pu chasser ces fantasmagories macabres de sa tête. Il continua sans plus se méfier, dépassa le cornouiller et se retrouva à une dizaine de mètres de quelqu'un qui lui tournait le dos.

C'étaient les garçons du bar. Il se réfugia derrière le buisson, en proie à une angoisse qui lui serrait la gorge. Ils allaient l'attraper et le passer à tabac, ces imbéciles. Dans quelle direction comptaient-ils partir ? Connaissaient-ils la cabane de Silvia ? Il se força à regarder quelque chose de petit et de proche pour se calmer, cependant tout ce rouge devant ses yeux ne l'aidait pas – c'était une couleur excitante, une couleur d'alerte. Mais les trois garçons ne bougeaient pas, ou plus précisément ils ne faisaient aucun pas dans aucune direction, et, de façon surprenante, ils ne parlaient même pas.

Martino remarqua que leurs coudes s'agitaient fébrilement, comme quand Lea montait les blancs d'œufs en neige avec le fouet, et leur dos tout entier vibrait. De temps en temps, l'un d'eux émettait un grognement ou prenait une gorgée d'air qu'il gardait dans ses poumons. Ils avaient fixé sur un tronc une page déchirée à un journal où l'on voyait une silhouette, une femme en bikini posant comme une sirène sur son rocher.

Martino finit par comprendre que le regard des trois garçons faisait la navette entre la photo et leur pantalon baissé, dont ils avaient fait sortir leur petit oiseau. Il aurait mieux fait d'en profiter pour s'éclipser, mais le spectacle de cette masturbation en groupe le fascinait. C'était bien plus que les érections, les pollutions nocturnes et la mue de la voix, mais il avait quelques notions : il avait l'intuition, par exemple, que les amours de Corto Maltese et Sandokan ne se limitaient pas aux baisers et que les adultes ne faisaient pas que dormir quand ils étaient dans leur lit.

Un des garçons arrêta de se masturber dans un gémissement et se pencha en avant comme pour éviter d'uriner sur ses chaussures, puis il s'essuya les doigts sur la mousse et sur son pantalon. *Il faut s'éloigner sans se faire voir ni entendre*, décida Martino. Mais le garçon, celui qui avait un épi sur un côté et une tête de cheval, sortait de son état d'hypnose et regardait autour de lui pour s'assurer que personne ne puisse les surprendre. Martino fit craquer les feuilles, il s'y prit les pieds et trébucha, et le garçon interpréta les indices qui venaient de derrière le cornouiller et finit par le découvrir.

— Qu'est-ce que tu fais là ? Tu es venu pour nous espionner ?

Il avait une expression scandalisée, comme l'aurait eue un prêtre.

— Qu'est-ce qu'il y a ? reprit immédiatement en écho un autre garçon de la bande.

— Turin nous a suivis.

— Ce n'est pas vrai, se défendit-il.

— Turin ! tonna celui qui semblait être le chef.

Il se planta devant lui, les jambes largement écartées, ses boucles noires collées sur le front par la transpiration.

— Turin aime le saucisson, les gars. Il aime la béchamel. Tu voulais goûter, c'est ça ?

Les deux autres éclatèrent d'un rire gras.

— Sa mère lui a appris ça, celle qui, même si elle est mariée, invite un autre homme à dîner. Elles font toutes comme ça, à Turin ?

— Gianni fait partie de notre famille, se justifia-t-il, mais personne ne l'écouta.

— C'est dégueulasse, avec cette fossette, on dirait qu'elle a un cul sur le menton, intervint le troisième.

Le chef le contredit :

— Laisse tomber, moi, je me la ferais bien.

— Va te faire foutre, lâcha Martino.

Le chef leva les yeux au ciel de façon théâtrale et se tourna vers l'Épi.

— Amenez-le-moi ici.

— J'ai de l'asthme, j'ai de l'asthme, vous ne pouvez pas faire ça ! Je vais mourir ! hoqueta Martino, et tandis que les autres hésitaient une fraction de seconde, il revit comme un flash la scène où Silvia faisait tournoyer la couverture pour dérouter le sanglier, et immédiatement après il se souvint de l'animal mort derrière le cornouiller.

Il se retourna : il était toujours là, un paquet de fourrure posé sur les trèfles, de petites dents pointues, un menton jaune, des gencives roses, quelques mouches tournaient maintenant autour de lui. Surmontant sa répulsion, il l'attrapa par la queue et sentit les petits os sous la fourrure, il le fit tournoyer une fois pour prendre de l'élan et le lança vers le chef en criant :

— Attention, il mord !

Le chef trébucha en reculant et se retrouva les fesses par terre. La carcasse atterrit sur ses jambes, à quelques centimètres de sa braguette toujours ouverte ; les deux autres la regardaient abasourdis et dégoûtés, mais Martino avait déjà dévalé la pente à toutes jambes au risque de se tordre les chevilles à chaque foulée, écartant branches et feuilles sur son passage et réprimant prudemment un sourire victorieux.

46

Un soir, il y a quinze ans, Silvia était assise dans le jardin de Marilena. Elles étaient jeunes, le premier enfant de Marilena dormait dans le landau : un bonnet blanc noué sous le menton, il ressemblait à un pilote miniature. Dans le verger, de l'autre côté du grand virage, une femelle chevreuil marchait parmi les plantes et penchait la tête pour brouter les pommes déjà tombées, leur présentant son arrière-train cotonneux. Le mari de Marilena avait tout juste fini d'arroser et enroulait le long tuyau en plastique.

Marilena attrapa le couteau.

— Je vais te couper une autre tranche de *gâteau*.

Elle aimait utiliser des mots français – elle disait « *pardon* », « *dommage* », « *en plein air* » –, et de loin Silvia vit son mari secouer la tête.

Il ne refusait presque jamais quand on lui proposait de la nourriture.

— Envoie, dit-il, et quand il se pencha en avant pour lui tendre son assiette, sa chaise tapa bruyamment contre la table en fer forgé.

— Rien de tout cela n'est vrai, lâcha soudain Marilena, comme si elle poursuivait une discussion déjà entamée et claire pour toutes les deux.

— Rien quoi ?

Du sucre en poudre et des miettes grasses tombaient en pluie sur le pull de Silvia, mais elle ne s'en rendait pas compte.

— Rien de ce qu'on nous disait au collège, toutes ces histoires. Ceci est un péché, cela est l'œuvre du diable.

— Je sais.

— Maintenant, je veux te raconter quelque chose.

Marilena baissa la voix et rapprocha son visage pâle de celui de Silvia.

— Tu sais que mon mari… (et elle le montra du menton) bref, tu sais qu'il a beaucoup de poils, tu l'as déjà vu torse nu quand il tond l'herbe. La nuit de noces, après que tout ce qui devait arriver est arrivé, il s'est endormi et je suis allée dans la salle de bains pour me laver. J'allume la lumière et dans le miroir je vois que je suis toute couverte de poils bouclés et noirs : sur le ventre, sur la poitrine… Pendant une seconde, j'ai eu peur, j'ai pensé : *Voilà, Marilena, c'est ta punition pour avoir été avec un homme !* Comme s'ils avaient poussé sur mon corps, tu comprends ? Un châtiment divin. Ce qui n'avait aucun sens, étant donné que nous étions déjà mariés. Mais ça m'a impressionnée quoi qu'il en soit et je n'ai pas pu m'empêcher de revoir sœur Ciavatta et son oreille déformée et d'entendre à nouveau ses menaces.

Silvia énonça sentencieusement d'une voix très aiguë :

— Dieu vous regarde !

Marilena agita sa main devant sa poitrine et finalement Silvia secoua les miettes.

— Comme c'était exagéré !

— Mais combien cela a pesé sur nous ! C'était comme ployer sous le poids d'un sac à dos très lourd. (Marilena renifla.) Je pensais que cela faisait partie de moi et je ne pouvais pas m'en débarrasser. Le sentiment de culpabilité quand j'étais joyeuse, par exemple. Quand la Ciavatta nous disait que, dans les Évangiles, Jésus ne rit jamais, que tout au plus il pleure. Que même s'il lui arrivait de rire sans que ce soit écrit dans l'Évangile, il ne riait certainement pas comme nous, dont on pouvait voir la langue dans la bouche.

Silvia fit un geste comme pour dire : c'est du passé. C'était une période durant laquelle elle était convaincue d'avoir tout laissé derrière elle.

— Alors ce n'est pas à cause des religieuses que tu ne t'es pas mariée ?

— Mais non, je ne crois pas. Je ne pense pas que j'en avais envie.

— Moi si, je le voulais vraiment, je ne me suis pas mariée juste pour la forme. Tu te souviens que je disais toujours : « Bienheureuse sainte Anne, faites que je me marie vite ! »

Silvia avait posé une main sur le bras de son amie de cette manière un rien mécanique qui était la sienne. Elle savait que c'était vrai. Marilena aimait raconter tout ce qui lui passait par la tête (l'histoire des poils, personne d'autre parmi ses connaissances n'aurait évoqué une chose de ce genre). Silvia non, et elle n'aurait jamais révélé qu'elle n'avait jamais eu de relation avec un homme ni avec elle-même, à part certaines rares tentatives maladroites et peu concluantes. Elle n'aurait jamais non plus parlé des lettres qu'elle échangeait avec le médecin, celui qui avait opéré sa grand-mère lorsqu'elle s'était fait une fracture du fémur et qu'elle avait dû rester alitée pendant des mois.

Mais, cachée dans les bois, Silvia revécut un rêve. Il concernait un enfant de Bioglio. Elle devait avoir l'âge de Giovanna et elle aimait beaucoup ce petit garçon, elle s'en était rendu compte à ce moment-là parce qu'elle percevait sa présence comme un sentiment de danger. À quoi ressemblait-il ? Il avait les jambes arquées, en forme de fer à cheval et des cernes sous les yeux qui le faisaient paraître plus grand qu'il n'était, des yeux noisette et une odeur de terre qui lui rappelait celle du jardin de Marilena quand on venait de l'arroser.

Au pensionnat, Silvia avait rêvé de cet enfant, pas une fois seulement, mais à de nombreuses reprises, et même dans ses rêves, il avait les yeux un peu écarquillés, mais elle pouvait observer ses gestes et entendre sa voix. Une fois seulement il y avait eu un contact entre eux : il avait gratté une croûte sèche sur son genou. Un petit morceau de peau rose était apparu, exactement à l'endroit où, maintenant, elle avait un trou dans son collant.

Pendant quelques instants, Silvia s'examina comme elle ne l'avait pas fait depuis des jours, ou plutôt comme elle ne l'avait jamais fait. Elle passa en revue ses chaussures usées, ses collants filés de partout, la crasse huileuse qu'elle sentait sur son visage, ses ongles endeuillés, son ventre flasque. Elle ne ressemblait pas du tout à Giovanna, mais plutôt à une grosse fille maintenant vieille, le corps enflé, le visage ridé ; sa vie n'était pas finie, mais le temps filait et tout commençait à aller à vau-l'eau.

47

Le jeudi, à la récréation, Giulia et son amie Angela passèrent et repassèrent devant la marche sur laquelle Martino était assis en train de manger, mais elles ne lui parlèrent pas. Il fit mine de s'intéresser à son pain de mie, aux tranches de veau et à la mayonnaise qui se trouvaient à l'intérieur. Les filles détachaient les perles de sucre sur leurs brioches pour les manger l'une après l'autre.

— Tu es en train de manger la serviette.

— Hein ?

— La serviette. Tu es en train de la manger, l'avertit Angela, de but en blanc.

Martino la détesta. C'était vrai : le pain et le papier ne formaient plus qu'un seul bloc sur le bord duquel on pouvait voir l'empreinte de ses dents.

— Ah, oui. Merci.

Il releva la tête, mais Angela n'était plus là : il n'y avait plus que Giulia, une moue mi-sceptique, mi-surprise sur le visage, comme si la disparition de son amie n'avait pas été préméditée et l'avait prise au dépourvu elle aussi. Elle fit quelques pas vers Martino et commença à tracer des lignes dans la poussière de la cour du bout de sa chaussure.

Martino décida en son for intérieur que manger la serviette nuisait moins à la dignité d'un homme que de recevoir une fiente de pigeon sur la tête. L'été précédent, à Turin, dans le quartier de Vanchiglia, il s'était arrêté pour observer un couple occupé à se disputer au bord de la rue. À un moment donné, juste quand l'homme commençait à élever la voix, une éclaboussure grise était tombée au beau milieu de son front. Il avait immédiatement enlevé ses lunettes salies de fiente pour les nettoyer de son mieux avec son mouchoir, mais, tandis qu'il s'affairait, la jeune femme avait éclaté de rire sans pouvoir s'arrêter, elle essayait de réprimer son fou rire, mais finissait par exploser, dans un débordement moqueur.

Même Martino, de l'autre côté de la rue, avait jugé cela très amusant, d'autant plus que le souvenir du jour où il avait reçu de la crotte de chien sur sa veste n'avait jamais cessé de le hanter, et, selon l'expression, malheur partagé est plus facile à supporter. Mais, au bout d'un moment, le rire de la femme lui avait paru excessif, à lui aussi. L'homme fusillait sa compagne du regard, comme un supérieur assistant à la rébellion d'un de ses subordonnés, tandis que celle-ci, désormais pliée en deux, était à moitié aveuglée par les larmes qu'elle essuyait de temps en temps avec l'intérieur de son poignet. Il avait alors levé la main et lui avait donné une gifle retentissante. Le rire s'était instantanément arrêté, la femme avait arraché avec rage la bague qu'elle portait au doigt avant de la jeter sur le trottoir : elle avait disparu dans une canalisation d'eaux usées. À ce moment-là, au grand étonnement de Martino, l'expression stupéfaite de l'homme et de la femme avait été simultanée et avait signé la fin des hostilités ; à quatre pattes, ensemble, ils avaient scruté longuement la bouche d'égout. Voilà ce que pouvait provoquer une fiente de pigeon.

— Va savoir pourquoi Greppi te regarde comme ça, commença Giulia.

Martino se retourna brusquement et son regard rencontra un instant les yeux du maître qui fumait, appuyé contre le mur. Quand il tirait une bouffée, son épaisse barbe noire lui cachait les lèvres.

— Tu dis que c'est moi qu'il regarde ?

— Même avant, pendant que vous jouiez au ballon.

— Peut-être qu'il ne veut pas que nous fabriquions un ballon avec du scotch et du papier toilette.

— Qu'est-ce que ça a à voir ? Entre tous, c'est toi qu'il regardait.

— Je ne sais pas.

— Il ne te connaît pas, avait sifflé Giulia, comme si elle lui en voulait et Martino fit le lien.

— Espérons qu'il s'en aille bientôt. Que Mme Canepa revienne vite, comme ça, il partira.

Il s'était embrouillé, mais elle ne semblait pas y prêter attention.

— Si elle revient… murmura Giulia.

— Moi, je pense qu'elle reviendra.

— Merci, répondit-elle, comme s'il avait dit quelque chose de gentil, mais sans fondement, à mi-chemin entre vœux et condoléances.

— Je ne sais pas si tu es au courant, ajouta-t-elle, que c'est la cousine de mon père et qu'elle a pratiquement toujours vécu avec nous.

Anselmo, pensa Martino, le cousin que Silvia avait invoqué dans sa transe à l'intérieur du cabanon, était le père de Giulia.

— Je savais qu'elle faisait partie de ta famille.

Giulia vint s'asseoir à côté de lui. Sa jupe à carreaux bleus et gris dépassait de sous son tablier et elle la lissa de la paume de la main ; elle lissa aussi ses cheveux longs jusqu'aux épaules, qui bouclaient vers l'avant.

Martino était un paquet de nerfs, du bout de la langue il essayait de détacher de son palais un morceau d'aliment mâché sans qu'elle le remarque, tout en bougonnant contre sa mère qui lui avait préparé ce goûter si peu facile à manger. *Ne fais pas de bêtises*, se dit-il.

Au lieu de cela, il se surprit à relancer la conversation.

— Je pense qu'elle est restée dans les parages.

— Mon père a regardé partout. Même dans les églises. On nous avait dit qu'elle se cachait peut-être dans une église.

Giulia le regarda avec hésitation, comme si elle voulait ajouter quelque chose.

— Elle y allait souvent, à l'église ?

— Pas vraiment.

— Donc, il n'y a rien de neuf pour l'instant.

— Rien. Mes parents sont allés jusqu'à Santhià, à Salussola, jusqu'à Turin, même. Certaines personnes étaient sûres de l'avoir rencontrée à Borgo Dora. Ou à la gare, elles pensaient l'avoir vue sur les quais, mais ce n'était pas vrai. Elles la prennent pour quelqu'un d'autre. À mon avis, elles ne le font pas exprès, mais plutôt par envie de faire quelque chose de bien.

Martino se laissa entraîner par cette version de l'histoire.

— Elle connaît quelqu'un à Turin, quelqu'un qui pourrait l'aider ?

— Oui, nous avons même de la famille là-bas.

— Et elle n'aurait pas pu se cacher chez eux ?

— Mais ils nous le diraient !

— Peut-être qu'elle a besoin de temps pour récupérer.

— Et tu penses qu'ils ne nous le diraient pas, qu'ils nous laisseraient chercher comme des... comme des imbéciles ?

— Oui, enfin je veux dire non, tu as raison, concéda Martino.

À ce moment-là, il en était convaincu : il s'était trompé sur toute la ligne, il n'aurait jamais dû garder le secret au sujet de la maîtresse. Il avait commis une grossière erreur. Mais il était trop tard, s'il avait reconnu ses fautes cela aurait été une catastrophe, Giulia ne le lui aurait jamais pardonné. Il commença à avoir le hoquet parce qu'il avait avalé trop vite les dernières bouchées de nourriture ; il dut retenir son souffle pour le réprimer, pendant qu'elle attendait, sans impatience.

— Tu es arrivé dans une très bonne année, commenta-t-elle, d'un ton sarcastique.

— Comment ?

— Ce n'est pas tous les ans comme ça.

Avec un certain retard, Martino finit par lui sourire.

— J'imagine.

— Je connais le village où vous vous êtes installés.

— Ah.

— Mon père est originaire de là, et Silvia aussi.

— C'est pas vrai !

— Tu t'ennuies là-bas ?

— Non.
— Mais comparé à Turin, ça doit être ennuyeux.
— Oui, c'est différent.
Il décida de ne pas mentionner la forêt et se racla la gorge.
— Ta mère est très belle, poursuivait Giulia. Je me souviens d'elle, elle est venue au début de l'année.
— La tienne aussi, répondit-il impulsivement.
— Tu l'as déjà rencontrée ?
Il rougit.
— Je pense. Peut-être que je me trompe.
— Nous allons au village samedi. Peut-être qu'on s'y verra.
Giulia était déjà passée à autre chose, la gêne l'entraînait comme un courant, tandis que Martino demeurait hébété : tel un lapin qu'on tient par les oreilles.
— Je serai là, répondit-il.
Il se promit sur-le-champ de refuser toute sortie et de rester à l'affût sur la route principale, la journée entière s'il le fallait.
— Tu connais la petite chapelle dans les bois ?
— Celle qui est un peu moche ? hasarda-t-il.
— Horrible ! Dans quelques années, je veux la repeindre moi-même. Je m'y prépare. J'ai aussi un livre sur la façon de procéder : *La Technique de la fresque*. Il faut être rapide parce que l'enduit humide absorbe la couleur et puis, quand il sèche, il la fixe. Quand je serai grande, je veux être peintre, ou peut-être restaurer des chefs-d'œuvre antiques.
Ce furent ses mots, « des chefs-d'œuvre antiques », et elle avait en tête les dossiers des *Maîtres de la couleur*

et les volumes sur les découvertes d'Herculanum et de Pompéi que Silvia gardait empilés dans son coin à bazar. Elle avait passé des après-midi entiers penchée sur des tableaux et des dessins, sur des statues nues ou habillées, les yeux dépourvus d'iris et de pupille. Assise à côté de Silvia qui corrigeait des devoirs et inventait des exercices, Giulia recopiait les œuvres les plus étonnantes dans son carnet : les araignées et les cyclopes d'Odilon Redon, les masques romains aux oreilles en forme de poignée et aux nez grotesques semblables à des boulettes de cire, la sculpture d'un jeune garçon portant un dauphin dans les bras, des pieds de table constitués de bustes féminins sortant des pattes d'un lion.

Martino l'écoutait et cherchait en même temps quelque chose d'intéressant à lui répondre. Il aurait aimé lui exposer un projet qui soit aussi grandiose et original que le sien. Il renonça très vite au pirate et à l'aventurier. Pouvait-il lui dire qu'il voulait devenir marin ? Ou musicien ? Quelquefois, il avait pensé à demander un instrument à ses parents, avec lequel il aurait pu maîtriser son besoin de bouger, de tambouriner, de taper. *Une batterie*, se dit-il, et cela lui parut être une idée géniale, que Giulia lui avait suggérée.

— Rentrons, il est temps, dit-elle avant lui, juste avant que la cloche ne se mette à sonner très fort, faisant vibrer jusqu'aux semelles de ses chaussures.

48

EN RENTRANT DE L'ÉCOLE, Martino continuait à ressasser cette conversation, qui lui paraissait très longue et riche de sens. Il acceptait les secousses du bus comme des bourrades affectueuses. Les feux de circulation se détachaient contre le ciel gris, les pylônes lui semblaient des merveilles de beauté et les câbles haute tension, des festons suspendus.

Devant l'église, il descendit d'un saut et reconnut Sandra, la femme à la poitrine pointue, qui se donnait beaucoup de mal pour faire asseoir sur le banc une silhouette tremblante. Elle se tenait les jambes écartées devant la vieille femme et soutenait ses deux bras inertes, faisant contrepoids en se penchant vers l'arrière afin que la descente soit aussi lente et progressive que possible. Elle lui ajusta son pull qui était remonté dans le dos avant de se diriger vers la pharmacie.

La vieille femme remarqua immédiatement que Martino la regardait avec insistance.

— Je te connais ? Viens un peu par ici, viens.

C'était très certainement la mère de Sandra, celle qui s'était jetée par la fenêtre. La canne de métal que sa fille avait posée à côté d'elle glissa à ses pieds et Martino se pencha de mauvaise grâce pour la ramasser, tandis qu'elle marmonnait : « Elle n'est vraiment bonne à rien, celle-là. »

La femme saisit la canne de sa main couverte de taches de vieillesse et la plaça à son côté comme s'il s'agissait d'une épée. Ses cheveux blancs clairsemés avaient été peignés en arrière et rassemblés en un petit chignon. Sous les traits du peigne, on voyait le crâne rose.

Elle lui demanda :

— De qui es-tu le fils ?

— Je ne viens pas du village.

— D'où alors ?

— De Turin.

— Et que fais-tu ici ?

— Je suis venu pour des raisons de santé.

— Toi ! Tu as l'air frais comme un gardon.

Martino ne l'écoutait que d'une oreille, absorbé comme il l'était à l'imaginer bouleversée, en train de grimper par-dessus le rebord de la fenêtre. Une fois de plus, la similitude avec l'histoire de Giovanna le frappa et il pensa qu'entre les deux, il aurait mieux valu que ce soit la petite fille qui ait eu la vie sauve.

— C'est vrai que je ne sors pas beaucoup, mais je ne suis pas sénile pour autant, reprit la vieille femme. Je savais bien que ta tête m'était inconnue.

Sur ses genoux se trouvait un sac à main en cuir à fermeture à pression, elle commença à manipuler celle-ci avec ses doigts tordus jusqu'à ce qu'elle parvienne à l'ouvrir.

— Mais c'est sûr que tu n'as que la peau sur les os.

Elle fouillait à l'intérieur du sac en soufflant, sa chaîne en or où pendait une médaille avec la Vierge se balançait d'avant en arrière.

— Saleté d'arthrose. Tu n'imagines pas combien de dollars.

— De dollars ? Martino se pencha vers le sac, s'attendant à voir une liasse de billets.

— Je veux dire de douleurs, de douleurs[1].

— Oh.

— Que fait ma fille là-dedans ? Cela doit faire une demi-heure qu'elle est entrée, s'impatienta-t-elle.

— Mais non, pas plus de cinq minutes.

La vieille femme pointa son doigt sur la montre à son poignet maigre.

— Une demi-heure, je te le dis.

Elle recommença à fouiller dans son sac et, au bout d'un moment, elle sortit un cri-cri enveloppé dans du papier brillant[2].

— Attends, j'en ai encore d'autres.

Martino avait un faible pour les cri-cri. Il les cassait généralement en deux d'un coup de dents pour les regarder en coupe : la noisette au centre, puis le chocolat et les perles de sucre.

— Alors, tu le manges ou pas ?

Un monsieur à la moustache broussailleuse s'arrêta pour lui dire bonjour. Comme beaucoup d'hommes de

1. En italien, les mots sont phonétiquement très proches. La génération de la vieille dame utilisait souvent dollari (dollars) pour dolori (douleurs), tout au moins dans le Nord de l'Italie.

2. Praline typique du Piémont composée d'une noisette grillée enrobée de chocolat noir et couverte de minuscules boules de sucre. Elle est enveloppée dans du papier métallisé aux couleurs vives.

son âge, buveurs invétérés, il avait les joues marbrées de couperose et un réseau de vaisseaux capillaires sur le nez.

— Comment allons-nous, Miranda ? demanda-t-il à la vieille femme.

— Comment allons-nous ? Avec une canne.

— Je vois que vous êtes en bonne compagnie.

— De Turin.

— Incroyable.

— Eh bien quoi, ce n'est pas la lune.

Martino commençait à bouillir d'impatience. Il avait peur de croiser le chef et ses deux acolytes. Il voulait se réfugier chez lui, pour profiter en détail de la proximité de Giulia, par exemple du duvet doré sur ses genoux – et pourtant elle avait les cheveux bruns –, avant de remonter à travers bois, mais par un chemin détourné pour éviter les mauvaises rencontres, et parler à Silvia de Giulia, lui dire à quel point elle ressentait le vide de son absence. Une scène se profilait dans son esprit : il se voyait, samedi, descendre de la forêt soutenant la maîtresse pour l'amener jusqu'à Giulia.

La vieille femme se rendit compte qu'il était ailleurs. Elle lui dit :

— Je pense que je t'ai assez ennuyé comme ça, et en grimaçant de tout le visage, elle réussit à lui faire un clin d'œil.

— Merci pour les chocolats.

— Allez, allez, ne perds pas de temps à remercier.

Pour éviter le bar, Martino longea les vignes, où on était en train de faire la dernière récolte de l'année. Les vendangeurs déposaient avec précaution les grappes de raisin dans des bassines en plastique en chantant : « Sur le chapeau, sur le chapeau que nous portons / il y a une longue, il y a une longue plume noire / qui nous sert, qui nous sert de drapeau / dans les montagnes, dans les montagnes pour combattre, ohilala[1]. »

En se tournant vers l'église, Martino vit que Sandra était sortie de la pharmacie. Elle se tenait derrière le banc et avait posé une main sur l'épaule de sa mère, laquelle avait entrelacé ses doigts aux siens, et ainsi liées elles continuaient à discuter avec l'homme.

1. « Sul cappello » est une chanson célèbre des chasseurs alpins. Elle a été surtout chantée durant la Première Guerre mondiale.

49

DANS LA BOÎTE AUX LETTRES LEA DÉCOUVRIT une enveloppe qui lui était adressée, sans mention de l'expéditeur. À l'intérieur se trouvait un morceau de magazine découpé et collé sur du carton : le portrait d'une femme rousse signé Modigliani. Elle portait une robe noire sans fioritures avec un col gris, ses yeux étaient sans pupilles, ou peut-être n'étaient que pupilles, car ils étaient entièrement noirs. Les lignes courbes se répondaient : nez, visage, cou, poignet, genou. C'était comme si elle n'avait pas de poitrine, une couronne haute sous les aisselles. Elle lui ressemblait vraiment, on aurait dit elle dans une version plus calme et plus docile.

Elle ne vit pas de mot l'accompagnant, encore moins de signature, mais elle était sûre que c'était le maître qui l'avait envoyé. Ni Stefano, ni Gianni, ni un collègue. Quant à elle, elle avait rêvé de lui dans un rêve élémentaire, comme quand, dans son sommeil, on a soif et qu'on repère un robinet dont rien ne sort : ils se rencontraient dans une sorte de salle de conférences bondée, éclairée par des lumières crues, ils essayaient de s'isoler et n'y parvenaient pas. Lea plaça l'image dans un tiroir, au milieu de ses sous-vêtements, avant de s'allonger sur le couvre-lit. La veille, Gianni lui avait demandé pourquoi elle était persuadée d'être une femme méchante et elle avait répondu que son souhait était seulement de se démarquer des autres, car généralement les gens se pavanent, disent qu'ils sont bons, aimables et pensent qu'ils ont toujours raison. « Ne me prends pas pour un imbécile », avait répondu Gianni.

Le téléphone sonna ; Lea se leva, tendue et vibrante à la pensée de l'instituteur. C'était Stefano, il avait encore un genou enflé à cause du ménisque endommagé et il n'était pas en état de conduire. Sa mère lui avait apporté des plats tout préparés, les faisant passer pour des délices cuisinés par elle (« Vol-au-vent et langue à la sauce verte, t'as qu'à voir ! »), mais Stefano espérait que Lea et Martino prendraient le train le lendemain après-midi et resteraient avec lui jusqu'au dimanche.

— Bien sûr, répondit Lea, bien sûr que nous viendrons.

— Mais, dis-moi, tu l'as reçue ? demanda-t-il encore.

— Reçu quoi ?

— Rien, rien, on voit qu'elle n'est pas encore arrivée. Quel idiot, j'ai gâché l'effet de surprise.

— Tu veux bien me dire de quoi tu parles ? s'impatienta-t-elle. Allez, Stefano.

— Je t'ai envoyé un petit quelque chose.

— Une lettre ?

— C'était censé être une surprise.

— Mais tu en as trop dit maintenant, autant aller jusqu'au bout.

Elle insista avec un entêtement venimeux qui finit par le vexer.

— Une nuisette. Je l'ai mise dans une enveloppe. Tu me diras si ça te plaît.

Lea s'excusa sans conviction, elle se méprisait, mais en même temps elle pensait que l'expéditeur de la carte postale devait vraiment être le maître, c'était obligé, et un frisson lui parcourut le dos.

Quand elle eut raccroché, elle mit les pommes à cuire pour faire de la compote en se moquant d'elle-même pour avoir eu le sentiment qu'un étranger pourrait s'immiscer dans son mariage et le faire voler en éclats. Elle sortit la carte de Modigliani du tiroir, mais, au moment où elle s'apprêtait à la jeter à la poubelle, elle changea d'avis et retourna la cacher dans la chambre, dans le coffre de bois brut où elle rangeait la laine.

50

DÈS QU'IL ENTRA DANS LA MAISON, Martino comprit que sa mère était de mauvaise humeur. Elle gardait la tête baissée et secouait ses mains comme pour se débarrasser d'on ne sait quoi, et chacun de ses gestes était précipité et paradoxalement répétitif : rincer un verre, mettre le déjeuner à chauffer, couper le pain en tranches.

— Ta chambre est une porcherie. Après le déjeuner, tu la rangeras, décida-t-elle.

Elle voulait savoir pourquoi il n'avait pas faim, mais Martino n'avait pas envie de parler des cri-cri de la mère de Sandra qui ressemblait à une sorcière et n'était pourtant pas si méchante que ça.

Quand Lea annonça que le lendemain ils prendraient le train pour Turin, il bondit comme un diable hors de sa boîte. Elle en fut stupéfaite : c'était la première fois que, pour imposer sa volonté, Martino lui faisait un procès en bonne et due forme, comme un adulte capable de se saisir de sa colère et de l'exploiter. Il l'accusait de lui avoir fait quitter Turin de force, de l'avoir inscrit à l'école du village sans lui demander son avis, de le trimballer à droite et à gauche, de lui donner des ordres, toujours des ordres, mais il en avait marre, il ne voulait pas retourner à Turin maintenant, il n'en était pas question, il était occupé, une de ses amies venait samedi, sa seule amie dans cette foutue école, et son père se serait très bien débrouillé sans eux.

— Ton père, lui, a besoin de nous voir, répondit-elle, tu fais un caprice et je ne cède pas aux caprices.

— Mais quoi, un caprice ? C'est une question de vie ou de mort ! lui lança Martino à la figure, avant de laisser échapper : Tu ne sais pas, c'est à propos de la maîtresse.

— Comment donc, la maîtresse ?

— Parce que, parce que… mon amie fait partie de sa famille, ils viennent pour la chercher et je veux les aider.

— Mais tu plaisantes ? Cette femme pourrait être morte depuis des jours. Tu n'as pas intérêt à aller la chercher partout, tu comprends ? Tu ne te rends pas compte que tu pourrais te retrouver devant… (Lea s'arrêta et cligna des yeux, comme si elle avait soudainement compris quelque chose d'évident.) J'espère que tu ne vas pas dans les bois parce que tu imagines y trouver la maîtresse ? Dis-moi la vérité.

— Non, j'y vais pour jouer à Sandokan.

— Tu ne dois pas t'éloigner de la maison. Tu ne sors pas du tout aujourd'hui, compris ?

Martino ne savait que répondre, il était tellement déçu qu'il en avait une boule dans la gorge. Il jeta son cartable par terre et s'enfuit dans sa chambre, en claquant la porte.

Une odeur de plantes humides envahissait la maison par rafales. Dans la forêt, elle était tellement forte que son nez le picotait ; il pouvait distinguer le parfum piquant des aiguilles de pin de l'odeur fade de pourriture caramélisée des feuilles mortes, mais la forêt était inaccessible et la maîtresse aussi. Elle risquait d'être vraiment en difficulté s'il partait. Jeudi, vendredi, samedi et dimanche : quatre jours complets. Il devait absolument sortir, acheter de la nourriture avec son argent de poche et l'apporter au cabanon.

Martino ouvrit tout grand les deux battants de la fenêtre, résolu à sauter pour s'échapper. Sa chambre n'était pas très en hauteur, et même la mère de Sandra avait survécu à quelque chose de semblable, il parviendrait certainement lui aussi à ses fins. Il se pencha en avant pour évaluer la largeur du trottoir de béton qui faisait le tour de la maison, il lui fallait sauter plus loin, pour atterrir sur la pelouse. Pour se donner du courage, il imagina qu'il avait un sanglier à ses trousses, mais juste au moment où il allait se décider, sa mère entra dans la pièce. Elle était venue faire la paix, mais le voir penché en avant avec un genou sur le rebord de la fenêtre lui fit à nouveau monter le sang à la tête.

— Qu'est-ce que tu fais ?

Martino remit pied à terre et, malgré ses bonnes résolutions, il se sentit sur le point de tout avouer. Un Martino un peu plus petit, qu'il gardait au fond de lui, le poussait à se jeter dans les bras de Lea, à pleurer assez fort pour lui faire peur et la préparer ainsi à pardonner toutes ses fautes : avoir caché la maîtresse sans rien dire, avoir volé des choses à manger pour les lui apporter, avoir laissé tout le monde s'inquiéter et partir à sa recherche, avec les chiens, les bénévoles, avoir laissé partir les proches de la maîtresse sur de fausses pistes dans les villages, sous les ponts, jusqu'à Salussola et Turin. Mais ces dernières semaines, quelque chose avait changé. Il sentait, dans sa poitrine, son cœur devenu dur et élastique comme une balle en caoutchouc, rebondissant follement et sans avertissement, pour les raisons les plus hétéroclites : la pensée de Piero et Agostino au loin, l'amitié avec la maîtresse, Giulia, les trois idiots qui se cachaient dans les bois.

Ils recommencèrent à se disputer. « Tu viendras à Turin », ce à quoi il répondait : « Sûrement pas. » Finalement, fatigués, ils parvinrent à un compromis qui ne plaisait ni à l'un ni à l'autre : ils partiraient tôt le dimanche pour revenir dans la journée, avec le dernier train.

51

LEA SAVAIT QUE L'INSTITUTEUR HABITAIT près de l'école. « Juste là », lui avait-il dit, et, depuis la porte du bar, il avait indiqué un petit balcon au quatrième étage, où un vélo était coincé en diagonale, le guidon dépassant de la balustrade peinte en bleu. Il l'utilisait, avait-il précisé, pour faire de longues promenades l'après-midi, parfois sur les routes sinueuses de montagnes, parfois vers les rizières maintenant asséchées. Puisque Stefano était absent et que Martino avait été kidnappé par sa nouvelle amie, Lea aurait son samedi de libre. Elle le passerait à réprimer son envie d'aller en ville.

Pour se distraire, elle prit un marteau et un tournevis et s'appliqua à détruire le nid qu'une guêpe potière avait construit fin août entre un volet intérieur et le mur. Avec Martino, elle avait observé les allées et venues de l'insecte, à distance, car ils ne savaient pas si elle piquait, si elle était aussi dangereuse qu'un frelon.

Martino s'installa sur le banc à côté de la porte de la maison où il ne s'asseyait jamais, boudeur, les devoirs à faire sur les genoux. Des rais de lumière filtraient de temps à autre à travers les nuages et semblaient lui envoyer un signal, bredouiller quelque chose dans un langage inconnu.

Maria, connue sous le nom de Sept-d'un-coup, apparut au détour du virage, marchant de son pas lourd, un sac en plastique marquant le rythme contre sa robe fleurie. Elle avait des yeux perçants, une petite bouche et un petit nez tout rapprochés au milieu d'un large visage carré, bordé de gras sous le menton. Elle tordait le cou des poules et des oies du village et était connue pour son talent. Tandis qu'elle approchait, Martino scruta ses mains et ses ongles, mais ils étaient propres. De petites plumes blondes sortaient du sac et elle confirma, sans qu'il le lui ait demandé :

— Une poulette, on me l'a donnée en dédommagement de mes services. Mais tu es un urbain, pour toi les poules grandissent dans les supermarchés, déjà plumées.

Pour le plaisir de l'impressionner, Maria improvisa un cours sur la façon de trucider la volaille. Le sac, abandonné sur la chaussée, se dilatait doucement, dessinant les contours de la poule, dont les rémiges, longues et raides, pointaient contre le plastique.

— Tu tiens le poulet par les cuisses de ta mauvaise main, la gauche pour moi, pendant qu'avec l'autre tu serres le cou et tu enfonces le pouce dans le creux derrière la tête. Ensuite, tu dois donner un grand coup en utilisant tes deux bras. (Elle mima le geste, un mouvement soudain et brutal qui fit sursauter Martino.) De cette façon, la vertèbre se brise et fin de l'histoire, le poulet n'est plus de ce monde. Il ne faut jamais tordre le cou : la bête est capable de s'enfuir tête baissée et ne meurt pas. Bien, le pire est passé. À ce moment-là, tu coupes la gorge avec des ciseaux et tu suspends la volaille pour la vider de son sang.

— Mais pourquoi c'est toujours à vous qu'on demande de faire ça ?

— Parce qu'avec moi les animaux souffrent moins. Il ne faut pas que tu éprouves de la compassion pour l'animal, sinon il mourra dans de mauvaises conditions. Même la peur fait souffrir, donc il faut être décidé, tu comprends, rapide, pour qu'il ne s'en aperçoive même pas.

Martino la regardait de haut en bas, avec respect, comme un ange exterminateur. Elle portait des sabots de cuir blanc constellés de petits trous, un tablier d'été et, par-dessus, un pull de laine torsadé.

— Le plus dur vient plus tard. Plumer la volaille ou dépecer le lapin, ajouta-t-elle, jouissant de l'effet produit par chacun de ses mots.

Puis elle repartit vers son domicile.

De l'intérieur, sa mère appelait Martino.

— Martino, viens ici, viens voir !

Elle avait ramassé le nid de la guêpe dans la pelle à poussière, elle insistait pour lui montrer quelque chose.

— Maintenant ça suffit avec les animaux morts, lança-t-il.

— Pourquoi ? Quels autres animaux morts as-tu vus ?

— La poule de Maria, mais je ne l'ai pas vue officiellement.

— D'accord, c'est comme si tu n'avais rien dit.

Lea voulait se pencher pour lui faire une bise sur la tête, mais Martino s'était déjà éloigné, il lui tournait le dos sans s'en rendre compte.

Plus tard, quand il se sentit un peu mieux parce qu'il avait fini ses devoirs, Martino demanda à sa mère :

— Qu'est-ce que tu voulais me montrer ?

— Oh, mais rien. C'était quelque chose de vraiment sinistre.

— Quoi ?

— Je pense que les larves ont mangé la guêpe.

— Quelle horreur ! Tu es sûre ?

— Je crois avoir vu un morceau de guêpe là-dedans. Qu'est-ce que les mères ne feraient pas !

C'était ironique, mais il voulut à tout prix vérifier, comme s'il s'agissait de sauver l'honneur des enfants.

Le nid était toujours dans la pelle en métal, cassé en plusieurs morceaux réguliers en forme de cylindre, avec des miettes tout autour. Il y avait des fragments organiques, un abdomen peut-être, et de nombreuses pattes recroquevillées qui, sous la loupe, se révélèrent être sans équivoque des pattes d'araignées. Il courut faire son rapport, exultant de joie : la guêpe ne s'était pas laissé manger, mais elle avait chassé des proies pour ses petits avant d'aller vaquer à ses occupations.

52

POUR LA PREMIÈRE FOIS DEPUIS QUE SILVIA s'est réfugiée dans les bois, elle ressent, à certains moments, quelque chose de semblable à l'ennui. Cela a à voir avec la perception qu'elle a du temps orienté, quoique vaguement, vers les visites de Martino. Mais celui-ci n'arrive pas et l'inaptitude à réguler ses gestes et ses pensées reprend le dessus.

Une fourmi rouge et noir court sur le dos de sa main : elle l'écrase du pouce et renifle le bout de son doigt, elle respire une petite bouffée d'odeur aigre. Elle ramasse un caillou, le met dans sa bouche sans y penser, comme quelqu'un qui a la mauvaise habitude de se ronger les ongles et ne le remarque pas. Sa langue frotte la surface râpeuse et irrégulière, des épingles froides et métalliques la piquent. Après un certain temps, elle le recrache dans le creux de sa main : il brille, des plaques de mica argenté le recouvrent presque entièrement. Elle en prend un autre, mais ce n'est qu'une motte de terre qui s'effrite aussitôt. Un troisième caillou, de la taille d'une cerise, tachetée de noir et de lilas, lui procure une satisfaction durable. Les feuilles et la paille sont acides, leurs fibres dures comme du crin lui donnent la nausée. À tout prendre, elle préfère le goût de la marinade de crasse sous ses ongles. Elle revient aux pierres, pour la plupart des cailloux irréguliers d'un gris terne, elle les suce et se souvient des faux bonbons de Giovanna.

En CP, Giovanna était la seule à ne jamais apporter de bonbons à l'école. Elle portait un tablier très simple, usé aux coudes, ses cheveux blonds s'échappaient des barrettes et tombaient en pluie sur son visage. Elle redoublait, mais on aurait dit qu'elle n'avait rien retenu de l'année précédente. Son corps, lui, avait eu le temps de grandir et, comparée à ses camarades de classe, elle était grande, encombrante, raison pour laquelle elle se recroquevillait le plus possible derrière son banc, courbant tellement le dos que sa colonne vertébrale pointait sous le tissu noir.

Pour les autres enfants, elle était la fille de la vallée, issue d'une race primitive. Elle parlait le dialecte de chez elle, avec une inflexion différente de celle que Silvia avait entendue pendant son enfance, celle des villages sur les montagnes, différente surtout de l'inflexion moins dure de la ville. Cela donnait l'impression que quelque chose, dans la gorge, empêchait l'air et le son de circuler et les obligeait à trouver un passage entre le fond du palais et le nez. C'était le même accent qui couvrait le tintement des cloches des vaches en marche lors de la transhumance, au début et à la fin de l'été, et accompagnait les colonnes de fumée au-dessus des fourneaux des charbonniers des hautes vallées : la façon de parler d'une population isolée, marginalisée, dont la sauvagerie et la saleté étaient proverbiales.

Tous les enfants de la classe italianisaient les termes piémontais, confondaient les deux idiomes, continuaient longtemps à écrire, en dialecte, « *sagrinarsi* », « *bogiare* », « *ramina* ». Quand ils parlaient, ils mélangeaient l'italien et le dialecte dans des proportions différentes. Mais pas Giovanna, pour elle, le piémontais était la seule langue existante et l'italien, une langue étrangère et hostile, parce qu'il la remettait à sa place, c'est-à-dire en bas de l'échelle : à l'école sa langue maternelle n'était pas acceptée, elle ne méritait pas d'être écrite ou d'être lue.

Pendant la récréation, Giovanna restait seule, souvent elle ne sortait même pas de la classe. Une fois, Silvia l'avait surprise en train de fouiller dans la poubelle : elle récupérait les emballages de bonbons jetés par ses camarades de classe pour les cacher dans ses poches. Puis elle s'était faufilée dans la cour, sans attirer l'attention, avait choisi les cailloux ayant la forme la plus régulière possible et les avait enroulés dans les petits rectangles de papier coloré. Elle faisait semblant, plus pour elle-même que pour les autres.

On découvrit que Giovanna était une joueuse de billes hors pair, dont le tir était sec et précis. Cette qualité lui permit de s'intégrer dans la classe, elle fut acceptée grâce aux billes et à quelques gifles qu'elle avait données aux garçons ne sachant pas perdre avec élégance et que Silvia avait négligé de signaler comme des écarts de conduite.

À la fin de l'année scolaire, la maîtresse avait décidé que Giovanna avait besoin de lectures adaptées au monde entièrement dialectal dans lequel elle allait retourner et elle lui prêta les *Canzoni piemontesi* d'Angelo Brofferio[1]. C'était une édition de 1881 avec le titre en lettres dorées sur la tranche, elle avait appartenu à son grand-père, qui aimait réciter ces chansons à ses amis, notamment *L'umanità e 'l mërluss ossia Cavour e 'l cholera,* ou celle qui s'intitulait *La glòria dël Paradis.* Dès la première rime, sa grand-mère faisait un signe de croix avant de s'enfuir dans une autre pièce, mais son grand-père posait une main sur le bras de Silvia, enfant, pour qu'elle reste et qu'elle écoute :

Se i poum d'or son per parei
Che noiousa landa!
Da Bergnif a stan aut mei;
Viva la ca granda!
Mei là giù con i diaulot
Che si dsour con i bigot[2].

Giovanna aima tellement ce livre philosophique et anticlérical qu'elle ne le rendit jamais. La maîtresse avait apporté une carte de bibliothèque pour chaque élève, mais elle n'avait jamais prêté à personne l'un de ses propres livres avec une couverture rigide et un titre en lettres d'or. À la maison, son père avait jeté un

1. Angelo Brofferio (1802-1866) est un poète et homme politique piémontais, représentant de la gauche mazzinienne. Dans ses *Chansons piémontaises* (1858) s'affirme une nette prévalence des motifs patriotiques du Risorgimento. L'attitude politique de fond est progressiste et opposée au modératisme et aux idées monarchiques de Cavour, qui fait l'objet de nombreuses critiques satiriques.

2. « Si les pommes d'or sont comme ça, / Quel ennui, quel dommage. / Chez Belzébuth, elles sont vraiment mieux, / Vive la Grande Maison ! / Mieux vaut là-bas avec les diables / Qu'ici avec les fanatiques. »

coup d'œil sur les vers : « Ce livre-là, c'est vraiment la maîtresse qui te l'a confié ? Tu es sûre ? » Giovanna en était fière, elle feuilletait les pages et avait l'impression qu'un ballon rempli d'air gonflait sa poitrine, ce qui l'aidait à se tenir le dos droit. De temps en temps, dans les devoirs, pour se rendre importante, elle écrivait : « Comme le dit Brofferio, illustre poète. »

53

CE JEUDI SOIR-LÀ, LUISA DUT MONTER chez sa voisine lui faire une piqûre et Giulia voulut l'accompagner.

— Nous devons lui demander si elle est d'accord ; parce que, être vue les fesses à l'air…

Palma, la voisine, ne fit aucune difficulté. C'était un beau morceau de femme d'environ soixante-dix ans, dont le mari, fuyant et maigrelet, avait ouvert la porte avant de retourner regarder *Rischiatutto*[1]. Elle avait les cheveux très courts, un beau visage lisse et brillant, des rides aplanies par l'embonpoint, des lèvres violettes et un derrière énorme, phosphorescent dans la lumière de l'abat-jour.

Elle voulut en savoir plus sur les recherches, demanda comment se portait Anselmo, comment ils avançaient, mais elle avait surtout besoin de se plaindre de son mari et elle ne tarda pas à dire :

— Dès que je peux, je divorce.

— Tu plaisantes, Palmina.

1. Quiz télévisé très populaire en Italie, animé par Mike Bongiorno et diffusé par la RAI de 1970 à 1974.

— Tu verras, tu verras qu'elle passera.

Elle faisait référence à la loi qui légaliserait le divorce et au sujet de laquelle le Parlement se déchirait depuis cinq ans.

Pendant ce temps, Giulia faisait passer à sa mère ce dont elle avait besoin : le coton imbibé de désinfectant, le petit plateau métallique avec la seringue et les aiguilles, le flacon de Lamuran avec le bouchon en caoutchouc à percer. Luisa remplit la seringue, remplaça l'aiguille pour être sûre qu'elle n'était pas émoussée, avant de tapoter la seringue avec l'ongle de son index et de pulvériser quelques gouttes de médicament en l'air. Elle désinfecta la peau et fixa l'aiguille sans perdre de temps. Elle vérifia en rétractant le piston que le sang arrivait. Giulia, pendant ce temps, mémorisait les différentes étapes.

— Oui, mais, même s'ils approuvent la loi… soit tu as un mari fou, soit il est condamné à la prison à vie, sinon ce n'est pas la peine.

Luisa sortit la seringue.

— C'est fait.

— Je n'ai rien senti, tu as vraiment des doigts de fée, déclara Palma. Et elle reprit immédiatement son discours : Abandon du domicile conjugal, scanda-t-elle.

— Mais ton mari est là-bas, dans le salon !

— Et qui pourrait l'en chasser ! C'est moi qui pars. Je vais à Desenzano, chez mes enfants. J'ai déjà trois petits-enfants et je ne les vois jamais, à cause de lui, là.

— Ils t'accueilleront chez eux ?

— Laura m'a déjà dit oui : « Maman, viens quand tu veux, je vais aménager la salle à manger pour toi. »

— Et alors, vas-y.

— Oui, madame ! Bien sûr que j'y vais, et au bout de cinq ans, je demande le divorce.

— Très bien, très bien, après tu verras.

— Je demande le divorce. Juste pour avoir la satisfaction de l'obtenir. Je ne veux pas finir dans la tombe avec lui, avec nos photos l'une sur l'autre et l'inscription : *Épouse Greggio*. Je veux mourir sous le nom de Palma Ferraro, un point c'est tout. Tu verras que si je ne suis pas là, il jouera sa chemise, en plus de sa pension. Et dire qu'il a une bonne pension.

Tandis que Palma se levait et arrangeait ses vêtements, Luisa fit une petite grimace à Giulia, comme pour dédramatiser ses propos.

Une fois qu'elles furent redescendues, Giulia demanda des précisions à sa mère. Elle ne comprenait pas à quoi jouait Primino avec tant d'ardeur, et ce qu'il y avait de mal à cela. Luisa lui expliqua qu'il avait la mauvaise habitude de jouer aux cartes et qu'il y perdait beaucoup d'argent, raison pour laquelle sa femme était en colère contre lui. Tout le monde le savait, ce n'était un secret pour personne. Pendant ce temps, elle remplissait la baignoire. Elle avait senti le froid remonter par ses pieds, à cause de la fatigue et de l'inquiétude, ses orteils étaient glacés et sa tête pesait lourdement sur son cou.

Le jour du bain était généralement le dimanche pour tout le monde ; de plus, il était déjà tard : Anselmo s'était mis au lit avec ses mots croisés, Gemma et Corrado devaient déjà dormir. Elles se déshabillèrent toutes les deux tandis que le miroir se couvrait de buée. Luisa examina les points rouges apparus sur sa poitrine et sous ses aisselles.

— Des angiomes, expliqua-t-elle, des angiomes inoffensifs. J'ai la peau à pois.

Elle n'avait plus qu'un sein, l'autre lui avait été enlevé trois ans auparavant à cause d'une tumeur et seule une cicatrice incurvée restait sur sa poitrine plate, qu'elle garnissait d'un coussin en silicone transparent spécialement conçu pour être inséré dans un soutien-gorge. Cela faisait une drôle d'impression à Giulia de penser que le sein avec lequel elle l'avait allaitée avait été coupé et jeté. Luisa disait qu'elle était redevenue à moitié une petite fille et de temps en temps, Gemma faisait allusion à sainte Agathe, qui portait sur un plateau ses seins coupés.

Tandis qu'elles étaient dans la baignoire, Anselmo passa la tête par la porte et grommela :

— Vous êtes complètement folles. Tu n'as pas vu l'heure ?

— Ferme la porte, la chaleur va partir, répondit Luisa.

Elle avait mis sur ses cheveux et ceux de Giulia des bonnets de douche en plastique, pour éviter de les mouiller. Elles utilisèrent beaucoup de savon. Luisa lava les orteils de Giulia un à un et lui frotta les talons avec la pierre ponce. De temps en temps, elle poussait de longs soupirs de satisfaction.

— C'était nécessaire, vraiment nécessaire.

Giulia comparait l'unique mamelon de sa mère, granuleux et bien distinct de l'aréole plus claire, avec les siens, plats, au milieu desquels se trouvait une petite protubérance de chair.

— Quand tu étais petite, tu mettais les casseroles d'eau à chauffer sur la cuisinière ?

— Oui, c'est comme cela que l'on faisait. Et au moins trois personnes se servaient de la même eau, on tirait au sort pour décider qui passerait dans la baignoire le premier.

— Est-ce que tu vas divorcer de papa toi aussi ?

Luisa ouvrit grand les yeux et Giulia haussa les épaules.

— Non, je ne pense vraiment pas.

— Pourquoi ?

— Parce que je l'aime toujours.

— Grand-mère dit qu'on ne laissera pas entrer les gens divorcés à l'église.

— C'est possible, en effet.

— Alors tu ne peux pas divorcer de toute façon.

— Certes. Heureusement que je n'en ai pas envie, n'est-ce pas ?

— Palmina n'entrera plus à l'église ?

— De nombreuses années devront s'écouler avant que le divorce ne devienne officiel. En attendant, on peut y aller et même communier.

— Et ensuite ?

— Je crois qu'elle s'en fiche.

— Mais alors, pour son enterrement, comment on fera pour dire une messe pour elle ?

— Je ne sais pas. Tu vas voir qu'ils ne refuseront pas les obsèques à l'église. Cela t'inquiète ?

Giulia y réfléchit tout en recueillant la mousse dans ses mains pour se décorer le menton d'une barbe chatoyante.

— Non.

— Bien. Retourne-toi, allez, je vais te laver le dos.

Elle la chatouilla un peu, puis sortit la première, lui tint le peignoir ouvert quand elle sortit à son tour et lui attacha la ceinture autour de la taille.

Plus tard, quand elle alla se coucher, elle trouva Anselmo couché sur le côté, bien au bord du lit, le dos tourné, dans une position qui équivalait à un reproche. Et en effet, dès qu'elle se fut allongée, la litanie des griefs commença : l'eau gaspillée, l'heure tardive, l'école le lendemain, le sommeil perdu, les mauvaises habitudes. Luisa ouvrit la petite boîte dans laquelle elle rangeait ses bouchons d'oreilles et, tandis qu'il continuait à lui parler toujours en lui tournant le dos, elle les glissa dans ses oreilles et ferma les yeux. Mais même plongée dans le silence, elle comprenait que son mari marmonnait toujours, elle pouvait le sentir parce qu'il tirait sur le drap et faisait bouger le matelas.

Quand Anselmo s'endormit enfin, Luisa se pencha sur lui dans la pénombre. Les poils de sa poitrine dépassaient du maillot de corps, ils étaient soyeux et elle aimait les caresser, Corrado, lui, les arrachait quand il jouait à la bataille avec son père. Son grand corps plongé dans le sommeil dégageait de la chaleur. Anselmo avait trois ans de moins qu'elle et cela l'avait toujours rassurée : pendant la guerre, il n'était qu'un petit garçon et n'avait pas eu le temps de faire quoi que ce soit de mal.

Luisa se leva et se dirigea vers la cuisine. Dans le frigo, elle trouva un reste de pommes de terre qu'elle commença à manger, assise dans le noir. La disparition de Silvia, Palmina et ses plans d'évasion, sa propre jeunesse, son mariage et son travail à l'usine, les maladies, les hospitalisations, les guérisons, les accouchements : ce chœur d'événements apparemment dissonant répondait à un accord secret dont elle cherchait le nom, comme quand on veut chanter une chanson et qu'on l'entend résonner dans sa tête sans être capable de la chanter à voix haute. Un ruban adhésif maintenait les morceaux de sa vie ensemble, un présupposé, celui-là même qui l'empêchait de casser les assiettes quand Anselmo la harcelait. Luisa essaya de le formuler clairement pour elle-même, tout en mâchant les pommes de terre froides et en regardant la silhouette noire et dentelée des montagnes devenir gris et blanc aux endroits où la lune traversait les nuages et éclairait la neige tombée en altitude.

Qu'est-ce qui te fait tenir debout ? se demanda-t-elle. C'était le sens du devoir. On lui avait appris – qui « on » ? Tout le monde, tout : l'exemple, la religion, les proches – qu'il fallait faire les choses bien, se conduire comme il faut, aller de l'avant coûte que coûte. « Comment ça va ? » « On fait aller », une réponse mécanique, mais parfaitement sincère. « Aller de l'avant » avait valeur de précepte moral, car la vie est une charrette qu'il faut tirer, c'est un travail à mener à terme. Quand on est fatigué, il faut persévérer. Quand on souffre, il faut endurer. Quand on a envie de partir, il faut rester. L'activité comme antidote au malheur. Non pas que Luisa n'ait pas été heureuse, elle l'avait souvent été. Ses joies, forcément, venaient précisément du fait d'avoir persévéré, enduré et d'être restée, fidèle au poste. Après la mort de son premier amour, elle s'était mariée. Après la mort de son premier enfant, Giulia et Corrado étaient nés. Elle avait eu toute une vie de deuxièmes chances. De résurrections, comme sœur Annangela le lui avait dit un jour.

Elle se souvenait du visage de Silvia lorsqu'elle était venue lui rendre visite à l'hôpital après son premier accouchement, ce visage inexpressif qui avait permis à Luisa de s'y reposer, en la fixant au-dessus des yeux. Elle s'était assise sur la chaise réservée aux visiteurs après l'avoir orientée aux trois quarts vers la fenêtre et elle était restée là un long moment, ses chevilles enroulées autour des pieds d'acier. Silencieuse comme pour une veillée funéraire – en effet, c'en était une. Seule Silvia n'avait pas cherché à la consoler, ni à deviner, en l'observant, si elle parviendrait à surmonter le traumatisme de la perte de son enfant.

54

LUISA ÉTAIT CONVAINCUE QUE, DURANT LE TRAVAIL, elle réussirait à ne pas crier, mais elle n'avait pas pu s'en empêcher, tandis que son corps se comportait d'une manière tout à fait inattendue par rapport à ce qu'elle savait de lui, et que des faisceaux de muscles qui avaient toujours été silencieux se tordaient pour laisser passer la tête du bébé et le faire sortir de son utérus, où il était resté à l'abri pendant plusieurs mois.

Elle sentait une odeur douceâtre de crevettes mises à bouillir avec leur carapace, et tout ce qu'elle pouvait percevoir de ses jambes, c'était qu'elles pointaient dans une direction et dans l'autre, raides comme des piquets tandis qu'on les lui manipulait et qu'on les lui faisait plier. Le liquide amniotique sortait à flux réguliers et, vers la fin, il s'était teinté de rose, puis de rouge. À ce moment-là, quelque chose de dur avait forcé l'ouverture du bassin, accompagné d'une sensation de brûlure comme une plaie ouverte. Tout seuls, sans qu'elle puisse presque rien y faire, ses muscles poussaient et essayaient de libérer toute leur énergie dans la poussée.

Elle avait arrêté de crier seulement parce qu'on le lui avait ordonné, on lui avait dit qu'elle devait rassembler ses forces. Elle serrait les dents en gémissant. Vers la fin, elle vomit toute l'eau qu'elle avait bue. La sage-femme passait et repassait son doigt le long de ses lèvres tendues comme une peau de tambour et lui disait qu'elle voyait les cheveux du bébé : « Ils sont noirs comme des ailes de corbeau. » À la poussée suivante, une brève flambée avait précédé la première véritable libération depuis seize heures : la tête était sortie. Luisa s'était alors permis de se remémorer les accouchements dans les maisons de ses proches, sans instruments et sans désinfectant à volonté, les lampes à huile allumées toute la nuit, les bassines de fer-blanc et les montagnes de draps qu'il fallait laver à la main le lendemain.

Elle pensait que c'était fini, le reste du bébé avait glissé avec un frétillement de gros poisson et elle n'avait même pas remarqué que le placenta avait suivi : ils le lui avaient montré et elle avait pensé que l'expérience la plus proche d'un accouchement qu'elle avait faite était le comptoir du boucher, des morceaux de viande rose, des arrière-trains et des quartiers, de petits organes comme des inflorescences gommeuses. Elle s'était effondrée sur les oreillers et avait attendu qu'on lui redonne son enfant, lavé et emmailloté. Mais l'enfant ne respirait pas. Peut-être le cœur, peut-être un problème métabolique, des poumons immatures.

Anselmo l'avait serrée contre lui et avait pleuré, mais elle n'arrivait pas à comprendre qu'il fallait arrêter toute cette machinerie d'amour, de cellules en germination, de fatigue, d'imagination, de vomissements, de préparatifs, de ligaments étirés pour faire place à un petit être qui avait réellement existé et qui avait eu des sourcils, des ongles, le nom qu'on lui avait choisi et un petit derrière bleu, entrevu quand il était encore vivant.

Pendant longtemps, Luisa avait continué à percevoir le hoquet de son bébé : des petits coups réguliers à hauteur du nombril. Elle n'avait pas le courage d'essayer à nouveau, mais pas non plus celui de se dérober. Nuit et jour, elle rêvait de devenir religieuse. À cette époque, elle avait envié Silvia, protégée par sa carapace, libre et seule, un peu triste peut-être, mais au moins jamais terrifiée, jamais enceinte. Silvia avait pensé la même chose, elles se l'étaient avoué des années après : pourquoi est-ce que je fais ça, pourquoi est-ce qu'elle fait ça ?

— Et maintenant, regarde, avait ajouté Silvia, comme tu as de beaux enfants.

— Oui, finalement, tout s'est bien passé pour moi.

— Moi, je n'aurais pas pu le faire.

Lors de la naissance de Giulia, Luisa aurait aimé être sous sédatif et laisser le médecin faire sortir le bébé sans qu'elle se rende compte de rien. Au contraire, tout avait recommencé depuis le début, comme la première fois, mais la petite fille avait immédiatement pleuré de son faible bêlement de petit animal rebelle, potelée et belle, enduite de la graisse blanche propre aux nouveau-nés, les joues gonflées comme des cornemuses. Elle avait grandi, elle était sur le point de devenir une jeune fille. Silvia était partie ; morte ou vivante, elle avait décidé de les quitter. Luisa restait assise dans la cuisine, la nuit, elle essayait de se regarder avec les yeux de sa fille et elle se demandait ce qu'elle était en train de lui apprendre.

55

LE LENDEMAIN APRÈS-MIDI, VENDREDI, Giulia se saoula chez elle avec son amie Angela. Elles étaient revenues de l'école avec l'idée d'expédier leurs devoirs pour se consacrer à copier et illustrer, l'une dans le journal cadenassé de l'autre, certaines phrases à la mode parmi les filles de la classe : « Les meilleures amies sont des sœurs que tu choisis toi-même (Eustache Deschamps) », « Ne m'oublie pas, murmure la petite fleur du ruisseau / Ne m'oublie pas, murmurai-je moi aussi ! (Anonyme) ».

Elles étaient toutes les deux très enrhumées, le nez bouché, les pommettes douloureuses. Si bien qu'avant de se mettre au travail, elles avaient décidé de préparer deux tasses de lait chaud avec une goutte de grappa, comme les adultes le faisaient habituellement pour eux. Si ce n'est qu'elles ne savaient pas comment doser la goutte : cela aurait dû être juste une larme, mais, entre leurs mains, c'était devenu un petit verre. Au bout de dix minutes, elles riaient, penchées sur leurs cahiers, sans se soucier des taches d'encre, enthousiasmées, même, par leur graphie de plus en plus tarabiscotée et irrégulière.

Elles se jetèrent sur le canapé et Angela proposa de faire semblant d'être Martino. Giulia devait l'embrasser sur les lèvres, insista-t-elle, et comme il le fallait. Giulia ricanait et se dérobait, des gouttelettes de salive s'échappaient de sa bouche. Elles étaient toutes deux fines et minces, les os de leurs coudes et de leurs genoux, leur sternum et leur pubis s'entrechoquaient. Gemma les découvrit dans cet état quand elle rentra à la maison avec Corrado, qui se lança dans la mêlée avec ardeur.

Pendant ce temps, Gemma reniflait les tasses vides et tordait le nez. Les petites filles avaient les joues rouges, les oreilles brûlantes et se débattaient pour échapper aux coups de pied du garçonnet. La grand-mère leur vint en aide, écarta Corrado et réussit à lui enlever ses chaussures. Puis elle ordonna à Giulia et Angela de se lever. Elles chancelèrent, rirent et essayèrent d'expliquer d'une drôle de voix traînante qu'elles n'avaient bu que du lait arrangé, comme d'habitude. Giulia demanda à son amie si elle aussi voyait les dessins sur le tapis bouger comme des vers ; Angela commença à regarder vers le bas, concentrée, penchée en avant, et, après quelques secondes, elle annonça, radieuse, que oui, elle les voyait bouger elle aussi. Elles en étaient tellement excitées qu'elles faillirent tomber les quatre fers en l'air.

La situation amusait Gemma et elle n'essaya pas de le cacher. Elle les poussa dans la salle de bains, leur lava les mains, le visage et le cou pendant que les filles criaient, gloussaient et s'agrippaient au bord du lavabo pour mieux rester debout. Comme leurs chemisiers étaient trempés, elle les habilla avec des vêtements secs de Giulia. Elle leur fit manger beaucoup de pain et boire beaucoup d'eau, avant d'appeler le père d'Angela pour qu'il vienne la chercher.

C'était la première fois depuis la disparition de Silvia que dans la poitrine de Gemma palpitait quelque chose de semblable à de la bonne humeur. Elle aurait aimé faire les devoirs à la place de Giulia, mais elle était en CE1 et ne savait lire qu'en marmonnant les sons et faire des calculs qu'avec une technique mixte et hétérodoxe, par décomposition et approximation. Elle installa Corrado pour qu'il colle des papiers et des cure-dents sur un panneau de liège et aida Giulia en lui grattant le dos et en chassant la mouche qui persistait à se poser sur sa tête branlante.

56

PENDANT CE TEMPS-LÀ, MARTINO SE TROUVAIT dans le cabanon au milieu des bois.

Toute la matinée, à l'école, il avait réfléchi à ce qu'il allait dire à Giulia, mais il n'avait même pas réussi à prononcer un seul des mots auxquels il avait pensé. Se tenir devant elle le rendait incroyablement stupide, et en avoir conscience ne lui suffisait pas pour reprendre le contrôle de lui-même. Ses mains, par exemple : s'il avait même le simple soupçon que Giulia le regardait, ses mains se transformaient en deux pelles mécaniques totalement impropres aux travaux de précision, comme nouer ses lacets ou sortir le canif de l'étui pour tailler un crayon. Son cerveau, aux commandes, essayait désespérément de manœuvrer les pelles, mais le nœud de la chaussure se faisait lentement et de travers, le canif tombait au sol et un pied tout aussi maladroit le repoussait sans qu'il le veuille.

Et puis il y avait ce secret qui pesait sur lui. Parfois il l'oubliait pendant un moment, parfois cela l'angoissait, mais le plus souvent il lui semblait qu'il pourrait le garder pour toujours. Ce n'était pas vrai, parce que la maîtresse dépendait de lui et c'était un poids impossible à porter longtemps.

Lea l'avait laissé sortir contre la promesse solennelle qu'il ne s'aventurerait pas loin de la maison, mais il avait gravi la colline sans perdre une minute.

Malgré la nourriture, l'eau et les couvertures, la santé de la maîtresse semblait se dégrader rapidement ; la peau des joues s'affaissait sous les pommettes et des cernes violets cerclaient ses yeux. Lui parler était pourtant devenu facile, bien plus facile que de s'adresser à Giulia.

— Qu'as-tu fait aujourd'hui ? lui demanda-t-elle.

Quand il lui répondit, il n'hésita pas à mentionner Giulia et à avouer qu'ils étaient plus ou moins devenus amis.

Silvia ne sembla pas réagir. Elle avait une expression douce et un peu hébétée.

— Pourquoi ne revenez-vous pas ? demanda piteusement Martino.

— J'ai peur.

— Peur de quoi ?

— Qu'on me considère comme coupable.

— Mais personne ne pense ça.

— Mais moi, je me sens coupable. En conscience.

Martin restait silencieux. Il réfléchissait.

— Comme quelqu'un qui te surveille de l'intérieur, ajouta-t-elle pour expliquer ce qu'était la conscience.

— Une maîtresse.

Le regard de Silvia se détacha de la boue qui maculait ses chaussures et de sa jupe poussiéreuse.

— Oui, une maîtresse, reprit-elle.

57

AU CRÉPUSCULE, L'AIR ÉTAIT CLAIR ET FROID, une poignée d'étoiles éclairaient le ciel et la brise faisait entrer les feuilles sèches et le parfum des cyclamens dans la cabane. Silvia parla toute seule, encore une fois. En réalité, certaines choses, elle ne fit que les penser.

Son père la battait. Même Anselmo, lorsqu'il était enfant, était battu. Au pensionnat, on nous battait. Qu'y avait-il de différent, alors ? Il y avait Giovanna.

Elle sentit que son visage était humide et l'idée de pleurs libérateurs lui fit horreur. Elle sécha ses larmes de ses doigts, puis elle passa en revue les objets que Martino avait apportés pour elle : la gourde d'eau, les couvertures, le numéro de *L'Histoire de l'Ouest*, le pain qu'elle n'avait pas encore mangé, le chocolat. Elle ouvrit la bande dessinée. Elle avait essayé de lire ces histoires de bisons et de Peaux-Rouges : les Dakota, les Corbeaux, les Nez-Percés. Les lettres majuscules rapprochées et trop serrées lui donnaient des maux de tête et elle n'était pas sensible au charme des galopades et des rafales de plomb brûlant tirées depuis la palissade du fort qui décimaient les Indiens. Mais la question était autre : tous ces objets appartenaient à Martino, et elle les pesa, délicatement, comme s'il s'agissait de pêches à choisir au marché, en prenant soin de ne pas les abîmer.

Martino risquait d'être grondé, enfermé et peut-être même battu. Si quelqu'un d'autre l'avait trouvée, il aurait découvert aussi tout ce butin, et elle ne s'en était jamais souciée. *Tu es stupide, Silvia.*

Comme elle n'avait jamais imaginé que Giovanna puisse sauter dans le torrent, elle se demanda un instant si Martino, une fois démasqué, pourrait en faire autant. Elle n'y croyait pas, parce que même elle, malgré son isolement et l'état dans lequel elle était, parvenait à juger impossible quelque chose comme ça, *une autre chose* comme ça. Mais elle en éprouva quand même un remords très fort et ce fut le premier sentiment intense et aigu, sans lien avec Giovanna, qu'elle ressentait depuis qu'elle avait lu la nouvelle dans le journal, ce matin d'il y a quelques jours.

Combien de jours, elle n'en avait aucune idée. Elle ne savait pas depuis combien de temps elle profitait de cet enfant et elle essaya de le calculer en se basant sur la nourriture : que m'a-t-il apporté à manger ? Du pain, du beurre et du sucre, du saucisson, encore du pain, peut-être du fromage à un moment donné. Nous avons parlé de chiens et ce jour-là que m'avait-il donné ? Du gâteau, non, des pommes. Elle y réfléchit longuement, mais en vain.

58

Sous la douche, Lea s'était longuement frotté les cuisses avec le gant de crin avant de se raser les jambes et les aisselles, passant et repassant la lame de rasoir sur la peau que le bain moussant rendait glissante. Elle utilisa le fer à cheveux pour lisser ses mèches, puis maquilla ses yeux avec du fard à paupières bleu et du mascara. Enfin, tout apprêtée, elle commença à faire le ménage.

Martino était une pelote de nerfs, il avait disparu dès la fin du petit-déjeuner. Elle avait seulement réussi à lui arracher le nom de l'amie tant attendue : Giulia.

Gianni passa pour laisser les clés de la voiture, et Lea ne savait toujours pas si elle allait s'en servir. Elle enlevait la terre sur les légumes et s'essuya les mains sur sa jupe, comme si cela lui était égal de la mouiller. Il lui semblait qu'elle sentait la transpiration âcre sous le parfum et elle était sûre que Gianni avait remarqué ses cheveux, le chemisier blanc serré à la taille par la ceinture et aussi le risque de se salir qu'elle courait en travaillant dans cette tenue.

— Je te mets de côté quelques artichauts ? lui demanda-t-elle.

— Oui, merci. Martino ?

— Il est sorti. Il attend son amie Giulia. Sa perle de Labuan, j'en ai bien peur.

Gianni rit et les cicatrices sur ses joues se plissèrent. Une mèche de cheveux, raide de brillantine, avait échappé à la discipline du peigne et se dressait sur le sommet de sa tête comme une antenne.

— Mais c'est la fille d'Anselmo Rosso. Moi aussi, je les attends, ils sont en retard, ils étaient censés arriver il y a deux heures. Aujourd'hui, nous allons faire une battue sur les rives de la Quargnasca.

— Comment est-il possible que l'on ne sache toujours rien ? Cela fait bien dix jours.

— Je n'en ai aucune idée, moi. Le corps, au moins, devrait être quelque part.

Elle lui tendit un sachet contenant des artichauts déjà nettoyés.

— Tu savais qu'en anglais, on dit artichaut comme chez nous ? Exactement pareil.

— *Artitcioc* ?

— *Artichoke*, a, r, t, i, c, h, o, k, e.

— Incroyable !

— Je pense que l'arabe a quelque chose à voir avec ça. Salut Lea, je n'ai pas besoin de la voiture, garde-la jusqu'à demain.

— Mais, tu te rappelles, demain nous allons à Turin en train.

— Justement. Laisse-la devant la gare, comme ça, le soir, à votre retour, elle sera déjà là.

Ensuite, Lea crut pendant un moment qu'elle n'arriverait pas à partir. Elle cuisina un peu avant d'aller dans la rue à la recherche de Martino. Lorsqu'il l'aperçut, il trottina à sa rencontre :

— Tu vas à Biella ?

— Pourquoi ?

— Tu es très élégante.

— Oui, c'est vrai, répondit-elle, mais je serai bientôt de retour. À la maison, le déjeuner est prêt. Toujours pas de Giulia ?

Il la regarda de travers.

— Je dis ça parce que Gianni les attend lui aussi. Quand ils arriveront, vous, les enfants, vous pourrez aller chez nous. Tu lui montreras ta chambre.

Martino hocha distraitement la tête et Lea retourna à la maison. Elle avait le souffle court, et l'impression d'être un mensonge vivant.

Dans la voiture, elle baissa les vitres pour laisser entrer l'air froid et chasser l'odeur de cigarette et de vétiver. Elle klaxonna Martino, debout au bord de la route et, tandis qu'elle conduisait, elle retrouva son calme. Elle croisa des femmes qui allaient faire les courses et un garçon, cheveux bouclés et pantalon trop court aux chevilles. Dans le ciel, un essaim d'étourneaux se resserrait, puis se détendait comme un accordéon : un nuage de suie animé d'une vie propre.

Une fois arrivée en ville, elle se gara près de l'école, mais pas dans la rue où habitait l'instituteur, et avant de sortir, elle jeta de nouveau un coup d'œil à son visage et à ses cheveux dans le rétroviseur. Lorsqu'elle tourna au coin de la rue, elle vit que le vélo était à sa place, sur le balcon à la balustrade bleue.

59

UN RETRAITÉ PARTI RAMASSER DES CHAMPIGNONS avait découvert le sac vers six heures du matin, enfoui sous une couche de bogues sur la rive gauche du Cervo. Il contenait les cahiers trempés, la trousse, le portefeuille renfermant tous les papiers, les clés, les pastilles pour la gorge. Pas de journal – qui sait dans quel état il pouvait être, déchiré par le vent et mouillé par la pluie. Par rapport à la maison de la maîtresse, il se trouvait plus ou moins dans la direction de la ville.

Anselmo se précipita sur les lieux avec les pompiers. Mais il n'y avait aucune autre trace, des jours avaient dû passer depuis l'abandon du sac et on ne pouvait pas savoir si la maîtresse avait continué dans cette direction ou si elle était partie ailleurs, par exemple pour aller prendre un train. Même les chiens, lorsqu'ils se mirent au travail, ne sentirent rien. Les pompiers élargirent pourtant leurs recherches et perdirent toute la matinée, après quoi Anselmo décida que cela valait quand même la peine d'essayer à Bioglio, comme prévu. C'est ainsi que lui, Luisa, Gemma, Giulia et Corrado arrivèrent en ville alors qu'il était l'heure de déjeuner. Ils se garèrent dans la cour d'un parent à eux et Anselmo partit à la rencontre de l'équipe, en se dépêchant, mais déjà épuisé, des ampoules à chaque talon.

Quelques mètres en contrebas de la route, en descendant par la berge ombragée, deux garçons étaient en train de se battre. Anselmo poussa un cri pour les arrêter, mais cela ne servit à rien. L'un des deux était plus jeune, il avait un frêle cou de coq qui dépassait de sa veste déchirée ; l'autre, fort, frisé, le maintenait à terre et lui donnait des coups de genou dans le ventre. En quelques bonds, Anselmo les rejoignit, attrapa le plus grand de ses mains vigoureuses et le souleva de terre.

Le Chef criait : « Eh, eh ! », mais lorsqu'il reconnut Anselmo, il se tut. Il connaissait cet homme et surtout cet homme connaissait sa mère et son père. Anselmo se mit en demeure d'aider Turin à s'asseoir. Le garçon toussait, avait du mal à retrouver son souffle. Mais, en fin de compte, il ne semblait pas si amoché que cela, mis à part le coup de poing qui lui avait écrasé les lèvres contre les dents. Il le regardait de haut en bas, les yeux brillants de haine, la lèvre enflée, des taches de sang sur la bouche. Le chef pensait que Turin allait se mettre à pleurer, mais, au lieu de cela, il sortit l'inhalateur de sa poche et aspira avidement ce qui en sortit. C'était donc vrai : la demi-portion était aussi handicapée, constata le chef.

Anselmo releva l'enfant, lui posa la main sur l'épaule et commença l'interrogatoire, auquel les deux rivaux répondirent à mi-voix, les yeux baissés. Des réponses sommaires, qu'ils estimaient satisfaisantes.

— Tu es vraiment un gros lâche, Walter, je veux voir ce qu'en pense ton père. Tu peux être sûr que je vais l'appeler, menaça Anselmo. (Puis il se tourna vers Martino.) Toi, file chez toi. Et dis à ta mère de te mettre de la glace sur la lèvre.

— Ma mère est sortie.

— Mais bon sang… Vous me faites perdre trop de temps, tous les deux. Je vais t'amener voir ma femme. Et toi, Walter, bouge-toi de là, ordonna-t-il avant de partir sans s'arrêter, entraînant Martino.

Ils arrivèrent devant une maison, Anselmo frappa à la porte une première fois, puis recommença quelques secondes après. Une dame courut ouvrir, Martino l'avait croisée de temps en temps, elle avait un visage pointu et d'énormes lunettes rondes de chouette.

Anselmo le poussa à l'intérieur de la maison.

— Ils l'ont frappé. Il a besoin de glace et peut-être de quelque chose de sucré à boire. Et il est asthmatique. Débrouillez-vous.

— Tu es le fils de Lea de Turin, n'est-ce pas ? Malheur ! (La femme lui leva le menton et examina l'ecchymose sur sa lèvre, avec ses verres de lunettes disproportionnées. Martino croyait que c'était elle, l'épouse de l'homme qui l'avait secouru, mais elle ajouta :) Luisa, regarde ce qu'Anselmo nous a amené, et elle le conduisit dans la cuisine.

Là, Giulia, assise à la table, écarquilla les yeux et ouvrit tout grand la bouche, comme dans une bande dessinée. Martino fit les liens dans sa tête : l'homme, Anselmo, était le père de Giulia, la femme brune et imposante devait être sa mère et le petit garçon qui trempait du pain dans de l'eau, en le faisant dégouliner sur la nappe, devait être son frère.

— Martino ? s'étonna Giulia, et, à partir de là, les explications succédèrent aux explications : Giulia et Martino étaient en classe ensemble ; la femme la plus âgée, mince et droite comme un I, était la grand-mère de Giulia ; quelqu'un avait trouvé le sac de Silvia ; Anselmo et les autres se préparaient à faire une battue sur les rives du torrent Quargnasca ; Martino s'était battu avec un garçon plus grand que lui, Walter, qui fut identifié comme étant le fils de personnes connues (« Despotique depuis son plus jeune âge », commenta Gemma) ; la mère de Martino était allée en ville avec la voiture de Gianni pour faire il ne savait quoi, une commission à coup sûr.

Ce que Martino prit bien soin de ne pas révéler, c'est qu'il faisait des allers-retours sur la route principale depuis des heures, pour être sûr de ne pas manquer Giulia, et que c'est comme ça qu'il était tombé sur le chef. Il avait tenté de s'échapper, mais cette fois-ci l'autre ne s'était pas laissé surprendre, il avait couru vers lui et l'avait attrapé par le col de sa veste. Il l'avait presque étranglé en le traînant vers la berge : son sacrum cognait contre les pierres du chemin et ses poumons ne parvenaient pas à suivre le galop de son cœur. Mais, maintenant qu'il se trouvait face à Giulia, il lui semblait que cela en valait la peine, car sa confusion pouvait passer pour l'attitude d'un combattant vaincu, certes, mais avec honneur, et Giulia laissait échapper certains coups d'œil brillants d'admiration muette, comme des rayons de soleil filtrant à travers un volet entrouvert.

Luisa lui donna à boire une tasse d'Ovomaltine et soigna ses lèvres avec de la glace et de la pommade antiseptique. Giulia était sortie dans le jardin et Martino, hésitant et progressant lentement vers la porte-fenêtre, puis l'escalier extérieur et enfin le portail, finit par la rejoindre. Elle se tenait debout au milieu des dernières fleurs jaunes des topinambours.

— Allons à la chapelle, lui proposa-t-il.

60

L'INSTITUTEUR RÉPONDIT IMMÉDIATEMENT à l'interphone et Lea énonça son prénom. Il y eut une pause assez longue. Après laquelle il répéta son prénom comme s'il ne pouvait pas en croire ses oreilles. Cela l'irrita – *Alors peut-être que je ne suis pas si sûre de moi pour réagir aussi facilement*, pensa-t-elle.

— Je te dérange ?

— Non, bien sûr que non. Je ne m'attendais pas… Troisième étage.

Quand elle sortit de l'ascenseur, elle le trouva, qui l'attendait sur le pas de la porte. Il ne semblait plus déconcerté, mais pas non plus prêt à se dispenser des politesses d'usage pour se jeter sur elle. Il lui proposa du café et des *canestrelli*. Ils se mirent même à discuter, mais sans grande conviction, car ils étaient tous les deux distraits par ce qui était en train de se préparer entre eux.

— Il y a un éléphant dans la pièce, dit-elle.

— Eh oui. Tu es là.

— Merci beaucoup.

Ils s'embrassèrent. Elle ne le connaissait pas et le fait qu'ils soient étrangers l'un à l'autre se manifesta dans ce premier baiser. Mais elle était prête, elle s'y attendait. Il fut trop fougueux. Il était mal à l'aise et pour lui faire comprendre à quel point elle lui plaisait il exagérait tous ses gestes : il lui serrait la nuque dans sa grande main, passait de ses lèvres à ses joues, puis à son cou comme si sa bouche à elle n'avait pas de contours et ne participait pas à ce baiser.

Quelqu'un sonna ; pas depuis la rue, mais depuis le palier.

— C'est sûrement la voisine, parfois le week-end elle m'apporte le déjeuner. Je reviens tout de suite. (Il poussa la porte du salon, en sortit pour aller ouvrir. Elle l'entendit parler à une femme et sa voix était amicale, il ne semblait ni agité ni pressé. Il revint et lui montra la barquette en aluminium emperlée de vapeur, contenant des crêpes chaudes). Nous pourrions avoir faim plus tard, dit-il.

Lea se leva.

— Je ne sais pas ce qui me prend, mais je ferais peut-être mieux d'y aller.

— Pourquoi ?

Cette fois-ci, il était vraiment décontenancé.

— Les motifs ne manquent pas.

— Elles ne manquaient pas non plus quand tu es arrivée.

— Tu as raison. Je dois juste réfléchir encore un peu.

— Est-ce que j'ai dit quelque chose qui ne va pas ?

— Non.

— Fait quelque chose ?

— Non, pas du tout. L'interruption, peut-être. Cela m'a donné le temps de me voir de l'extérieur.

— Ça va ?

— Oui, oui, ça va. Excuse-moi. Je suis arrivée ici comme une tornade et maintenant je pars à toutes jambes.

— Je commençais juste à m'habituer à l'idée.

— Eh oui.

Elle récupéra son sac.

— Je suis présentable ?

— Absolument.

— Très bien, alors.

Il la raccompagna jusqu'à la porte, puis appela l'ascenseur pendant qu'elle attendait dans la petite entrée encombrée.

— Tu as peur que les voisins me voient ?

— Non, je ne suis pas marié.

— Non, pas toi, c'est vrai.

Elle lui donna un léger baiser sur sa barbe noire et elle ressentit à nouveau l'envie de le serrer dans ses bras.

— Tu es vraiment sûre ? lui demanda-t-il, en la retenant par le coude.

— Sûre. Excuse-moi.

— D'accord.

— Mais je pourrais revenir.

— Quand tu veux.

Quand elle se trouva de nouveau dans la rue, Lea leva les yeux et ne vit pas l'instituteur, mais la tête grise d'une femme d'âge mûr qui la regardait entre les rideaux du deuxième étage. Elle agita la main en signe de salut et la tête disparut.

61

GIULIA S'ÉTAIT PROCURÉ UN BÂTON et s'en servait pour taper sur les pierres « pour les vipères, même si elles sont peut-être déjà en train d'hiberner ». Elle était souple, ses tendons saillaient sous la peau des mollets comme des cordes tendues et Martino avait du mal à la suivre. À la chapelle, côte à côte, ils répondirent au regard fixe et vaguement étonné de la Vierge et de l'Enfant.

— Mais pourquoi sont-ils noirs ?

— En fait, c'est la Vierge d'Oropa, qui en réalité est une statue en bois. Tu n'es jamais allé au sanctuaire ?

— Non.

— Il est dans les montagnes. À l'intérieur de l'église se trouve la Vierge noire. Je ne sais pas pourquoi ils l'ont faite noire, en revanche. Il y a même un bloc erratique.

— Ces bloc charriés par les glaciers ?

— Oui, c'est ça ! Les Celtes les vénéraient. Jusqu'au XIXe siècle, les femmes qui voulaient avoir un enfant allaient à l'église pour s'asseoir sur le rocher, parce qu'elles croyaient que cela pouvait exaucer leur vœu.

C'est ma mère qui me l'a dit. (Les propos qu'elle tenait firent monter le rouge aux joues de Giulia.) Allez, grimpons plus haut, dit-elle rapidement.

— Mais non, mais non… l'arrêta Martino. Pourquoi n'allons-nous pas plutôt voir les chèvres de Maria ?

— Je ne l'aime pas. Elle trucide les animaux de tout le monde.

— Pourtant, tu manges du poulet et du lapin.

La peur le rendait désagréable.

— Mais ils sont déjà morts. Je ne les tuerais certainement pas de mes propres mains. Écoute, je veux aller jusqu'au sommet. Tu n'es pas obligé de venir si tu n'en as pas envie.

— Non ! Non, je ne monte pas aussi haut ! J'ai de l'asthme.

— Oh.

— Je ne peux pas. Je suis désolé.

La honte l'envahit. Pour garder le secret, il devait passer pour un bon à rien, quelqu'un qui non seulement se faisait battre, mais qui n'était même pas capable de gravir une colline.

— D'accord, on se retrouve après, décida-t-elle.

— Giulia.

— Qu'est-ce qu'il y a ?

— Tu veux voir ma chambre ?

— Volontiers. Attends-moi là-bas, je demanderai où est ta maison. C'est là-haut que dorment les chevreuils, et je veux aller voir. Je pense que cela te plairait beaucoup, dommage que tu aies de l'asthme.

— D'accord, à tout à l'heure, alors, dit-il d'une voix sombre, et il commença à descendre à un rythme excessivement rapide.

Si Giulia avait trouvé Silvia, elle l'aurait détesté pour la vie. Mais peut-être ne comprendrait-elle pas, au moins au début, que certaines affaires venaient de lui. Oh, certainement pas *L'Histoire de l'Ouest*. Bon sang !

Il entendit un bruit d'herbe foulée derrière lui et se retourna : Giulia se dépêchait pour le rejoindre. Ses cheveux tressautaient autour de son visage.

— J'ai changé d'avis.

Ils se sourirent gauchement, intimidés.

Tandis qu'ils continuaient à marcher en direction du village, Martino s'arrangea pour que sa main effleure celle de Giulia, comme par hasard. Il avait envie de se mettre à siffloter.

Peu de temps après, cependant, quand il regagna sa chambre avec elle, celle-ci lui sembla nue, pleine de détails qui détonnaient, à la merci d'on ne sait quoi ; c'était comme s'il s'était mis lui-même en sous-vêtements. Il lui fit voir ses bandes dessinées et Giulia montra qu'elle les appréciait, même si les pistolets, les assassins et les mers en proie aux tempêtes étaient des choses de garçons.

— Il est bon, cet Hugo Pratt, mais quel nom bizarre, commenta-t-elle.

— C'est son nom d'écrivain, et son père était anglais, je crois.

Elle semblait uniquement intéressée par le dessin. Elle suivait les contours avec l'index comme pour apprendre à les refaire.

— Deux traits, *zag-zag*, murmurait-elle. (Elle ajouta :) Mais pourquoi fait-il des fronts aussi saillants, et des yeux enfoncés, un peu comme des singes… Moi, quand je dessine, j'aime bien faire des fronts bombés.

Cette remarque déplut à Martino, il en fut irrité. Critiquer les fronts d'Hugo Pratt lui paraissait vraiment présomptueux.

— Ce sont les petits anges qui ont le front bombé, dit-il avec mépris.

— Et alors ?

Sans y réfléchir, il répondit :

— Et alors, ce sont des histoires de guerre ! De pirates !

— Tu as raison, admit-elle, le prenant au dépourvu. Bien sûr, il faut adapter son style.

Ils ne savaient plus quoi se dire, il y avait entre eux une gêne qu'ils ne parvenaient pas à dissiper une fois pour toutes, si bien que Martino mentionna à nouveau la maîtresse comme quelqu'un qui a presque envie d'être découvert. La langue va là où la dent fait mal : Lea le disait souvent.

Assise sur son lit, pensive, Giulia lui avoua quelque chose d'important. Elle ne se faisait plus d'illusions : Silvia était morte, elle ne s'attendait pas à ce qu'elle revienne et elle essayait de l'accepter. Martino ne comprenait pas. Il voulait qu'elle continue d'espérer et essayait de l'en convaincre. La maîtresse était toujours en vie, c'était sûr, et il continua sur sa lancée, plein de colère, jusqu'à ce que Giulia s'énerve.

— Arrête !

— Mais j'y crois vraiment.

— Ce n'est pas vrai, tu dis ça comme ça, par politesse.

— Non.

— Tu penses vraiment qu'une femme peut errer pendant des jours et des jours sans qu'on la repère ? Seule, sans argent, sans sac ? Toi aussi, tu as entendu dire qu'on avait trouvé son sac et tout ce qu'il contenait ? Même le portefeuille. Que penses-tu qu'elle mange ?

— Peut-être que quelqu'un…

— Assez !

Elle le regarda d'un air hagard qui le réduisit immédiatement au silence. Elle partit sans même dire au revoir.

62

L'APRÈS-MIDI ÉTAIT PRESQUE TERMINÉ. Martino demeura immobile pendant un moment, mais se reprit rapidement : il rassembla en toute hâte de l'eau, du pain et un pot presque terminé de confiture avant de sortir en courant. La douleur frappait à nouveau : il avait mal à la lèvre et il tremblait d'agacement et de frustration. Il laissait délibérément son cartable taper contre le sol et les arbres. Il ne donna même pas à Silvia le temps de poser des questions sur sa lèvre tuméfiée et, pour la première fois, il parla sans prendre de gants et sans peur.

— Ils vous recherchent le long du torrent, Anselmo, Gianni et d'autres personnes que je ne connais pas ; je suis allé avec Giulia à la chapelle et elle voulait monter voir l'endroit où dorment les chevreuils, juste en dessous, mais je l'ai persuadée de ne pas le faire. Elle s'est même mise en colère. Et avant cela, je me suis battu avec un garçon plus grand que moi. Ma mère n'est pas encore revenue. Vous, vous restez ici sans bouger comme si tout vous était égal.

— Depuis combien de temps ?

— Pardon ?

Martino fronça les sourcils.

— Je ne sais pas depuis combien de temps je suis ici.

— Je vous ai trouvée il y a une semaine, je crois. Mais vous étiez déjà partie depuis plusieurs jours.

La maîtresse avait les cheveux emmêlés, elle avait jeté les couvertures sur elle et les serrait contre sa poitrine de ses mains livides. Ses yeux, eux, étaient clairs, comme si elle venait d'en rincer le bleu. Elle tendit le bras et, de son index, elle toucha le tissu du pantalon de Martino, au niveau des genoux.

— Je vais rentrer, je te le promets.

— Vous me l'avez déjà dit une fois.

Silvia hocha la tête.

— Quand rentrerez-vous ? la pressa-t-il.

— Très bientôt.

— Maintenant ?

— Pas maintenant, mais très bientôt.

Martino se méfiait.

— Vous êtes toujours malade ? demanda-t-il.

— Cette petite fille, Giovanna. Je l'aimais beaucoup.

— Mais penser aux morts et souffrir pour eux, c'est quelque chose qui arrive à tout le monde.

— Oui, admit-elle.

— Giulia, par exemple, croit que vous êtes morte. Mais non. Au contraire, vous êtes une personne bien vivante.

La maîtresse ne répondit rien et Martino ne savait pas comment interpréter son silence. Il essaya d'imaginer ce que sa mère aurait dit dans une telle situation, mais il n'y parvint pas, plus il y pensait, plus il lui semblait qu'il fallait choisir entre les morts et les vivants, décider à qui accorder plus d'importance ; il était certain qu'il fallait se tourner vers les vivants et donc, dans le cas de la maîtresse, revenir parmi eux, mais il n'aurait pas pu expliquer pourquoi, car c'était plus un sentiment qu'un raisonnement, et rester là à ressasser ces idées lui donnait surtout envie d'un dîner chaud et d'une bonne nuit de sommeil. C'est pourquoi il finit par lui dire au revoir et s'en aller.

63

LES PREMIERS JOURS, PENDANT QU'ILS CHERCHAIENT, ils avaient crié son nom à tue-tête, dans l'espoir d'être entendus, et ils avaient obligé les chiens à continuer quand ils revenaient frotter leur truffe mouillée contre leurs paumes de main. Maintenant, ils les laissaient libres d'aller où ils voulaient, ils ne criaient plus et n'échangeaient plus que des paroles strictement nécessaires. S'étaient jointes à eux Sandra, ses baskets aux pieds et un châle de laine nouée derrière son dos, et Maria Sept-d'un-coup qui avalait sa salive et compressait sa rate, mais sans jamais permettre qu'on l'aide. Étaient venus aussi Renzo, Bruno, Serafino et tous ceux qui avaient été enfants et adolescents ensemble, qui avaient joué à cache-cache le long de la Quargnasca. Sœur Annangela et Marilena étaient arrivées elles aussi, à la fin de l'expédition, en Fiat 500 : durant les heures précédentes, elles avaient fouillé, seules, les caves désaffectées et les bâtiments en ruine du village.

Sœur Annangela avait de petites jambes, et elle devait faire le tour des troncs et des buissons qu'Anselmo avait escaladés ou piétinés sans même les voir. À quelques pas de là, l'eau dégageait une odeur froide de métal et d'anis, mais, à certains moments, elle sentait aussi la cire, les fibres mouillées et le gruau douceâtre. Les branches cassées du sureau exhibaient leur moelle blanche. Ils ressemblaient à de petits os d'oiseaux légers. Ils réveillèrent quelque chose dans la mémoire de Marilena, des mots lointains qui venaient des histoires lues avec Silvia au pensionnat. Si bien que, lorsqu'elle crut voir parmi les fougères le couvercle d'un cercueil, elle pensa avoir des hallucinations.

Elle agita frénétiquement la main en direction de sœur Annangela, mais celle-ci ne perdit pas son sang-froid.

— Cela me semble incroyable qu'on en retrouve encore, déclara-t-elle.

Marilena comprit et cela la rassura. C'était l'un des cercueils arrachés à la terre par le déluge deux ans plus tôt, quand il avait plu comme si c'était la fin du monde et que des pentes entières de montagne s'étaient transformées en un amas de boue et de débris. L'inondation avait emporté les ponts et les glissements de terrain avaient entraîné des pans de forêt, des voitures, des machines pour l'industrie textile, des animaux, des personnes et des cimetières.

— Tu crois que le squelette aussi est par ici ? murmura Marilena.

— Je n'en ai aucune idée. Regarde ça : à mon avis, c'est une pince de métier à tisser.

Sœur Annangela dit une prière et les deux femmes repartirent parmi les sureaux et les buissons de myrtilles, en faisant attention aux restes et aux débris qu'elles rencontraient, mais qu'il était difficile de distinguer.

Anselmo et Gianni marchaient presque du même pas, tous deux dégingandés. Gianni avait quelques années de plus et, pendant un certain temps, Anselmo l'avait observé avec suspicion, parce qu'il trouvait que Silvia l'idolâtrait et parce que, pendant la guerre, il venait nuitamment, avec deux compagnons, le Sten en bandoulière, pour prendre de l'argent dans la caisse de partisan que son grand-père cachait dans la maison. Son grand-père, lui, le respectait et Anselmo avait fini par se persuader que Gianni était presque un bon génie.

Il se faisait tard, bientôt il allait falloir utiliser les torches, mais Anselmo ne s'en rendit pas compte ; il marchait, tête baissée, gêné par la végétation tenace, triomphante, qui l'empêchait de bien y voir et semblait se liguer contre lui pour l'obliger à abandonner. Il finit par devancer tous les autres, seul Gianni restait sur ses talons.

— Vous voyez la forêt, comment elle conquiert tout ; il y a quelques années encore, ici c'étaient des prairies. (Anselmo s'arrêta pour scruter le paysage.) Avec Silvia on venait toujours par ici, du côté de Rivi.

Il secoua la tête et Gianni crut voir des larmes dans ses yeux. Il s'apprêtait à s'approcher de lui pour lui mettre la main sur l'épaule quand ils entendirent des appels derrière eux ; ils rebroussèrent chemin en courant, le ventre tenaillé par la tension. C'était Maria, qui s'était tordu violemment la cheville et avait été obligée de s'asseoir au milieu des mauvaises herbes.

— Je ne peux pas m'appuyer sur ma jambe. Continuez sans moi, vous me récupérerez au retour.

— Non, on rentre sur-le-champ, dit Anselmo d'une drôle de petite voix.

Maria et Gianni se regardèrent avec étonnement, mais immédiatement après il se mit à jurer avec la voix puissante qu'on lui connaissait et cela les réconforta.

— Je suis un poids, pour vous, un poids, répéta Maria, tandis que Sandra lui bandait la cheville avec son mouchoir.

Ils lui firent une chaise de leurs bras pour la porter au hameau le plus proche, elle ricanait pour ne pas montrer qu'elle avait mal, tandis qu'Anselmo et Gianni riaient pour cacher leur fatigue. Anselmo pendant un instant s'illusionna de porter Silvia.

64

DANS LA MAISON DE MARTINO, LES LUMIÈRES étaient allumées. Lea l'attendait ; elle avait posé sur la table un paquet ficelé avec un ruban rouge. Elle lui manifesta bruyamment son soutien pour sa blessure à la lèvre, l'embrassa, le serra dans ses bras et jura qu'on entendrait parler d'elle et que l'autre, ce voyou, ne s'en sortirait pas comme ça. Mais Martino lui demanda de ne rien faire du tout parce que cela ne regardait que lui.

Le cadeau était une grande boîte d'aquarelles. Martino pensa que cela plairait beaucoup à Giulia et, lui aussi, se sentit tout à coup enthousiaste. Il eut une idée : emmener la boîte à l'école et s'en servir comme excuse pour faire la paix.

Le lendemain matin, Lea se montra tout aussi empressée. Elle lui apporta une tasse de lait avec des biscuits au lit et mit ses habits à chauffer sur le radiateur.

— Écoute, j'ai invité Agostino à déjeuner avec nous, lui annonça-t-elle quand ils montèrent dans la voiture de Gianni. Hier soir, pendant que tu dormais, j'ai appelé ses parents. J'ai mal fait ?

— Non, non, tu n'as pas mal fait.

— L'odeur du tabac te dérange ? Je pense que les sièges en sont imprégnés.

— Non, maman.

Lea tourna la poignée de la vitre.

— On va faire rentrer un peu d'air frais, c'est encore mieux que l'aérosol.

L'asphalte humide reflétait la pâleur du ciel. Martin pensait pouvoir dire à Ago la vérité sur la maîtresse, puisqu'il vivait ailleurs et ne la connaissait même pas. Il lui parlerait aussi du sanglier et de la façon dont il avait jeté un animal mort sur un garçon plus âgé que lui avant de se battre avec lui. Il suça sa lèvre blessée pour sentir le goût ferrugineux du sang sec.

— Laisse cette lèvre tranquille, le réprimanda Lea, avant d'ajouter : Dieu merci, nous avons la voiture, Gianni est vraiment un amour. Comme papa, d'ailleurs.

Martino ne l'écoutait pas, il était en train d'échafauder dans sa tête l'histoire qu'il allait raconter à Agostino. Ils passèrent devant la grande maison à côté de la fontaine où, s'il avait bien compris, Silvia était née, et le mur dans le virage sur lequel était écrite à la chaux la phrase désormais familière : GIMONDI MIEUX QUE MERCKX. Au-dessus de la colline flottaient de vastes nuages vaporeux qui semblaient faits de flanelle. En s'éloignant de Bioglio et du bois, Martino comprit qu'il était heureux.

65

SILVIA FIT SES PRÉPARATIFS PENDANT LA NUIT, à tâtons. Elle rangea sur le côté la gourde, les couvertures pliées, le pot vide, les emballages qui restaient. Entre les pages de *L'Histoire de l'Ouest*, elle glissa une feuille de cyclamen en forme de cœur, un fragment de mica argenté et une plume de grimpereau qu'elle avait ramassée au pied du hêtre.

Elle se tenait sur le seuil du cabanon, telle une nageuse hésitante, testant l'eau froide du bout du pied. La route était longue, cela lui prendrait des heures.

De petits cercles lumineux scintillaient dans l'obscurité : les yeux d'un renard ou d'un blaireau. Elle s'enfonça dans les bois aussi loin qu'elle le pouvait, en évitant les sentiers et la route. Les plantes respiraient autour d'elle, de temps en temps elle s'appuyait contre un tronc, elle s'accrochait à une excroissance d'une main et laissait passer les craquements d'un animal qui s'enfuyait ou d'un autre qui chassait, des bruits de plumes qui volent, des halètements juste au-dessus de sa tête. Vers la lisière du bois, là où l'obscurité était moins profonde, elle reconnut des champignons toxiques et des fleurs vénéneuses de colchique d'automne : une fin rapide s'était toujours trouvée là, à portée de main, si seulement elle l'avait voulu.

Les broussailles des chardons constellaient les prés encore humides, plongés dans l'ombre. Une vache endormie leva dans sa direction un mufle sérieux et massif, une pie rouge tira sa langue caoutchouteuse pour atteindre les orties qui poussaient de l'autre côté de la clôture. « Ortie, petite plante gracieuse, tu m'as l'air bien soucieuse ! Ne t'inquiète pas, je n'ai pas oublié le temps du chagrin refoulé, le temps où tu fus ma seule pitance, peu douce et crue, mais en abondance », murmura Silvia, comme la princesse Méline dans le conte de fées. Le visage de Giovanna lui manquait, cette expression combative, dépourvue de reproche, mais aussi de pitié qu'elle affichait quand elle apparaissait dans le cabanon. Cela faisait un moment maintenant qu'elle ne s'était pas montrée.

Le plus difficile fut de mettre les pieds sur le goudron et de porter le regard sur les bâtiments droits et durs. Pour retraverser le pont sur le Cervo, elle ferma les yeux et suivit de la main la balustrade en béton, centimètre après centimètre. Elle avait les doigts encore collants de résine et de suie.

À l'aube, la ville dormait dans une brume couleur crème. Elle s'était réfugiée sous la maison d'Anselmo et Luisa. Elle chancela de fatigue et serra la poignée de la porte. Elle s'était enfoncée dans la vie de travers, comme une vis foirée qui aurait tourné en dehors de son filetage. Peut-être s'était-elle effondrée à la mort de sa mère, peut-être avant, peut-être après. *Ce n'est pas grave*, se dit-elle, *ce n'est pas grave.*

La sonnerie de l'interphone les fit tous bondir du lit.

Note de l'autrice

Il s'agit d'un roman de fiction, mais certains événements racontés sont inspirés d'une histoire vraie. J'ai commencé à la reconstituer quand j'étais petite, en traquant des allusions de-ci, de-là et des fragments de conversations, parce qu'il s'agissait d'une histoire difficile, douloureuse, dont on ne parlait pas ouvertement, ou du moins pas devant moi.

La cousine de mon grand-père, enseignante, célibataire et sans enfants, faisait partie intégrante de la famille. Elle habitait à côté de chez mes grands-parents, dans une maison communicante, et elle prenait tous ses repas avec eux. À cette époque, elle était déjà à la retraite, appréciée par des générations d'anciens élèves. C'était une femme différente de celles qui m'ont élevée : ma mère, ma grand-mère, mon arrière-grand-mère, qui étaient définies par le fait d'être mères et mariées, divorcées ou veuves. Elle, en revanche, était peut-être plus seule, mais à mes yeux elle était aussi plus libre. Elle ne faisait ni la cuisine, ni le ménage, rien de ce qu'on attendait d'une femme. C'était aussi une personne extrêmement décalée et distraite, un trait de caractère que nous avions en commun et qui nous rendait complices. Le fait qu'elle ait été orpheline et qu'elle ait passé des années dans un internat avec des religieuses m'intriguait. Elle parlait peu du pensionnat, elle y avait passé de très mauvais moments, mais elle s'y était fait de très bonnes amies. Son histoire me semblait déjà être un roman. Les personnages de romans, notamment ceux pour enfants, sont souvent orphelins (je pensais à Oliver Twist, Sofia dans *Le Bon Gros Géant* de Roald Dahl, Mowgli dans *Le Livre de la jungle*, *Anne... la maison aux pignons verts*, *Jane Eyre*).

À un moment donné, j'ai clairement perçu que la vie d'adulte de la maîtresse avait été marquée par un événement traumatisant qui l'avait affectée. Elle avait été absente pendant des jours et des jours, avant de rentrer chez elle presque morte de faim et de soif, trempée par la pluie, dans un état de saleté effrayant. Où était-elle allée ? On ne le savait pas avec certitude, elle s'était probablement cachée dans une église. Pour survivre, elle avait bu l'eau des bénitiers. Mais pourquoi était-elle partie ? Personne ne voulait me le dire. Plus tard, je l'ai appris : une de ses élèves, une petite fille d'une douzaine d'années, s'était suicidée en se jetant dans le torrent. La maîtresse s'était sentie responsable de sa mort parce qu'elle avait signalé à la famille les absences répétées de la fillette. La douleur et la culpabilité lui avaient fait perdre la tête.

La maîtresse ne m'en a jamais parlé et je n'ai jamais osé lui poser de questions. Mais ma mère se souvient bien de l'angoisse de ces jours-là, des recherches, puis du retour inattendu, de la sonnette de la porte retentissant à l'aube. Après la mort de la maîtresse, son histoire n'a jamais cessé de me hanter. Au centre de celle-ci réside un événement irréductible, qui résiste au récit et demeure inexpliqué, opaque : le suicide d'une petite fille.

Avant d'écrire et d'inventer, j'ai éprouvé le besoin impérieux de reconstituer les faits ou, mieux, la version des faits qui avait été donnée à l'époque, les tentatives pour les déchiffrer, l'attitude de ceux qui les avaient vécus de près ou avaient écrit à leur sujet. C'est pourquoi je suis allée rencontrer les témoins de cette histoire et j'ai fait des recherches dans les journaux de l'époque. Les articles que j'y ai trouvés m'ont été utiles pour me concentrer sur ce que j'avais envie de raconter, comment et pourquoi – en bref, ils m'ont aidée à mettre au jour cette vérité qui appartient à la forme spécifique du roman et à voir avec l'expérience humaine de la vie, et avec la prise en compte de voix qui semblent faibles et éparses, mais qui continuent de nous parler, même si de nombreuses années se sont écoulées depuis les événements et que bien des choses ont changé depuis : la langue, l'école, l'éducation, les conditions économiques et politiques.

Dans plusieurs articles parus dans le *Corriere Biellese* et dans *Biellese*, le compte rendu de faits alterne avec l'expression d'une stupéfaction déconcertée et des tentatives pour expliquer ou juger deux événements qui échappent à la compréhension. Une petite fille se suicide, sa maîtresse disparaît : « L'un et l'autre faits plongent trop profondément dans les méandres obscurs de la psyché humaine », qui reste impénétrable (cette citation et les suivantes sont littérales, tout comme les titres de journaux insérés dans le chapitre 18).

Quant à la petite fille, les articles rapportent des détails déconcertants, au point que dans un roman ils paraîtraient artificiels, et peut-être, dans une certaine mesure, le sont-ils. Par exemple : « Après tant de cris, un silence soudain ; la mère entre dans la salle de séjour qui donne sur le cours d'eau : M.M. ne s'y trouve plus et elle a laissé ses chaussures sur la fenêtre ; un billet sur la table annonce le drame de façon sibylline : que font deux chaussures sur le rebord de la fenêtre ? » L'interprétation de ce geste est liée à l'adolescence précoce et au désir de rébellion qui en découlerait : « Des phrases confidentielles ont été retrouvées dans son journal, qui révèlent des signes de jeunesse chez une petite fille qui avait déjà atteint une maturité physique supérieure à celle de ses pairs [...]. C'est peut-être là que réside la raison de la réaction disproportionnée de la petite fille ; elle se sentait déjà femme à cause de quelques regards furtifs et de quelques approches innocentes et elle s'était sentie offensée par un reproche qu'elle jugeait injuste. Cependant, aucun reproche ne peut être adressé à la maîtresse : elle avait prévenu les parents, comme c'était précisément son devoir. D'ailleurs, tous ceux qui sèchent les cours et qui en sont punis, peut-être plus durement et avec des châtiments corporels, ne décident pas de mettre fin à leurs jours. »

La maîtresse est une énigme. Elle est décrite comme une enseignante modèle : « Elle était ce qu'on appelle une institutrice à l'ancienne, tant à la maison qu'à l'école. Son monde, c'était son travail, et dans sa vie il n'y avait pas de place pour d'autres distractions. Elle restait même très souvent à l'école durant la pause entre les cours du matin et ceux de l'après-midi, se contentant d'un sandwich pour le déjeuner et après les heures de classe pour aider certains élèves ayant besoin d'attentions particulières. On lui avait confié cette classe précisément parce qu'on lui reconnaissait une patience et une gentillesse rares, capables de faire obtenir de meilleurs résultats aux élèves *difficiles*. »

L'hypothèse d'un second suicide tend de plus en plus à s'imposer, mais, en même temps, elle reste inacceptable (ses amis, ses connaissances sont interrogés, tandis que sa famille garde le silence). Pendant ce temps, les appels téléphoniques anonymes et les fausses pistes compliquent les recherches. Le dénouement survient au moment où on ne s'attend plus qu'à récupérer un second corps. Mais « l'odyssée de la maîtresse » reste un mystère, car elle prétend ne se souvenir de rien. Ou peut-être ne veut-elle rien raconter.

Le roman surgit de ce vide, le comble grâce à l'imagination.

Il parle d'une femme élevée par ses grands-parents et par des religieuses, qui devient maîtresse grâce au collège détesté et qui en fait une mission, le centre de sa vie ; elle n'a pas d'enfants, mais elle s'occupe de générations d'enfants et essaie d'être une bonne enseignante (contrairement aux religieuses), mais elle se retrouve confrontée à la mort d'une élève. Qu'est-ce qui lui vient à l'esprit ? Comme dans les contes de fées, où ce sont souvent les enfants qui résolvent les problèmes et où les relations sont inversées, l'adulte, la maîtresse, se cache dans les bois et un enfant s'occupe d'elle. Martino n'a jamais existé ; il est la personnification de tous les enfants qui étaient si importants pour la maîtresse réelle. Je suis convaincue que c'est aussi grâce à eux, à l'affection qu'ils lui témoignent et à son attachement à son rôle d'enseignante, qu'elle refit confiance à la vie et rentra chez elle.

Je peux ajouter ceci : après des mois de convalescence, la vraie maîtresse a recommencé à enseigner. Aujourd'hui, l'école de la ville porte son nom.

Remerciements

Je tiens à remercier les personnes qui ont contribué à la rédaction et à la publication de cet ouvrage, en mettant à ma disposition leur expérience et leur intelligence : Chiara Valerio, Alice Fornasetti, Marzia Grillo, Claudio Panzavolta.

Merci à Stefania Di Mella, Cristina De Stefano, Gabriela Jacomella, Maria Moschioni et Marta Barone pour leurs lectures, leurs suggestions et leur amitié. Giulia Caminito m'a donné le conseil important de nommer des lieux et de les décrire sans inhibition.

Merci à Paola et Massimo, mes parents, et à Ermanno, qui est mon grand-père et aussi un peu Anselmo.

Merci à Maria, Francesco et Irene.

Merci à Tullio, plus que jamais, pour tout ce qu'il a fait pour le roman et pour moi.

PARUS DANS

LA BÊTE NOIRE

NOÉMIE ADENIS
Le Loup des ardents (Grand Prix des Enquêteurs 2021)
Le Jardin des anatomistes

DANIELLE ARCENEAUX
Glory B. enquête
Frayeur en Louisiane

KATERINA AUTET
La Chute de la maison Whyte (Grand Prix des Enquêteurs 2020. Prix littéraire de la Renaissance française 2020)
Les Deux Morts de Charity Quinn

CÉDRIC BANNEL
Baad (Prix du Meilleur Polar des lecteurs de *Points* 2017)
Kaboul Express
L'Espion français

PATRICK BAUDOT
Alias Cristal 18. Trente-quatre ans au 36, quai des Orfèvres – Les Ondes

JACQUES-OLIVIER BOSCO
Brutale
Coupable

RHYS BOWEN
Son Espionne royale
Tome 1, *Son Espionne royale mène l'enquête*
Tome 2, *Son Espionne royale et le mystère bavarois*
Tome 3, *Son Espionne royale et la partie de chasse*
Tome 4, *Son Espionne royale et la fiancée de Transylvanie*
Tome 5, *Son Espionne royale et le collier de la reine*
Tome 6, *Son Espionne royale et les douze crimes de Noël*
Tome 7, *Son Espionne royale et l'héritier australien*
Tome 8, *Son Espionne royale et la reine des cœurs*

Tome 9, *Son Espionne royale et les conspirations du palais*
Tome 10, *Son Espionne royale et le baron irlandais*
Tome 11, *Son Espionne royale au service de Sa Majesté*
Tome 12, *Son Espionne royale. Quatre enterrements et peut-être un mariage*
Tome 13, *Son Espionne royale. Amour et mort parmi les léopards*

FRANCK CALDERON, HERVÉ DE MORAS
Là où rien ne meurt

JULIA CHAPMAN
Les détectives du Yorkshire
Tome 1, *Rendez-vous avec le crime*
Tome 2, *Rendez-vous avec le mal*
Tome 3, *Rendez-vous avec le mystère*
Tome 4, *Rendez-vous avec le poison*
Tome 5, *Rendez-vous avec le danger*
Tome 6, *Rendez-vous avec la ruse*
Tome 7, *Rendez-vous avec la menace*
Tome 8, *Rendez-vous avec le Diable*
Tome 9, *Rendez-vous avec la justice*
Tome 10, *Rendez-vous avec le destin*

JEAN-CHARLES CHAPUZET
Bandit

KAREN CLEVELAND
Toute la vérité

DANIEL COLE
Ragdoll
Tome 1, *Ragdoll* (Prix Griffe noire du polar de l'année 2017)
Tome 2, *L'Appât* (Prix Bête noire des libraires 2018)
Tome 3, *Les Loups*
Pietà
Jackdaw

COLLECTIF, SOUS LA DIRECTION DE LISETTE LOMBÉ, ELVIRA MASSON, FABRICE ROSE ET DELPHINE DE VIGAN
Histoires de femmes – Les Ondes

TASHA CORYELL
Lettres d'amour à un tueur en série

SANDRONE DAZIERI
Tu tueras le Père
Tu tueras l'Ange
Tu tueras le Roi
La Danse du gorille
Le Mal que font les hommes
Le Fils du magicien

LARA DEARMAN
La Griffe du diable
L'Île au ciel noir

ALAIN DECKER
Jours de ténèbres (Grand Prix des Enquêteurs 2023)

INGRID DESJOURS
Les Fauves
La Prunelle de ses yeux

CLAIRE FAVAN
Serre-moi fort (Prix Griffe noire du meilleur polar français 2016)
Dompteur d'anges
Inexorable

CARYL FÉREY
Magali – Les Ondes

REBECCA FLEET
L'Échange
La Seconde Épouse

DOMINIQUE FORMA
Coups de vieux

OLIVIER GALLIEN
Dans la neige ardente (Prix Bête noire des libraires 2022)
Sève

AMY GENTRY
Les Filles des autres
De si bonnes amies

MARIA GRUND
La Fille-renard
Le Diable danse encore

LAURENT GUILLAUME
Les Dames de guerre. Saïgon, t. 1 (Prix Bête noire des libraires 2024)

PATRICE GUIRAO
Le Bûcher de Moorea
Les Disparus de Pukatapu
Rivage obscur

L. S. HILTON
Maestra
Domina
Ultima

INGAR JOHNSRUD
Les Adeptes
Les Survivants

ELIZABETH KEY
Sept mensonges

QUNTOS KUNQUEST
Cette vie-là – Les Ondes

MATHIEU LECERF
La trilogie du démon
La Part du démon (Prix Bête noire des libraires 2021. Prix Nouvelles Voix du polar 2022, roman français)
Au royaume des cris
La Mort dans l'âme

SARA LÖVESTAM
Chacun sa vérité (Grand Prix de littérature policière 2017, domaine étranger. Prix Nouvelles Voix du polar 2018, roman étranger)

Ça ne coûte rien de demander
Libre comme l'air
Là où se trouve le cœur

FABIO MITCHELLI
Une forêt obscure
Le Tueur au miroir
Le Loup dans la bergerie (Prix Méditerranée Polar 2021)

NADINE MONFILS
Les folles enquêtes de Magritte et Georgette
Nom d'une pipe !
À Knokke-le-Zoute !
Les Fantômes de Bruges
Liège en eaux troubles
Leffe-toi et marche
Charleroi du crime
À Montmartre

NICOLE NEUBAUER
Sous son toit

VINCENT ORTIS
Pour seul refuge (Grand Prix des Enquêteurs 2019)
Patiente

GIN PHILLIPS
Le Zoo (Prix Transfuge du meilleur polar étranger 2017)

ANTOINE RENAND
L'Empathie (Prix des lecteurs Gouttes de Sang d'Encre 2019. Prix Nouvelles Voix du polar 2020, roman français)
Fermer les yeux
S'adapter ou mourir
L'Empathie, t. 2

FABRICE ROSE
Tel père, telle fille (Prix Bête noire des libraires 2020)
Le Plan
Pourchassés

RYDAHL & KAZINSKI
La Mort d'une sirène

ROMAIN SLOCOMBE
La trilogie des collabos
L'Affaire Léon Sadorski (Prix Libr'à Nous 2017, catégorie polar)
L'Étoile jaune de l'inspecteur Sadorski
Sadorski et l'Ange du péché
La trilogie de la guerre civile
La Gestapo Sadorski
L'inspecteur Sadorski libère Paris
J'étais le collabo Sadorski
La trilogie des damnés
Sadorski chez le docteur Satan

THIBAUT SOLANO
Les Noyés du Clain
Les Dévorés

DOMINIQUE SYLVAIN
Panique en Armorique
Périlleuses Pyrénées

CLÉMENTINE THIEBAULT
En votre intime conviction – Les Ondes
Voyeur. Enquête sur un phénomène de société – Les Ondes

DATO TOURACHVILI
Génération denim – Les Ondes

DANIELLE TRUSSONI
Le Maître des énigmes

ILARIA TUTI
Sur le toit de l'enfer (Prix Bête noire des libraires 2019. Prix Nouvelles Voix du polar 2020, roman étranger)
La Nymphe endormie
À la lumière de la nuit
Fille de cendre

HARRIET TYCE
Blood Orange
Tu mens comme tu respires

DAMIEN ET SIBYLLE VÉRON
Tiphaine où es-tu ? – Les Ondes

ADRIENNE WEICK
La Septième Diabolique (Grand Prix des Enquêteurs 2022)

ANNETTE WIENERS
Cœur de lapin

Retrouvez
LA BÊTE NOIRE
sur Facebook, Threads et Instagram

Imprimé en France par
CPI Firmin-Didot
en janvier 2025

Composition et mise en pages
Nord Compo à Villeneuve-d'Ascq

Pour plus d'information :

www.lisez.com

Imprimé sur du papier issu de forêts gérées durablement.

N° d'édition : 67982/01 – N° d'impression : 180660